周同宾

乡愁文丛　王剑冰　主编

久违的星星

周同宾　著

中原出版传媒集团
中原传媒股份公司

大象出版社
·郑州·

图书在版编目(CIP)数据

久违的星星 / 周同宾著.— 郑州 ：大象出版社，
2017. 5 (2018. 3 重印)
(乡愁文丛 / 王剑冰主编)
ISBN 978-7-5347-9158-1

Ⅰ. ①久… Ⅱ. ①周… Ⅲ. ①散文集—中国—当代
Ⅳ. ①I267

中国版本图书馆 CIP 数据核字(2017)第 039047 号

乡愁文丛
王剑冰 主编
久违的星星
JIUWEI DE XINGXING
周同宾 著

出版人 王刘纯
策 划 王刘纯
责任编辑 石更新
责任校对 安德华
装帧设计 王莉娟

出版发行 大象出版社(郑州市开元路 16 号 邮政编码 450044)
发行科 0371-63863551 总编室 0371-65597936
网 址 www.daxiang.cn
印 刷 洛阳和众印刷有限公司
经 销 各地新华书店经销
开 本 787mm×1092mm 1/16
印 张 15
字 数 147 千字
版 次 2017 年 5 月第 1 版 2018 年 3 月第 2 次印刷
定 价 32.00 元

若发现印、装质量问题，影响阅读，请与承印厂联系调换。
印厂地址 洛阳市高新区丰华路三号
邮政编码 471003 电话 0379-64606268

找得到灵魂家园，记得住美丽乡愁

——“乡愁文丛”总序

王剑冰

我们强调保护中国的传统文化，而传统文化当中就有乡愁。乡愁是中国人热爱家乡、牵念故里的独特情结，是一种美好自然的文化观念。社会越是变化、越是浮躁，这种情结就越显珍贵。乡愁也是一种寻根意识，记住乡愁，记住美好的童年，记住美好的向往，也便是铭记我们的根本。

我们每个人都是故乡的一片叶子，这片叶子无论飘落多远，都无法摆脱大树对于叶子的意义。一个人的身上总有着故乡的脉络，流着故乡的血，带着永远不可改变的DNA。一个个的人也可以说是一个个村子的化身，他们走出去，分散得到处都是，却不会把村子走失。

说起乡愁，那是一种与生俱在的情怀，住在心中的故乡常常鲜活在那里。故乡是安放你的灵魂、温暖你的寂冷的地方，是接纳你的疲惫、抚慰你的忧伤的地方。翻开一页页被繁忙弄乱的过往，记忆中的余香总在儿时的故乡。那里有我们最亲密的玩伴、最爱吃的食物、最漂亮的衣衫、最天真的憧憬。而芬芳入梦的，多是亲人亲切的面容与温馨的相聚场面。那些亲人或已故去，或还在乡里。现在多数人对故乡的感觉同对年节的感觉一样，那种热闹团圆、香气弥漫的味道是乡情中最重要的部分。“每逢佳节倍思亲”，所以归乡最多的时刻是年节，带着满满的怀想、满满的辛苦，万水千山相携于途，构成最为壮阔的乡愁景观。古往今来，人们因为各种缘由漂泊在外，但总是要找机会赶回故里。金圣叹曾列举“不亦快哉”之事，其一即是“久客得归，望见郭门，两岸童妇，皆作故乡之声”。然而他们的欢喜中又带着那种“近乡情更怯，不敢问来人”的复杂心理。漫长的时光已然流逝，乡愁的话题始终没有停息，情怀早已渗透于诗歌典章，直至后来，还有余光中、三毛、席慕蓉不约而同地同题《乡愁》。

诚然，远在故乡之外的游子，生发的多为眷念之情，即使老杜有“漫卷诗书喜欲狂”“便下襄阳向洛阳”的返乡之举，回到家乡也还是要再出去，因“莼鲈之思”而辞官归返的张季鹰毕竟是少数。还有，余光中的《乡愁》或代表了一些人对于故乡的认知，那就是故乡即是母亲（或双亲）的代名，对于故乡的怀念即是对于母亲的怀念，回故乡即是为了看母亲，母亲不在了，故乡的概念便模糊起来。随着生活的变化，有人也不可避免地遇到了回乡的矛盾，记忆与现实发生了冲突，那种期待值与仪式感渐渐折损，许多美好已然变成了永久的追忆。所以有人会说："我是真的爱家乡，不过爱的可能是记忆里的家乡。"确实，没有一成不变的事物，这是时间所带来的不可逆转的事实。然而不可逆转的还有那份强烈的牵绊，永恒的顾念并未因此而中辍，情感的执拗还是同那些疏离与怨怼扯断了关联。生生不息地以文字表达出来的乡愁，也成为中国文学中一个特有的传统。

作家们大都已离开生养自己的故土，但我们却能看出那种深深的乡愁情结，这其中有写生养自己的故乡的，也有写生活过的第二、第三故乡的，还有赞美如故知的他乡的。文丛中，地域山水皆有代表，民俗风情各具特色，多方位地展现出人与历史、人与环境的关系，彰显对亲人故土的真挚情怀以及对世态人生的深切感慨，给我们带来亲近，带来回味，带来启迪，让我们感受到温馨而深挚、苍郁而辽阔的文字力量。

我们说，在意乡俗年节，提倡尊崇温情，爱护碧水蓝天，留住美好记忆，是和谐社会建设的内容之一，也是复兴民族文化的核心之一。这样会把我们赖以生存的环境保护和建设得愈加贴近期待与理想，也会使我们愈加容易找得到灵魂家园，记得住美丽乡愁。大象出版社倾心打造这样一套阵容壮观的“乡愁文丛”，就是带有这样的初衷。该文丛是具有欣赏性、研究性、珍藏性的文学工程，也是一种文化的记忆与期望。“故乡今夜思千里，霜鬓明朝又一年。”随着时间的挥手远去，这种记忆与期望会愈加显现出它的意义。

2017年初春

目 录

童年二章

偷青杏

儿时嘴馋。

五奶奶家，当院有一棵杏树，麦黄杏，麦黄梢时，它也黄了；黄了就熟了，一捏两瓣儿，甜，香，有酒味。可惜，我只吃过一次，而且只吃了一颗。五奶奶小气，只给我一颗，说，她的杏要卖钱哩。

麦子又快黄了，我又想起杏，想吃。扭头朝五奶奶家看，杏树的腰弯着，比五奶奶的腰还弯。叶不密，杏却稠，个儿已经长成，还没黄，一颗颗闪着青光，像一只只圆眼睛，看着我，引逗我，我不禁就流了口水。可巧，狗儿爷找我玩。他长我两辈，却只大我三岁，我们是好朋友。我把心思告诉他，他说，好办，摘几个尝尝。我说，五奶奶不叫摘。他说，老五婆不在家。我说，有狗。他说，老五婆去哪儿，狗都跟着，狗也不在家。

我俩来到五奶奶家大门外，果然大门锁着。院墙很低，翻墙就能跳过去。可墙头长有仙人掌，尖刺扎人。我俩都没穿裤子，翻不成。隔墙看着杏，我又淌口水。狗儿爷说，别急，想想办法。他绕院墙转了半圈儿，发现大门边有个洞，是狗出入的通道。狗儿爷说，你趴着拱进去，我在外边看着，要是老五婆回来了，我就说刚才看见有人进她菜园偷南瓜，把她支派开。我就拱洞，拱不进去，头能进去，身子不能通过，肚皮上划了很多白道道儿。狗儿爷说，我进。他瘦，身体像一根绳儿，一拱就进院了。我怕，怕五奶奶回来，心里直跳。狗儿爷刚爬上树，她真的回来了，她的狗似乎已经知道情况，老远地就朝我叫。我吓得赶忙离开门口。五奶奶走近了。我本当告诉她，菜园里有人偷南瓜，把她支派走，鼓几次勇气，没敢说。老人家开门进院，正碰上狗儿爷，便恨恨地骂道："馋嘴鬼，偷我杏，打死你！"随即，啪的一声，一巴掌狠狠地拍在狗儿爷的屁股上。狗也对着狗儿爷的屁股汪汪叫，好似马上就要咬一口。狗儿爷猫着腰，一个箭步窜到大门外，而后，回头朝五奶奶做个鬼脸儿，又向我挤挤眼，跑进竹林里去了。

看五奶奶关上大门，我也去竹林，找到狗儿爷，见他屁股上五个指印儿，鲜红。他并没有埋怨我。我问他疼不疼，他说，不算疼，又说，老五婆的手可狠咧。说着，他一只手在屁股上轻轻抚摸，另一只手伸到我面前：手里，有三颗杏。他说，你吃两个，我吃一个。说着，他塞嘴里一颗，另两颗给了我。

那杏，很酸很酸，酸了五十年，酸到今天。

烧毛豆

深秋，高粱、玉米、绿豆、芝麻都收了。空旷的原野上，还留着片片金黄，这儿一片，那儿一片，灿烂在黑土地上，蓝天底下，点缀着西风里的野景。那是黄豆。黄豆晚熟，晚熟的黄豆，在萧索的田野里渲染着暖意。

野孩子们在野地里放牛、拾柴，或者玩耍，牛吃饱了，柴拾够了，玩得没什么可玩了，常凑一起烧毛豆，就是把将熟的黄豆连棵拔掉，堆成一堆，添上些干草，点火烧，烧罢吃豆儿。豆儿好吃，烧毛豆的过程更好玩。一个人不烧毛豆，小伙伴们在一块儿才烧，就像大人们喝酒，一个人喝没意思。

那次，大乖、二胖、小扣儿和我，在河边玩，玩腻了，都说，烧毛豆吧。得先去拔豆秧。旁边就有，大乖说，那是我家的，不能拔。不远处也有，二胖说，那是我家的，我爹知道了要打我。河那边的一小片，是我家的。我说，我家种得太少，拔几回就没了。我们三家，都是穷人，种黄豆为了做酱豆，酱豆当菜，要吃大半年的。小扣儿说，拔我家的，我家种得多。他家是财主，种十几亩呢。我们三个都不敢去拔，怕碰上他爷爷，挨训。小扣儿说，我爷爷不训人，见小孩儿光会笑。说着，自己去拔，拔了很多，磕磕绊绊抱回来。他家的黄豆长得好，豆棵上，豆荚一嘟噜一嘟噜，毛茸茸的，都很肥。没火，小扣儿就回家拿，小兔儿似的跑回村，又喘着气跑来，拿来了火柴。只他家有火柴，我们家都用火石打火。点着豆棵，冒起一股灰白的烟，直直蹿上天空。豆棵烧得咔咔吧吧响，响声很脆，很热闹。伙伴们围着火堆蹦啊跳啊，叫啊笑啊，真是乐死人。豆棵着完，响声渐止，地上留下一堆青灰。便都脱下棉袄、夹衣，在灰堆上扇，扇得青灰四扬，火星乱飞。扇罢又用嘴吹，四个人蹲在四边，屁股撅着脸朝地，闭着眼用劲儿吹，都吹一鼻子灰。吹到最后，地上只剩一层豆儿，黄澄澄的，金灿灿的。便围着捡豆儿吃，嘴里嘎嘣嘣响，越嚼越香，直香到胳肢窝里。吃罢豆儿，用手背擦擦沾了黑灰的嘴，一个个躺在河岸的斜坡上，看着天上南飞的大雁，东一句西一句说话儿。不知怎的，说到长大干啥。大乖说，长大打铁。他外爷就是铁匠，在镇上开个铺子，他每次去，都有肉吃。二胖和我都说，长大后使牛，种庄稼。小扣儿却说，上学，去外边做事……

不久，土地改革。小扣儿家的地被分了。娃娃们在一块儿玩，他再也不敢走近，孤独地站在远处看，食指塞进嘴里咝。

大乖长到十四岁，去河里洗澡，淹死了。二胖长大后，在本村当干部，当了四十年。小扣儿十几岁就学成了木匠，技术很好；四十岁上，才娶老婆。

1998年3月17日，南阳

夕暮

薄暮，我到家。

妈忙去做饭。炊烟袅袅，直升上高空。天上，一片挨一片，铺满鸡冠色的云；满天红霞，像一幅宽大的宫锦，笼罩在村庄上。

我正仰面看彩云，忽听一阵拉着长腔的牛哞，闷声闷气的。孩提时代，我当过放牛娃，听见牛叫，我知道这是老牛在呼唤没有跟上自己的牛犊儿。许是为了追寻儿时的旧梦，听着“哞——哞——”的叫声，我不由得站起来，迈步出了院门。

果然，大车路上，正走过四头老牛，三头带牛犊儿。一个牛犊儿，紧傍在母牛身旁，撅着尾巴，跑着碎步儿；一个牛犊儿，紧跟在老牛屁股后，试图将头插进母牛胯下吃奶；另一个，为贪吃路边篱笆里钻出的狗尾巴草，掉了队，它的妈妈一边走一边回头望着它，一声声叫唤。四个牧童，一个拉着牛绳前边走，两个拿着带叶的柳条儿后边赶，中间的一个，乐悠悠地横坐在牛背上，他手里要是有一支竹笛儿吹着，就更是一帧美妙的《牧归图》了。

家家的烟囱，都冒着青烟。烟气冲上半空，织了一袭半透明的纱，依依地，蒙在屋顶。小南风吹着，树梢轻轻地拂动。谁家在炒鸡蛋拌辣椒，火太烈，油太多，香味掺着辣味，飘过半个村庄，直刺鼻子，呛得过路人都“啊嚏啊嚏”打喷嚏；一边打着喷嚏，一边还不住赞美着："好香，好香！"

几乎是同时，各家的收音机都响了。每天这个时候，省电台有半个钟头的地方戏。今天唱的是新戏《柳河湾》，说的是一个叫郭大脚的泼辣女人由穷变富的故事，豫剧名角儿常香玉主演。那脆生生的嗓音、亮飒飒的拖腔，真入耳哟。四婶儿阖家七口人围着门前的小方桌儿，四婶儿眯着眼看着桌上的收音机，她的孙女轻声儿跟着唱。四叔扛一筐青草回来，去屋里取烟袋，猛叫："锅淤啦！"四婶儿闻声站起，小跑回屋。老头子嗔怪地说："听戏能治饿？"话虽这样说，他竟也蹲在楝树跟前，噙着烟袋，闭着眼听呢。

奎五爷的院墙外，牛车路旁，有一盘石碾。因为有了碾米机，石碾没用了，石磙已不知去向，只剩了碾盘；年深月久，碾盘早被轧得凹凹的，像个大笸箩。此刻，碾盘的中心摆着一盘棋，奎五爷和庆四爷正对弈。已锄罢一遍地，人们闲，碾盘四周一圈儿看客，弓着腰，伸着头，围得密密匝匝。也许他们被棋盘上的一场恶战揪住了心，似乎并没有听到郭大脚那有字儿有韵儿的歌唱。

暮色重了。满天云锦褪成了淡黄色。成对儿的鸟儿，翅膀尖儿上沾着亮光，急急地向林中飞去。谁家的孩子扯着长腔儿喊着："爹——回来吃饭啰！"竹林那边，传来一个女人"咕——咕，咕——咕"的叫鸡声，大概鸡上窝时她发现少了一只，正找呢。

三婶儿一家，正坐在门前的葫芦架下吃晚饭。三婶儿和儿子、媳妇、孙子、孙女围着水泥板儿饭桌，三叔一人端着碗，拿两个馍，蹲在葫芦架的木桩前，低头吃着。我问："三婶儿，啥饭哪？"她放下筷子，连忙站起来说："芝麻叶绿豆面条儿，放的小磨油；

八成白面、二成玉米面的金银卷儿；炒鸡蛋，调豆腐，萝卜丝儿，咸豆豉儿。你在这儿吃点儿！”真的，桌上放四个盘儿，盘儿中间，是收音机，郭大脚正数落那个“割尾巴”的干部。

哟，云飞了，天黑了，树梢儿上镰刀似的月牙儿却亮了。我快回家。

进屋，闻到了小米饭的清香。妈已舀了饭，放在锅台边；碗上，搁了筷儿。擀面的案板上，收音机正响着，唱的是郭大脚夸富的那一段二八板。

1983年1月2日于望乡台

四 月

四月天，看看春意阑珊了，莺歌燕语里，洋槐花却忽地开放了。

这个小村，不知为什么种了那么多洋槐树，而今，又正在盛花期。远看，一片白茫茫的，如三尺厚的大雪盖住了村庄。走近些，但见村里村外、门前屋后的一切空地，都长着一簇簇、一片片、一排排的洋槐，树树粉嘟嘟的白花，积成了堆，织成了幕，垒成了墙。

一阵风，刮来一阵花香。那香气，好浓，呛得我直打喷嚏，打罢了，满身满心都甜丝丝、麻酥酥地舒服。正闻花香，猛听一阵脆生生的笑声从花荫里传来。不远处，小河边，长满粗粗细细的洋槐，每一棵都不见绿叶，只有疙疙瘩瘩的白花，树枝儿压得弯弯的。树干上，扯两条绳，搭着红红绿绿的衣服，有裤，有褂，有时髦的连衣裙。风吹过，飘飘闪闪，如轮船上的万国旗。听那笑声，嘎嘎嘎，嘻嘻嘻，哈哈哈，呵呵呵，好吵闹，像是一大群姑娘。急走几步，绕过一片洋槐棵子，果然看见七八个笑模笑样的女子，有的坐在绿草地上，有的倚在树干上，有一个猴子似的爬到洋槐树的五杈股上，背靠一根粗枝，乐悠悠地摇晃着。她们仍在笑，显然笑的是一个值得笑的内容。尖声的、细声的、粗声的、憨声的笑，火爆爆地交织在一起，汇成一片欢乐的海。少顷，笑得没气儿了，笑声弱了。那个长辫儿姑娘眨巴着诡秘的丹凤眼，悄声说了句什么，马上像半升豆子倒进了热锅里，又叽叽嘎嘎笑起来，树上那个，笑得更疯，边擦眼泪，边叫肚子疼。……大概是同时发现了我，如一群活泼泼的鸟儿猛地看见一只凶狠的鹰隼，霎时间都噤了声儿，可以听见枝头蜜蜂的嗡嗡嘤嘤。我忙装作只顾自己走路并没有注意到她们的样子，低着头迈慢步。只一会儿，许是憋不住了，不知是谁先“嘶嘶”笑了两声，紧接着，姑娘们都放开嗓子笑起来，笑声比原来更响、更脆。我偷偷扭脸儿瞥了一眼，见长辫儿姑娘凑在地上坐的一个圆脸儿姑娘耳边咕哝了句什么，女伴们的笑声登时雷也似的炸开了，圆脸儿姑娘忽地站起要打长辫儿姑娘，长辫儿姑娘转身便跑，二人在洋槐树林中一个躲，一个追，如玩猫捉老鼠游戏，碰撞得洋槐花扑簌簌飘落，纷纷扬扬，像下了鹅毛大雪。姑娘们看着她们俩，放纵地笑，恣意地笑，一声接一声，一声压一声，有如一川春水在铺了大大小小石头的河里奔流……

我好奇怪，她们笑的啥？是偷听到了谁和小伙子幽会时的悄悄话儿？是在一个偶然的机会见到了谁的长得漂亮却很调皮的对象？是在奚落一个死皮赖脸向姑娘求婚的青皮后生？是在想象着和心上的人领到结婚证那幸福而又害臊的时刻？是在议论着村里发生的只能说给女伴儿听的趣人趣事？

虽然步履迟迟，我终于走完了村边那段路。一阵风，送来一阵花香，又送来姑娘们喜滋滋的笑声。看来，她们笑得忘了世界，忘了时间，忘了自己。端的是什么事情值得她们如此长时间地开怀大笑呢？

1985 年 3 月 1 日

良 夜

烟囱还冒着烟，女儿小眉就催奶奶了：“快吃饭吧，今晚上六姑奶要来包指甲呢！”刚丢下碗，她就爬高上低去采摘指甲花。侄女们也喜欢包指甲，都跑来了，有的给她端着小笸箩，有的替她掐下高处的花朵儿。不一会儿，采了一笸箩水灵灵的指甲花。

指甲花，书本上叫凤仙花，姑娘们也叫它女儿红。故乡家家爱养花，只是没别的名贵的花，种的都是女儿红。母亲种的最多。瓦盆儿里，陶罐儿里，搪瓷钵儿里，磨透了底的铁锅里，都长着花丛。窗台上，墙头上，鸡圈上，兔笼上，都摆满了。刚一入夏，指甲花次第开放，有的桃红，有的粉白，有的姜黄。母亲种的品种好，花枝顶端骨朵儿挤成疙瘩，人称“头顶一窝珠”。还有种特别稀奇，花儿不开在叶柄的腋间，只开在碧葱葱的叶心，名儿也好，叫“小二姐坐船”。夏日没人包指甲，鲜活活的花儿，只引来蜜蜂嘤嘤地唱，还引来蝴蝶翩翩地飞，间或把长长的细细的嘴巴伸进花芯吻。也有一两个爱俏的女子掐一枝欲开未开的花骨朵儿簪在鬓边。于是，走到哪里都要招惹那些小伙儿们看啊看的。一入秋，西风凉了，田里活儿少了，才开始包指甲。兴许因为故乡水土好，谁家的姑娘都是柳枝儿似的苗条，桃花儿似的好颜色。都不爱穿大红大绿的褂儿啊裙儿啊，抹各种各样的油儿啊膏儿啊，总是淡妆素面；只是爱包指甲，纤纤的手，红红的指甲，确也好看。老规矩，十个指头只能包八个，两个食指不能包；包了，要得罪媒人，找不来婆家呢。

星星出来了，密匝匝的。一梳半月，像只吃水不深的船儿，泊在天河岸边。草丛中，豆架上，秋虫开始吟唱细细的“小夜曲”。看看天，望望门外，小眉急了：“六姑奶怎么还不来呢？”

一阵腾腾响的脚步声，伴随着豫剧《小二黑结婚》中“清凌凌的水呀蓝莹莹的天”的唱段儿，从门外响到门里，六姑奶来了。她，只是因为辈分高，才当上了姑奶奶，其实，才是一个十九岁的闺女。她是我们村的姑娘头儿。她做了件月白色的的确良布衫儿，别的姑娘跟着做；她做一双松紧口儿大出边的新鞋，别的姑娘也学着做；她剪掉了二尺长的辫子，别的姑娘也很快成了短发。她到哪儿，姑娘们都跟到哪儿。这不，她刚进院，又来了几个俊女子。“三个闺女一台戏”，何况是一群呢，叽叽喳喳地吵啊笑啊，院里像蓦地飞来了一百只爱唱爱叫的野雀儿，聒得秋虫们都住了声儿。

包指甲是女孩家的事，我不好近边儿，只是坐在一旁默默地看。

母亲从厨房搬来石蒜臼，找来了明矾。六姑奶把花瓣儿和明矾倒入蒜臼，腾哧腾哧捣起来。不一会儿，蒜臼里的女儿红捣成了绛紫色的糊糊儿。小眉去豆架上掐了茶豆叶、丝瓜叶，母亲找来了棉线。正要包，六姑奶忽生想起：“嗨，小盼儿说要来，为啥还不来？小眉，喊她去！”

小眉唱着跳着出柴门，穿树林去了。六姑奶依次给女伴们包指甲，把花糊糊儿放在指甲上，裹上青叶，缠上线。一会儿，小眉嘻嘻笑着跑回来了，见了大伙儿，仍笑得哏儿哏儿的。

六姑奶问："笑啥呢？见你盼儿姐没有？"

小眉强止住笑："人家和南庄上她表哥在门前的月月红底下说悄悄话儿哩。"

六姑奶说："啥表哥，拐十八个弯儿的表哥。城里人叫朋友，咱乡下人就叫对象嘛。"

小眉又笑起来，笑得断了气儿。六姑奶问："看把你乐的，看见啥啦？"

小眉擦擦眼泪，话里夹着笑，比画着说："月月红花瓣儿碰落在盼儿姐头上了，他，她表哥，一瓣儿一瓣儿给拿下来，兴许有一瓣儿钻进头发里了，他两手抱着盼儿姐的头，找啊，找啊……嘻嘻，嘻嘻嘻！"

姑娘们都笑了。六姑奶也笑了，却说："那有啥稀奇，还有更亲的哩。"

话音刚落，小盼儿来了，款款地走到六姑奶身边，像做了错事的孩子似的没说话；朦胧的月光下，仍可以看出她像一枝刚出水的荷花似的清秀。六姑奶举头看看天："啊，我说呢，今天七月七，牛郎会织女。"

小眉也忙仰着脸儿看天。苍苍碧空，没一丝云翳，银河两岸的星星格外稠。大星星、小星星都眨着机灵灵的眼，羞怯怯地看着地上这群喜眉笑眼的姑娘。看着天，小眉说："牛郎、织女还在天河两边哩，怎么还没相会？"

六姑奶"吞儿"一笑："人家相会、说悄悄话儿，还能叫你看见、听见！”

小盼儿娇嗔地瞅六姑奶一眼，羞赧地低下头，接着偎依在姑奶奶身边坐下。六姑奶说：“小盼儿，你给姑奶奶说说，他，你那个驴尾巴上吊棒槌的表哥，今晚来有啥事？”

小盼儿嗫嚅道：“他，没啥事……”

小眉立即接上：“可有事，死缠活缠要八月十六结婚哩。”说着，又笑得弯了腰。小盼儿瞪她一眼，拧她一把，小眉笑着跑了。

六姑奶一听，恼了：“你答应了吗？对，不能答应！结婚的日子得咱说了算。告诉他，再过两个八月十六跟他登记。要是性急，到外村找媳妇去！”连珠炮似的一串儿恶话说罢，她竟自己笑了。

小眉眼尖，向大门外一指：“嘘，人家在墙外听着哩。”

真的，院墙外不远处，柳树下、竹丛边，有个人影，看上去很魁梧，仿佛正怯怯地朝院里瞧看。

六姑奶的声音反而更大了：“人家等着呢，快包吧，包了找他去谈判。听你的，还算罢了；不听你的，明天姑奶奶我去找他！”

小盼儿腼腆地伸出了指头，也许是一时乱了神儿，竟把食指伸给了六姑奶。六姑奶一见，“扑哧”笑了，手指在她眉间一点：“你呀，心可跑去了。不怕得罪媒人了？去登记还得介绍人领着呢。”

姑娘们又是一阵铃儿似的笑。刚包了，六姑奶推着小盼儿：“快去吧，去晚了人家要骂我是王母娘娘哩。”

小盼儿多不好意思啊，勾着头，一步挪四指地去了。刚到门外，六姑奶又叫住她：“回来，还有话说！”小盼儿折回，六姑奶亲昵地抿抿她额前蓬乱的刘海儿，小声交代道：“记住，别硬上劲儿，慢慢儿说。那小伙儿还是挺不错的哟！”又转脸对小眉大声说：“鬼丫头，不许你再偷听人家的悄悄话儿；再听，烂你耳朵眼儿。”

柳树下、竹丛边，一对儿恋人不远不近地站着，喁喁地说着话。有顷，双双走进扶疏的树影里去了，惊动了两只夜鸟，扑扑棱棱拍拍翅膀，挪挪枝，又入睡了。

姑娘们包完指甲，花糊糊儿仅剩了一丁点儿，六姑奶只包了两个小指。

月儿沉了，星星更亮了。银河两岸的牛郎织女，正深情地互相看着。一定是女儿红又绽开了新的花朵儿，空气中有丝丝缕缕的清香飘浮着。夜凉似水。姑娘们的长袖、短袖布衫儿，都显得单薄了。又说了一阵子趣话儿，一个个回去了。小眉早躺在大蒲团儿上睡着。我喊醒她回屋时，见两个指头上的叶包儿已经蹭掉，指端已显出淡淡的樱桃色。只六姑奶还没有走，正和母亲说自己的婚事，说着说着，不禁埋怨起那个参军两年的狠心的他来，刚当上小班长，竟然一个月不来信，明天一定写信狠狠地剋剋他，哼！

1983 年 6 月 27 日

乡野竹林记

他，曾在我任教的那所中学就读，没听过我的课，仍尊我为师，每进城，总来看我。一日，竟携几卷水墨画要我指点。画的全是竹，或一竿迎风，或新篁带露，或三枝五枝撑一篷翠叶，疏疏密密地重叠着“个”字，真真儿画出了竹的风姿、竹的气韵。我好惊奇。本知道他做学生时爱画花花草草，想不到如今已有这般造诣。他说，他家住在竹林中，日则看满目竹影，夜则听满耳竹声，闲来便对竹写生。还说，他居处清幽，日子也富裕，希望我去小住几日。

自那以后，我便时时向往他的竹林、他家的清幽。

那次，冒着酷暑，下乡采访。一打听，离他的小村仅二里许。事毕，看看天将薄暮，便径直去投他。

远远地，望见村头一汪浓绿，树梢抹一带苍黄夕阳。走近了，看不透十丈幽深；听到鸟叫，看不见翅影。千竿万竿青竹，交交错错，参参差差，织成半天碧云，阳光也筛成绿的。绕着竹林转，终于寻到一条路，路夹在竹丛中，夹成一条波浪形的线，蜿蜒扯进竹荫深处。路的尽头，竹枝掩映中，一座小楼，青砖蓝瓦，屋脊落有野鸽子。他正在门前做竹活儿。身旁，放着修长的竹篾儿；手中，正编着一只精致的竹篮儿。一见我，喜得直拍手，说：“怪不得今早喜鹊叫呢。”忙让座，忙敬烟，忙沏茶，忙吩咐妻子准备饭食。四周都是青竹，其粗如檩、如椽，挺挺然直插高空，摩挲蓝天。也有那么多新笋，其状如棒、如杵，翘翘然正攒足劲儿向上蹿。竹林隔断了红尘，也滤去了暑气。坐在幽篁里，我心头也罩上了绿荫，感到不可名状的惬意。恋恋地看竹，一竿竿看，一节节看，看出了峻拔、坚劲，看出了勃勃的生命力；又细细地看叶，一片片看，一簇簇看，看出了潇洒、飘逸，看出了虚虚实实的文章。看痴了，看迷了，直看得自己仿佛脱俗了，仿佛风流儒雅了，仿佛身与心都立时艺术化了，又仿佛七尺血肉之躯倏地幻作一竿青青翠翠的修竹，长进了竹林里……

看足了，看够了，才听他谈话。他说，这竹林原来只有三十亩，现在已八十余亩，还在发展，北面长上山坡，西面伸向河滩，东面，要不是挖了深沟，竹根就拱进稻田里去了。哦，竹子啊，并不满足于固有的清幽，还要把更多的空地变为清幽。如果有一日，所有的荒山、荒滩、荒地，都长出青竹，都呈现龙吟细细、凤尾森森的幽景，那将多么美妙……我端详他手中的竹篮儿，好似金丝银线编就，花纹图案清秀典雅，犹有竹的神采神韵。他又从屋里拿出竹盒、竹箱、竹提包让我看，一个个俱精巧玲珑，使我叹为观止。他的才情才性，使竹变换形体，仍具有美的特质。那东西，首先是艺术品，其次才是商品……

天色暗了，暮霭重了，竹林化作墨绿的朦胧，只透出丝丝缕缕清凉，依依地拂人面、触人身。未久，竹林后面托出一镜圆月，月光也被竹林晕染成米绿色。他的妻子做好了菜肴，饭桌置于月下，一盘盘端出，炒腊肉、焖小鸡、炸焦鱼、煨笋干、煎豆腐……摆了满桌。又拿出了酒。此时此地，最宜于饮酒。女主人执壶，我们俩对酌，干一杯，又一杯。顷刻间，我便陶陶然醉了，醉成了竹林七贤中的刘伶。醉眼看竹林，便更觉得恍如置身仙境、幻境。

酒后，他说，又画了一幅《千竿凝翠图》，想让我题些字。我便一摇三晃地去灯下看画。展开一张四尺宣纸，便立即触到盎然生气。十几竿竹，峭然直立，五六簇叶，饱含绿汁，竹梢，昂然指向云霄。画中蕴含着他对生活的认识和理解。他的生活中充盈着诗，也就使我看得顷刻间心中诗意葱茏了，便借了酒兴，酿着诗兴，终于诌成一支自度曲，且管不得字迹如涂鸦，乘兴写在画的空白处：

> 君有千竿竹，枝枝折来入画图。画它带朝露，画它临风舞，画它月下风度，画它雨中风骨。泼墨堆积满林绿，画不尽一腔情愫。宅畔百亩，胸中百亩，笔底又百亩，谁人可比君富？居有竹，食有肉，乐何如，醉人不只酒一壶！

夜阑兴尽，他扶我上楼安歇。灭了灯，见明月隔窗窥人。窗棂上，竹影婆娑，也是一幅画。萧萧竹声中，我做了个绿色的梦，梦见他的竹林繁衍得好快，一下子扩展到百里以外，我家的宅院也就包围在千竿翠竹中了……

1991 年 7 月 16 日初稿于南阳

歌谣的黑土地

故乡的文化馆，编印一本《歌谣集》，薄薄一册，收传统歌谣近三百首。十年前得此书，并未读，作为资料塞进纸箱。近日，为找别的资料，不期翻出。下意识地打开，读了几首；一读，竟被吸引，便丢下正干的活儿，从头读。一首首吟咏讽诵，那么熟悉，又那么陌生；那么亲切，又那么隔膜。我仿佛一下子回到了早已消逝的童年，回到了离别许久的那片黑土地，找到了孩提时代的我。我几乎不认识半个世纪之前的我了。

那时的我，穿开裆裤，留月牙头，千百遍念过这些歌谣啊。

《月亮走，我也走》

想起了童年，就想起了月亮，还有那片青草地。童年的月亮，最大，最圆，最亮，好像在上面可以照见自己的鼻子、眼睛，和脸上没洗掉的黑灰泥巴。童年的青草，从田野长进村庄，直长到大门口、院墙根。空地都被草蒙了。

月夜的草地，是孩子们的乐园。急急地吃了晚饭，便跑出泥墙小院，去草地上玩。人去了，月亮也去了。月亮真亲，人去哪儿，它也去哪儿，切切地跟随着。娃娃们都会觉得，草地上的月亮是自己带去的。月亮笑吟吟地看着孩子们疯玩野玩，如一位慈爱的老奶奶。打打闹闹，蹦蹦跳跳，跌倒了也不疼，真疼了也不哭。在月亮奶奶面前，最娇惯的娃娃也坚强。

正是在月光下的草地上玩耍的时候，男娃女娃混杂着排成长队，绕着草地走，边走边看月亮，合唱这首先辈传下的童谣：

月亮走，我也走，
我给月亮赶牲口，
一赶赶到马山口；
喝米酒，吃牛肉，
开开后门摘石榴。

牲口是自己的，还是月亮的？我始终不明白，似乎也不须明白，反正就赶上牲口跟着月亮走吧。马山口在哪里？也不知道，只知道那地方很远很远，或许就在蓝天的西南角那颗亮星下面。那一定是个好地方。牛肉很香，米酒很甜，咧开了嘴的大石榴想一想就叫人流口水。借着银色的月光，望着迷蒙的天边，想着那诱人的地方，娃娃们的心，都飞走了。玩足玩够，回家上床，还想着马山口。在梦里，还跟着月亮跋涉呢。长大后，才知道，马山口只是一个镇子，乃伏牛山的一个出口，为大宗山货集散地，尤以出产扁担著名，民间便有“马山口的扁担自来翘”的谚语。歌谣本是村夫村妇创造的。世世代代生于斯长于斯的农民，匍匐于土地，出没于山野，身常在垄亩之间，足不到百里以外，在他们心目中，马山口就是大都会了，根本不去想世界上还有更繁华的所在。他们提供给下一代的，只能是马山口这么个令人向往的地方了。

我短暂的童年，童年的月亮和草地，月下草地上的美丽憧憬，已被岁月的风尘掩进遥远的过去，偶一回望，仍留下一丝温馨。

曾和儿子说到我的童年，童年的游戏，童年的乐趣。儿子一听，就轻蔑地笑了。童年的儿子当然不再念“月亮走，我也走”，当然更看不上马山口那个寒碜的地方。他早知道了北京、上海、巴黎、纽约。陪伴他的童年的，是电视机、游戏机，是喧闹的街市、高耸的楼群，再没了笑眯眯的月亮、星星、草地、旷野、庄稼和村童的嬉戏打闹。

《冻腊月，下大雪》

清楚地记得，那个阴冷的下午，下雪了。雪片巴掌大，在风中调皮地翻筋斗。翻够了，才落地。落地就老实了，无声地和别的雪片挤在一起，积成厚厚一层白。

在家里玩腻了，我去花婶家。一路上缩着脖子，怕雪片一个筋斗翻进衣领里去。花婶并不花，穿的是柿树叶捣成糊糊染成的灰不喇唧的衣裤，连根红头绳儿也没扎。因为她嫁来不久，按惯例该叫她花婶。花婶家，两间草屋，院墙塌了个豁口，坐屋里可以看见村头光秃秃的树林和树林外白茫茫的原野。不知从哪儿说起的，花婶教了我这首歌谣：

冻腊月，下大雪，
雪地一个小大姐；
没戴帽，没穿鞋，
她娘叫她拾树叶。

她念了一遍，声音缓缓的。我重复了一遍，不禁掉了泪。

“花婶，她娘心真狠。”

“是后娘。”

我扭脸看村头，久久地看那片树林，林中的雪，白得发冷，雪中的枝干铁一样硬。好像小大姐正在那里拾树叶，头上落了雪，雪一定钻进了衣领里面，光脚踩在雪地上，一定是刀割一样痛。已经到了腊月，林中还有多少树叶？树叶埋进雪里怎好捡拾？拾不满筐她娘不打她吗？我很想去帮她拾，她在哪儿？整个下午，我郁郁寡欢，心里酸酸的，一再朝村头看。村头风雪迷茫，并没有人影儿。

直到夜里，在梦中才看见了那个可怜的小姑娘。她仍在雪地里站着，衣服单薄，冻得发抖，荆条编的好大的筐里，只有几片树叶……

小小的我，当时确实被这首歌谣感染了、打动了。周作人有言：“民谣可以说是原始的——而又不老的诗。”（《自己的园地·歌谣》）这是一首抒情诗，也是一首叙事诗，诗中有一个凄惨的灵魂在倾诉，在哭号，在求救。这应是我平生接触到的第一首诗，我第一次被艺术征服。而今，年过半百，两鬓染霜，那颗童心早被数十载风雨剥蚀殆尽，重读此诗，仍然感动。人会老，诗不会老。是真诗，永远新鲜。诗并不都印在纸上。印在纸上的分行文字并不都是诗。这诗，千百年来只流传于农妇村童之口，直到进入内部编印的小册子才第一次变为铅字。然而，它是真诗。真诗的作者不是诗人。而那么多自称或被称为诗人的人的作品，尽管印成了漂亮的书册，却往往不是诗。这现象，很怪。

《月奶奶，黄巴巴》

在中原农村，这首童谣流传最广。我可能刚会说话时就念过，念时一定摇头晃脑、奶声奶气：

月奶奶，黄巴巴，

爹织布，娘纺花，

小妞没事干，

哄娃娃。

“黄巴巴”里的“巴巴”是啥意思，一直不理解。如今想来，这个“巴巴”和“苦巴巴”“蔫巴巴”“皱巴巴”的“巴巴”一样，表示着并不美好的意思，或许就是“月色昏黄”“月色惨淡”“月色晦暗”的俚俗化。

这是一幅农家夜生活的写生画。在黄巴巴的月光下，男人抛梭织布，女人纺棉抽线（我的故乡把棉花简称为“花”），半大的妞妞也不闲，照看着弟弟或妹妹。一家人，都在忙。白天田里忙，晚上家里忙，夜以继日地劳碌，为的是吃穿两大需求。木制的织布机和纺车都是祖传的。想古人的纺织工具也不过如此简陋。我们的先人不论穿丝、穿麻、穿葛、穿棉，想必也是这样纺成线织成布的。纺纺织织几千年，纺织成历史的一半，纺织成农业文明的一半；另一半，是老牛木犁疙瘩绳造就的。耕种的白日和纺织的夜晚，月复一月，年复一年，平静而又平淡，毫无变化而又不厌其重复，一如平展展的黑土地和黄巴巴的月亮、世世代代的苦日子和对苦日子的满足。

织成一匹布得多少次反复抛梭哟。

织成一匹布得多少线哟。

纺出能织一匹布的线得多少个长夜哟。

我儿时的夜晚，是在纺车声中度过的。奶奶纺线，妈妈纺线，左邻右舍，家家纺线。纺车摇啊摇，摇得星星都疲倦。棉线抽啊抽，怎么也抽不到头。纺车的嗡嗡声，徐缓而绵长，把乡村的静夜渲染得慢慢悠悠，缠绕得丝丝瓤瓤。纺车声和乡村生活十分合拍。生活本身就是慢慢悠悠的，日子本身就是绵绵长长的。儿辈的生活，和父辈、祖辈一模一样，耕种为食，纺织为衣，一切路数，悉遵古制。一年一年，一世一世，岁月缓缓流逝，而生活却久久不见更新，历史的脚步和老牛行路一样迟慢……

《小老鼠，上灯台》

这是一首儿歌，也是一篇童话：

小老鼠，上灯台，

偷油喝，下不来。

短短的两句话，活现了一片情景，述说了一个故事，留下了长长的悬念。我小时候，每当念罢，总是傻想，小老鼠上了高高的灯台，下不来怎么办？它一定很着急，一定后悔不该上来偷油喝。待下去，人看见要打它，猫看见要捉它，那就没命了。便很替小老鼠担心，不禁看墙洞里的灯台。

我家的灯台是黄铜的，据说是奶奶的陪嫁物，几十年油渍尘积，已成了黑不溜秋的模样儿，只手端的地方，还露出铜的亮光。油灯由两部分组成：灯架和灯碗儿。灯碗儿里盛油。油是芝麻油。庄稼人种芝麻，主要不是为了吃油，炒一锅南瓜菜也只放几滴油；

而是为了点灯照明，所以，民歌里就唱道：“二十七八黑咕隆咚，你不种芝麻咋点灯。”油灯里放灯草。灯草是一种草茎的芯儿，白白的，柔柔的，很便宜，一个鸡蛋能换一大把。我家的油灯里，只放一根灯草。奶奶夜里纺线，灯草只露谷籽儿那么大一点儿，灯焰如蝇子的翅膀大，点到五更，还熬不完半灯油。睡觉时，把灯碗儿端下，用瓦盆扣着，怕老鼠偷油。村里，只有财主太爷屋里的油灯点三根灯草，很亮很亮，全村人都羡慕。一盏油灯，满屋昏黄，照亮多少凄清的夜。油灯下，苦日子也带几分温馨。昏黄中，传说着乡野的故事，念诵着古老的歌谣，枯寂的生活便有了几丝色彩。

油灯，点亮了一种文化。

曾几何时，油灯消失了，彻底消失了。要见它，只能到博物馆里找，只能去齐白石的画里找。代替它的，是药瓶、墨水瓶做的煤油灯，黑而粗的油烟总把人的鼻孔熏黑。煤油灯毫无诗情画意。我的父老乡亲到现在还没用电灯。

当我向儿子说到灯台时，儿子不解，以为是台灯。他没见过灯台，没有点过油灯，没有灯焰摇曳光晕昏黄的体验。他是在电灯下长大的，从没有念过“小老鼠，上灯台”，即使念念，也念不出妙处。

灯台没了，老鼠却多了，而且进化得猴精。

《小白鸡，叨碾盘》

忽地想起来了，绿荷池边，黄楝树下，那个石碾。石碾由两部分组成：碾盘和石磙。碾盘是土色的，眼见得那石头十分粗糙。

石碳的质料倒很细，蛋青色的，玉也似的。碾盘中间插轴，枣木的，很结实；石磙四边套上框，框老是脱榫，常得用绳绑。框和轴联结着，石碾便成了可以碾米的机具。

常常有人去碾米。毛驴儿蒙了眼，目不能斜视，心不能妄想，只一个劲儿拉着石磙绕着碾盘转，碾盘周围便走出一条圆溜溜的永远走不到头的路，路上，驴蹄印儿一层摞一层。驴一开步，木框和木轴便摩擦出吱吱扭扭的响声，艰涩而漫长，如一个说话结巴的女人关于一个平庸话题的反复唠叨。

儿时，常去石碾那儿玩。不是那儿好玩，而是没有别的地方玩。常帮碾米的老人和女人赶驴。老驴上了套，没屎就有尿，老是磨磨蹭蹭不想往前曳，就有必要不断吆喝它，有时还得用青树枝子揍它一下。待谷子碾出了米，小南风吹去了糠，人牵着驴，驴驮着米和糠离开以后，娃娃们便成了石碾的主人，在碾盘上挤着坐，跨石磙上当马骑，也七手八脚，又拉又推，把石磙弄得滴溜溜空转，便引得过路的大人呵斥。此地，最适合唱这首有关石碾的歌谣：

小白鸡，叨碾盘，
叨出一串大青钱；
又买油，又买盐，
又娶媳妇又过年。

我老是奇怪，碾盘上只有没扫净的谷糠、米粒，鸡常去捡食，尖嘴叨在石头上，啪啪响，可怎能一下子叨出一串青铜钱呢？无中生有地，平白无故地，竟然就叨出一串铜钱。这是幼儿的希望，也是大人的希望。儿歌总是成人创作的。怎么只能叨出一串，就不能叨出千缗万贯呢？穷惯了的农民，从没那么大的奢望。能意外得到一串钱也就满足了。区区一串钱，却要派那么多用场。买油买盐，使寡淡的生活多些滋味；娶媳妇、过年，可就是最大的美事、乐事了。在这里，农民的想象力已达于极限。农民的罗曼蒂克只能如此。贫穷也束缚人想象的翅膀。世世代代忍饥受寒、听天由命的庄稼人，根本想不到人间还有更高级的精神和物质的享受。

1996 年 6 月 24 日

桥的呼唤

金色的黄昏，我在一条河边走。河水很大，满河豆青色的浪花、豆青色的漩涡。路边的河岸很陡，对岸却有一漫平的沙滩。夕阳下，一滩细沙显得浩瀚而辉煌。快走近一个村庄，看见沙滩伸进水中一个半岛，十几只长腿水鸟，一半在水中走，一半在半岛上卧，真是一幅好画。

路边的陡崖上，一字儿排开，站一群孩子，有娃娃，有妞妞，有的挎着书包，有的背着弟妹，都直直地看着对岸。

我问：“小朋友，看鸟啊？”

孩子们齐声回答：“看火车！”

河那边，沙滩上去，是一片即将开镰收割的麦田。麦田尽头，是绿树。绿树后面，几座苍青的山峰，似屏障，挡在天边。那里，并没有火车。

“哪儿有火车？”我问。

“一会儿就过来了。叫一声，比牛叫还响哩！”一个头顶扎朝天小辫儿的女孩儿说，她边说边回头看我，俩眼笑成了弯弯的月牙儿。

“火车头还冒烟呢，一叫就冒白烟。”一个剃罗圈头的男孩儿说，一说话，脸上出现一个浅浅的三角形的酒涡儿。

“怎么知道这个时候火车要过来呢？”

“天天来看，谁不知道！”孩子们说着，都回头瞥我一眼，以为我信不过他们。

只知道新修的铁路从山边过，想不到竟吸引了这里的一群孩子。我索性也停住脚步，挤个缝儿站进孩子们的行列。彩霞越发鲜艳，远处的山峰、林木、麦田，近处的沙滩、水鸟、大河，都闪着耀眼的金光，好似童话里的景物。我和孩子们都站在灿烂的金光中。

等了好一会儿，还不见火车的踪影，我说：“今天看不到火车了吧？”

孩子们同时扭头瞪我一眼，愤愤地说：“怎么看不到？哪天都能看到！”

真的，话音刚落，就听到了隆隆声，声音由小变大，浑厚而沉重，仿佛河岸也被震得颤动。孩子们都伸长了脖子，踮起了脚尖儿。很快，从山峰前面、树林后边，伸出了红色的火车头，接着，绿色的车厢、正方形的车窗、窗上挂的白布帘、窗内依稀可见的人影儿，都在明丽的霞光下一闪而过。娃娃们、妞妞们，和骑在他们肩上的弟弟妹妹们，都使劲儿往上蹿，挥着胳膊，可着嗓子啊啊大叫，好像火车是他们的老朋友，车上的乘客是他们的爹、妈、哥、姐、弟、妹，而且车上的人也看见了他们似的。孩子们的尽情欢呼，把河那边的水鸟吓一大跳，扑扑棱棱地起飞，飞向山前的树林。不到半分钟，火车猛吼一声，喷一股白烟，就钻进另一片树林后边。亏得两片树林当中有一段空隙，要不然，孩子们就只能听见火车叫，看不见火车，那才急人呢。隆隆声渐渐消失，白烟还在。直到白烟融进霞光中，孩子们才停止欢呼蹦跳。他们啊，显然没有看够。

我和孩子们一块儿沿着河堤向村庄走去。我说："铁路离这儿不过几里，你们去近处好好看看嘛。"

他们都说："可想去看，怎么过河？没桥啊！"

朝天辫儿女孩儿说："往北八里有桥，我爹去车站卖狗皮、兔子皮，从那儿过河。车站上，有一条街哩。"

罗圈头男孩儿说："往南十里是我外婆家，那儿也有桥。我二舅去车站卖玉米，给我买了一袋糖豆儿。"

我说："你们这儿一修桥，去看火车就方便了。"

娃娃妞妞们齐声大叫："修桥吧，修桥吧！桥啊，桥啊！"叫着，扭脸儿看着奔流的大河，看着山峰前两片树林之间那个诱人的地方。水面正漾着柠檬色的晚照，山头已变成紫色，树林笼罩了淡淡的暮霭。

我在心里说，即便不为农民去车站的街市卖农副产品方便，单单为了孩子们去看火车，这里也该修一座桥啊。

2000 年 6 月 11 日重写

乡 关 回 望

久住城市，常常思乡，思念生我养我的地方。愈近老年，思念愈长，像有一根长长的线，一头拴在故乡，一头系我心上。常常回想，常常回望，常常在想望中还乡。即便想起一件普通的器物，望见一片早被岁月的流水冲淡的风景，也倍感亲切，低回不已，像又追回消逝了的时光。当然，也有苍凉，也有怅惘。日暮乡关何处是，不思量，自难忘。

铁轮车·独轮车

那时候，乡村只有两种车：铁轮车和独轮车。牛拉的铁轮车叫大车，人推的独轮车叫小车。

先说小车。小车全用木制，连轮子中心的轴也是木制的，但必须是不结榆钱的那种榆树的老干镟成，那种榆木坚硬、耐磨。小车很少，好像只五爷家有。我只坐过一次小车。我在东沟放牛，五爷推了小车在沟边地里刨红薯。或许他一时糊涂，偏带了三个筐，近黄昏，红薯拾进筐里，要装车才意识到一边两个筐，一边一个筐，不平衡，不好推，老人家就招呼我去压车。刚好我正想回家，刚好牛抬起头朝村庄哞哞叫，也想回家。我就牵了牛去坐只放一筐红薯那边。五爷把车襻绳在脖子后面一挎，双手攥车把，一直腰，屁股左一扭右一扭推车上路了（民谚说：“推小车，不用学，只要屁股扭得活。”扭动屁股小车就不致歪倒）。我的体重相当于一筐红薯，小车就很平稳。想必车轴刚刚膏过油，车轮转动，摩擦出吱吱扭扭的响声，细而脆，很好听，好像戏台上演《胡二姐开店》的那个小旦脆生生的歌唱。白胡子老爷爷用独轮车推着湿漉漉的红薯和笑眯眯的我，我拉着摇尾巴尥蹶子的牛犊儿，乐悠悠地走在长满茅草的田间小路上。如果把那时的景象画下，想必是一幅十分有味儿的风情画。那天彩霞特别红，半个天空都像泼满了猪血。乡下人管彩霞叫火烧云。

牛车是大件农具，穷家小户没有，只有那家财主有两辆车，车帮上包了铁页子，磨得锃亮，很是气派。打造一辆车，不是件容易事。车框须用枣木，车厢须用桑木，最好的车辕是鬼柳木。会做车的木匠是大把式，十里八村才有一个。我家虽穷，却有一辆牛车。那是父亲的爷爷在世时分家分得的，传给父亲时已破旧，每个榫眼都是松动的，一上路，哪儿都咯咯吱吱响。我家只有一头牛，需拉车拉犁时，得和别人结合，那叫犋犋。一般人家都只有一头牛，都得犋犋。我家有车，因此都愿意和父亲犋犋。外人借车使，作为报酬，须给车膏油。两个铁轱辘膏一遍，得一两香油。一两香油够点一个月的灯，能炒十次老南瓜。我坐过多次牛车，空车时，父亲才让坐，拉了粪土、庄稼，决不能坐，怕累了牛。最得意的一次是坐牛车去瞧外婆。东方发白就上路，坐上车听见茶鸡儿叫：“喳钩儿——喳钩儿——”，那早起的鸟儿好似特意为我送行。三十里路，看一路景致。看见一座庙，从庙里出来个女子，穿黄褐色长袍，头剃得比面瓢还光。看见一个池塘，池水乌青，满塘气泡，有人站在水中摸鳖，刚摸出的那个，烙饼馍的鏊子那么大。中途经过一个集镇，看见剃头铺门前挂一绺长发当招牌；看见饭铺门前席棚下挂一块漆成白色的小木板，上面画一把茶壶，下垂一条红布，也是招牌；看见街边卖的锅盔做得比我家的箩筐还大，切锅盔的刀好似戏台上关二爷使的刀，谁要买，割下一块，用秤钩儿钩着称。拉车的两头牛都瘦小，走得慢，我不嫌慢，只顾喜滋滋地四下看，边看边念儿歌："坐大车，格当当，走舅家，吃麻糖……"那是我童年的一次壮游，到这时才知道世界真大，世间的稀奇事物真多。

牛车的铁轱辘最贵，两石小麦才能买一对。穷人家十年不吃白面馍也难积存两石小麦。铁轱辘却最耐用，常常是几代人也用不破，车架朽了、散了，轱辘还能转，只不过插轴的孔（古人叫作毂的部分）渐渐磨得大了、松了，走动时咣咣当当响，轱辘轧地的周边（古人叫作辋的部分）渐渐碰得变窄，甚至窄得刀刃似的。牛车路叫大路。大路如叶脉，连接田野，通往邻村，通向集镇，好似也能通到天边。日日，月月，年年，铁轮车出村、回村，大路上轧下两条弯弯的平行线。那线很长，和苦日子同样长；那线很密，和老农脸上的皱纹同样密。铁轱辘很沉，砸得地颤动，牛累得喘气，赶车人仍频频打牛骂牛；铁轱辘很利，反反复复切割土路，把路面割成麻披，切得粉碎，一路尘土，阻人脚，扑人脸，风一刮，飞扬天地间，尘土中饱含人汗的咸涩和牛尿的腥臊味儿。

最早的车是木轱辘。木轱辘想必比木车架更难做，更需要技艺和经验。所以，《庄子》里有"行年七十而老斫轮"的话。铁器时代开始后才有铁轱辘。铁轮比木轮更耐磨耐碰。这无疑是进步。铁轮车拉着庄稼人总无变化的凡俗生活，走在凹凸不平的乡村土路上，走了 25 个世纪，走得实在缓慢。

两千多年来，多少条大路轧成河。

我见过一次铸铁轱辘。

六爷家盖新房，去北山拉山黄草，装一满车。下山的时候，牛收不住脚步，突然跑快，六爷一拉牛绳，牛离开正路，两个轱辘同时碰上石头，一个成了两个半圆，一个碰掉一块。老祖宗传下的物件，一时毁了。只好再去一辆车，拉回山黄草，也拉回破了的铁轱辘。那天，正好有铸铁轱辘的匠人来。每年秋后，都有这种匠人来，常常揽不到活儿，铁轱辘使坏的机会很少。这次，六爷决定重铸铁轱辘，重铸比新买省钱。匠人有三个，一老两少，脸上手上都沾有黑灰，显然刚在邻村铸过；来时，赶一辆驴车，车上装铸造家什。六爷家门前支起了化铁炉。化铁炉好似半截水缸，比盛满水的水缸还沉。风箱是圆形的，比水桶粗，比扁担长。一节竹筒连接风箱和洪炉，怕漏风，用牛粪和淤泥混合成糊状糊严。用麦秸和木柴点火，燃着焦炭。破轱辘砸碎，一块块填进去，又把断了齿的铁筢、磨损得不到一拃长的铁锨、砍出了豁子的菜刀、锈出了窟窿的洋铁桶、折了的纺线铁锭子、使坏了的镰，还有一个铁秤砣，一件件扔进去。风箱把是 T 形的，两个后生并排站着一拉一推，身子一仰一俯，同时发出“嗬，嗨嗨，嗬，嗨嗨”的号子声。每一拉，炉中的呼呼声气势磅礴，火苗直蹿三尺高，火星子飞过屋顶，飞上高空，像能把云彩烧着。那老者脸黑似锅铁，胡子却是黄的，可能是被炉火烤焦了。只见他拿一根长长的铁棍，时时插炉中戳戳捣捣，隔一会儿，伸头朝炉里看看。过了两顿饭的工夫，老人用铁棍在炉中搅一搅，让停止扇风，两个徒弟立即各掂一根撬杠，插洪炉两侧，慢慢向下撬，洪炉慢慢倾斜，倾斜得很玄乎，快要倒下时候，老师傅用铁棍朝下部的炉口猛一捅，随即流出了小米汤似的铁汁，咕嘟嘟流进模子。这时候我才知道，却原来黑黢黢的铁还能变成黄澄澄的水……

几乎全村人都去看，六爷门前像唱大戏。乡下生活，枯燥而冗长，有趣的事儿太少，即便狗咬架也有人看，来个货郎担儿也有人看，四猴儿用蚯蚓去村头泥沟边钓黄鳝也跟去一群闲人，财主家请来铁匠给骡子钉掌，也招引几十个男人围观。

六爷那对铁轱辘，应是乡村铸的最后一对铁轱辘。

独轮车早就没了。不知道博物馆收藏没有，据说，那原本就是诸葛亮造的木牛流马。

铁轱辘车也没了踪迹。那次还乡，见九爷家还有一个铁轱辘，堵在猪圈门口，黄锈斑驳，挨地面处长了苔藓，连接毂与辋的辐断了两根，母猪的长嘴时时从孔中伸出。一根辐上留有一行突起的字："大清咸丰十二年铸。"

油　坊

刘家开油坊。刘家住村北，和村庄隔一道长年流水的沟，沟里长满菱角。我们村只那一家姓刘。据说他们的祖宗是个卖油郎，游乡到我们村，勾搭上我们村的一个女子，几经曲折，在这儿落了脚。这事，刘家世代相传，说他们的先人是我们的姑爷；我们则一直不承认，因为不光彩。刘家和村里人关系就淡薄，娶媳妇，他们不来贺喜，死了人，他们不来吊孝；他们有事，我们也不去。刘家地少，日子却好过，因为开油坊。北风一刮，满村都是香油味，闻着叫人流口水。全村的女人，皮肤都干燥粗糙；刘家的媳妇，脸蛋儿油光嫩亮，因为吃油多。

刘家院子大。东厢房四间，有炒芝麻的锅灶、轧芝麻的石碾、打油的榨床，还有一排盛油的油篓。老油匠三个儿子，身材都短而粗，那叫车轴汉。车轴汉都有劲儿。老大、老二打油，老三个子更低，抡不开油锤，却更精明，就游乡卖油。打油都是光身子，三九寒冬也一丝不挂，因为打油费力，一打就浑身流汗，更因为身上容易沾油，沾了油的衣裳不好洗。那时乡下没有肥皂，洗衣裳只能用皂角或草木灰淋的水，买皂角太贵，灰水洗不净油腻。据说，衣裳一脱，打不够一槽油就不出屋，有了尿也撒进炒成的芝麻里，掺了尿的芝麻打的油仍然很香。因为家里有两个不穿裤子的男人，村里的女人从不去刘家串门，刘家的媳妇送茶水也只把瓦壶放在门外，说声“茶来了”，扭头走开。打油是重活，没劲儿的男人举不起油锤，有劲儿的男人打一天油也够呛，所以，民歌里唱道：

打油打到五更天，
累得筋断骨头酸。
油锤一扔上床睡，
不往女人被窝钻，
——你是貂蝉也不想沾！

我和狗儿爷多次去刘家，不是去玩，是去闻香气。离他家越近，香气越浓，进院门，好似掉进了油罐子里。狗儿爷说，闻半晌等于吃半两油，在家里一个月也吃不了半两油。一去就想看打油，窗子高，看不见。有一次，推开虚掩的门，我俩进了屋，进屋就被香气呛得直噎。看见老头儿正炒芝麻，拿一把铁锨在锅里翻，锅有井口那么大。一头驴被蒙了眼正曳石碾轧芝麻，怕它偷吃，用布兜儿兜了它的嘴，驴或许累了、烦了，曳几圈就停下撒几滴尿，借机稍作喘息。老油匠就骂驴：“浪尿不少！”另一边是榨床。榨床是柏木的，已被油浸成黑色。那哥儿俩果然赤条条的，胳膊、腿都粗，酱紫色的肌肉呈块状，棱角分明。两人可能是轮流打。此刻，老二正用一块黑乎乎的脏布擦汗，脖子、胸前、肚皮、腿间擦遍，一拧，拧下黑色的汗水，扑嗒嗒滴进地上黑色的尘土。而后，拿起瓦壶，嘴对壶嘴喝水，咕咚咕咚，饮驴一般。老大正抡油锤打油。油锤据说五十斤重，正方体的铁疙瘩；油锤把据说是棠梨木的，结实柔韧，不容易断，手握的地方已经磨细，还在使，可见耐用。不是打在芝麻上，而是打在楔子上。炒过轧过的芝麻，包以麻布，缠以棕绳，码进榨床，而后揳进楔子，先是小楔子，后是大楔子。芝麻越挤越紧，就挤出油来。老大正打大楔子，打大楔子更费力。只见他掂着油锤，在身子右边由下到上抡一个圆圈，同时高叫一声“油哇——”，腾地打在楔子上，似有千钧之力，打得狠而重，震得屋梁也仿佛一动。随即，香油就呼噜噜流进油槽里。很快又不流了，只点点滴答，就再打一锤。一声“油哇——”，攒足全身劲，油锤落下，即便是芝麻秆，也确实能打出油来。一锤锤打下，直到把油挤干挤净，松散散的芝麻挤成了硬实实的麻饼……

我俩看得有趣，那哥儿俩却不高兴，先翻白眼瞪我们，后呵斥道：“有啥看的？出去玩！”我们赖着不想走，老头儿从圆圆的锅盖似的麻饼上掰下两小块，给我们一人一块，干笑着说：“回家吃吧，在这儿身上沾了油可是洗不掉。”我俩啃着麻饼离开刘家。麻饼真香，从没吃过这么香的食物。吃着，狗儿爷突然吞儿笑了，笑得猛，笑呛了，直咳嗽。笑罢，他说：“你看见没有？那弟兄俩个儿老矬，鸡巴老长，真奇怪。”我说：“可不，油锤一举，那东西打锣槌一样一摆一摆，真逗！”我俩都笑，笑得哏儿哏儿的……

如今农村的油坊，都是机器榨油。那不算油坊，是小小的榨油厂。机器榨油人省力，可乡亲们说，那油吃着有铁腥味儿，不香。

补锅·钉锅

家家都有铁锅，烧火做饭就叫燎铁。民谚说：“三顿不燎铁，娃子打他爹。”饿极了，再绵善的娃子也会发脾气。马山口出的铁锅好。民谣说：“马山口的铁锅均州的缸，赵湾的萝卜李湾的姜，刘官营的姑娘不用相。”前四种都是名牌货，刘官营的姑娘个个好模样。铁锅再好也会使破，这家不破那家破，何况，并不是家家都能使上马山口的铁锅，那锅太贵，那地方太远。于是，古来就有补锅匠，走村串户补锅、钉锅。使出了窟窿，要补；裂了口子，要钉。俗话说：补补钉钉还是锅，不补不钉是烂铁。是锅就能用，烂铁不值钱。

我们村大。每隔十天半月，总要来补锅匠。村正当中，土地庙前，有棵扭着劲向上长的柏树，白胡子老爷爷说，它已经五百岁了。补锅匠一来，总在那儿做活儿。补锅匠都用上翘的扁担挑着担子，一头是木箱，装小炉子、小风箱、小砧子、小锤儿等小工具；一头是箩筐，装铺盖卷儿，铺盖都脏，沾满尘土，常常是干一天活儿，随便在谁家的磨房、牛屋或放柴的草棚下过夜。补锅匠都带个半大的小子，或许是他的徒弟。师父守着摊子，徒弟手掂一根戳炉子的铁棍儿，头顶一口破锅（这些都是补锅匠的招牌或者广告），满村吆喝生意。家乡管补锅叫锢露锅。那小子边在村中走，边一遍遍高叫："锢露锅——钉锅——！钉锅——锢露锅——！""锅"字的声音拉得很长。一时间，沉寂的村庄焕发生机。听到叫声，全村的老婆婆、小媳妇都想到自己的锅，该补该钉的，都从灶上揭下，用锅铲儿铲去锅底的黑灰；如果不铲，补不严、钉不牢。铲锅灰有讲究，只能掂着铲，锅灰掉下，呈弧形，不能放地上铲，放地上锅灰就掉成圆圈，摸黑走路会"鬼打墙"，走一夜也走不出那一小片地方。

补锅匠一摆起摊子，总引来成群娃娃、妞妞看。我看过多次，只一次记得清。那次，那个头顶破锅手拿铁棍的小伙儿吆喝得格外响亮，直叫到我家门口。奶奶正纺线，忽生站起，忙去揭锅。我家灶台上边的土墙特意留个洞，在那儿放灯台，嫌灯台低，垫了半块土坯，老鼠上灯台偷油，狸猫蹿去抓老鼠，蹬翻了灯台，蹬掉了土坯，土坯砸进锅里，砸出一道好长的纹，熬粥不漏，蒸馍漏。奶奶说，这锅是马山口的货，一斗高粱买的，才使五年，钉钉，再使五年也不会漏。就拿去钉。补锅匠又老又瘦，胡子也稀，脸像庙里被烟熏黑的土地爷。他说，得钉四个疤，不要钱，管一顿饭算了。奶奶心善，即便不钉锅，也会管饭的，不就是几个窝头、两碗稀饭、一碟辣椒嘛。奶奶交代我，等到晌午领补锅匠回家吃饭。我一下子成了娃娃妞妞中的特殊人物，他们凑近看，补锅匠总让离远点，我站得最近，补锅匠却不说啥。我就看得真切。

邻家顺儿叔拿一口半大的新锅让补，锅上还粘着半干的面条，锅底正中一个窟窿，像初九初十的月亮，能伸进拳头。他说是鸡飞上灶台找食儿，屙锅沿上，他气极了，拾一块半截砖砸鸡，没砸着鸡，砸进了锅里。其实，他说的是假话。昨晚上，他两口子正要吃饭，几句话说戗了，顺儿叔脾气暴，恼上来说声“过不成了，算啦”，掂上磨刀的石头就砸锅。过一夜，小两口又好了，就来补锅。补锅匠一看，说窟窿太大，补不成，给再多钱也没办法。顺儿叔一听，脸一沉，日一声把锅扔几丈远，立时摔成碎片，扭身走了。我知道，他成亲半年来，这是第三次砸锅。前两次是干锅，啪一下就砸稀烂，砸罢第二天就买新锅。这次锅里有饭，才只砸个洞，可还得买新锅。

驼背弯腰的孤老婆七奶奶，小脚踩着小碎步，掂来一口盘子那么大的小锅让补，说是昨儿晌午烧火做饭，水还没滚，就往下滴，滴着滴着往下流，火都浇灭了，没做成饭，只好烙个高粱面饼子，喝半瓢凉水。补锅匠一看，说：“呀，锅底蚀了，不好补。”就用小锤子敲那漏的地方，把原本豆儿大的洞儿敲成了枣儿大的窟窿。每敲一下，七奶奶就心疼得发出一声“哟哟”。而后，补锅匠把锅夹在两个小腿当中，一手托一个又脏又臭的破鞋底（脏是我看到的，臭是我想到的），一手拿一把核桃壳那么大的小勺儿，从炉中舀一砣橘红色的铁汁儿，倒鞋底上，小心地端到锅下，正对着窟窿，往上轻轻一按，用一块满是油污的脏布在上面擦，擦出黄烟，同时伸长脖子用嘴吹，气力不足，必须凑近吹，边吹边朝铁汁凝固的地方吐唾沫，吐上就发出嗞嗞响声。七奶奶切切地看着，又絮絮地啰唆：“如今的锅，都不像是铁的，像是泥捏的，使不几天就漏了。我年轻时候，一口锅做饭蒸馍煎煎炒炒使十几年……”边说边一再慨叹今不如昔。锅补好，七奶奶从宽大的衣襟下摸出一个鸡蛋当工钱，补锅匠嫌少。七奶奶说：“我年轻时候，锢露一回锅俩钱，钉一个疤一个钱；一个鸡蛋值四个钱哩……”她年轻时候，大概慈禧皇太后也还不老。

大个子九伯掂一口大锅走来，走着骂着：“都是饿死鬼托生的，再吃也吃不饱。养活一窝猪娃，光吃不会干活……”他是骂他儿子。他女人是瘫子，却生了五个娃。粮食不够，只他可以吃馍，盛馍的竹篓挂梁上，老鼠能偷吃，娃们够不着。娃们只能喝饭，五个娃都喝成了大肚子，肚子撑成了鼓，还说饿。几天前的一个中午，一锅饭喝完，娃们争抢锅铲铲锅巴，不知道哪个娃不小心铲掉了锅半腰钉的两个铜疤，弄得顿顿做饭都要和面糊锅，高粱面糊不住，必得用白面，真真可惜了。补锅匠接过锅一看，笑了，看补锅的孩子们也都笑了。他那锅上，两长两短四道口子，我数一数，已经钉了 17 个疤，有黄铜的，有红铜的，还有一个椭圆形的，颜色发青，可能是熟铁的，都明明亮亮，好似天上的星星。补锅匠说，坏两个疤，得再钉三个疤，因为口子长了；要不，口子再裂三指，锅就会裂成两半，想钉也钉不成了。九伯说：“那就钉吧。锅烂了，亏就大啦。”补锅匠说，原来的两个疤不能用了，太小，盖不严，得换大的。九伯说：“哟，可惜那两个疤了，钉上七年了，跟长上了一样结实。”说着又骂他儿子：“一窝饿狼，喝饭像灌老鼠洞，锅再大也不够喝。”补锅匠剪了圆形的铜片，先换原来的两个疤，用铁锤轻轻钉，钉上铜钉，用木槌轻轻砸，砸得铜片和铁锅紧紧贴近。后钉第三个疤，先用钢钻在裂纹上钻孔儿，而后钉疤。动作仍是轻轻的，生怕用力过大会把锅打破。钉罢，掰一块黄胶泥在三个疤上擦，泥太硬，朝泥上吐两口唾沫，一手下面托着，一手上面狠擦，直到黄泥渍进缝里才完事。九伯付了钱，掂着那个有 18 个疤的大锅走了，走着仍骂着那一窝娃。我想，他那口铁锅如果能保存到今天，一定很有价值。那是一件文物，每个疤都固定下庄稼人的一段贫寒日子，18 个疤把庄稼人的苦难人生串连成绵绵不绝的沉重故事；那似乎也是一件艺术品，18 个疤仿佛每个都钉得是地方，颇有聚散疏密之美，颇有形而上的意思，衬以黑青锅铁，明暗反差强烈，铜疤越发璀璨，足有震撼人心的力量，想目下纷纷标新立异的前卫艺术家，怕也弄不出这样的杰作。遗憾的是，九伯的铁锅不可能放到今天，至迟在“大跃进”年代就被送进了土坯稀泥砌的炼铁炉……

这些年来，多数农民仍用铁锅。或许因为质量好了，或许因为买新锅费不了几个钱，破了就当废品卖掉，反正再没人补锅钉锅。没有补过钉过的锅就没了故事，也没了历史感。“钉锅锢露锅”的吆喝已成绝唱。补锅匠已从三百六十行中消失，同时消失的还有土地庙前、老柏树下那片古老的风景。土地庙合作化中扒了，老柏树“大跃进”时砍了，比补锅匠更早消失二十多年。

石　磨

石磨是赭红色的。那种颜色的石头坚硬，凿出的磨磨齿锋利，容易把粮食磨碎。老爷爷说，石磨出在磨山，只有磨山的石头能做磨。磨山在一百里外的天边。石磨是两扇，上扇比下扇厚。两个同样大的圆饼摞在一起，圆心的地方，下扇嵌一截镶了铁的木轴，叫磨脐，上扇有镶了铁的圆孔，磨脐插入孔中，两扇就永远是重叠的圆；下扇固定，上扇转动，千转万转，永不分离。上扇靠圆心处，有两个直通通的圆洞，叫磨眼儿；原粮磨第一遍时，须塞一个眼儿，塞磨眼儿的短木棒，叫磨棁。上扇的上棱，还有两个相距近二尺的斜孔，可以穿进麻绳，绑一木棍，那木棍叫磨杠。驴套就连在磨杠上。驴套的最前边，连接两片二指宽的木板，夹在驴脖子后部，驴一开步，就拉动石磨转；那木板，叫驴夹板。在驴头和石磨之间，撑一根四尺来长的细棍，叫驴撑棍，作用有二：一是永远固定驴和磨盘的距离，驴转圈时有所遵循；二是驴不能偷吃磨盘上磨碎了的粮食——那儿有棍子撑着呢。驴上套前，先把两个楦了麦秸的细长布袋戴在它的肩胛上，以免其被驴夹板磨破了皮，那布袋叫驴扎脖；再用一块旧布蒙了它的眼，那布叫驴碍眼。驴一被蒙了眼，就好似没了时间和空间的概念，只顾一个劲儿向前走，再走都仍在原地打转儿。于是，磨盘四围的地上，驴蹄就踏出了一个周周正正的圆，铺一层细细的尘土，踏满驴蹄印儿，那圆，叫磨道。俗话说的“磨道里找驴蹄儿——一找一个准”，就是从这儿引出的隐喻。驴有耐性，也有耐力，干活时间太长了，也会怠工。想怠工，不能直白停下，硬停下就要挨打，只能借故拉屎撒尿，常常是走十圈八圈，就站住便溺。所以，乡谚说：“老驴上磨道，没屎就有尿。”磨道上的土，掺了驴粪，浸了驴尿，据说最肥，就有一个特殊的用处：谁家孩子头发不旺，剃罢头，奶奶或妈妈就去磨道抓一把，撒头上揉搓，边揉搓边念咒：

葫芦葫芦光光，

明年长满秧秧。

葫芦葫芦蛋子，

明年梳个大辫子。

《黄帝内经》曾有言道：“发者，体之苗也。”农民也认定，头发是从头颅里长出来的，就和庄稼苗一样需要施肥，上了粪苗才壮。庄稼人就认这么直观的理儿。同样，谁家娃子心眼儿少，就捞粪池的蛆虫洗净炒熟让他吃，蛆虫一拱，心眼儿就多了；谁家产妇不下奶，就让她吃莲菜，莲菜有孔，一吃，就通了。古来就是这样，没人怀疑这种不科学的做法。

我们远古的先人真是聪明智慧，不知从哪儿得到启发，把石头磨造成磨，把野驴驯化成驴，于是颗粒状的粮食就变成了可做多种食物的面粉，引发了一场膳食革命。从那时起，驴就因磨而存在。所以，民谚中说道：“生就的驴命，不曳磨能行？”从那时起，磨面就成了农家必不可少的事。所以，民歌里唱道：“不养闺女你咋当婆，不进磨屋你咋吃馍。”

驴拉磨，人筛罗，筛下面，筛出麸皮再磨，一般都磨四遍。驴转三四圈，人就得随驴屁股后把磨盘上堆积的面和麸的混合物收起，倒罗里筛，急急筛罢，忙再去收，片刻不得消停。大户人家的磨房里有筛面箱，安了器械，人坐着，用脚蹬，那叫脚打罗，筛面比较轻松。穷家小户都是用柳条编的笸箩，笸箩里放一杆擀面杖，手抓着罗在擀面杖上一推一拉滑动，耗时费力，而且面粉飞扬空中，飘落人满身，磨一晌面，头发、眉毛、胡子都是白的，好似老寿星。磨面是累人又烦人的活儿，最难消受的是那长长的无聊。光子二伯女人个儿太矮，裤子只二尺长，站磨盘边手伸不到磨上，光子二伯就得每月磨一次面。为排遣那难耐的寂寞，打发那难熬的时光，光子二伯一进磨房就唱戏，不会别的，只会唱《李豁子离婚》：

李豁子清早起去拾粪，

回家来不见了我的女人。

东家找，西家问，

找不着我女人我不放心……

他只会十几句戏词儿，磨完一斗高粱，往往能唱几百遍。

五奶奶好说话，平时在女人场里拉家常，东街柿子西街梨，张家婶子李家姨，一说一晌儿，说得快活。磨面时，磨房里只有驴是活物，驴听不懂话，更不会说话，她就憋得慌，只好骂驴，骂驴也算说话。驴不偷吃麸子，也不无故停下，骂啥？只好骂：“我日你八辈，走恁慢。”“你老龟孙想歇？下一辈子托生成人就不下这驴力了。”那次，在犟四爷家磨面，犟四爷听她一个劲儿骂驴，不禁恼了，跑进磨房发脾气：“打狗也看看主人面，你骂我的驴干啥？我这驴你日不成！哑巴牲口咋得罪你啦？我这驴绵善，下一辈子就是要托生成人；你下一辈子说不定托生成驴，好跑好叫不好干活，不光挨骂，还挨打哩……”

驴走得确实慢，磨转得确实慢；也不能快，因为人筛得同样慢，太快了就筛不及。磨眼儿鸡蛋粗，成升成斗的粮食慢慢流进去，成晌成夜的工夫慢慢流进去，磨出了细细的面粉，也磨碎了长长的日子。磨房里，石磨、驴蹄儿、筛面罗合奏的冗长而沉闷的交响曲，演出了数千年；数千年旋律依旧，节奏依旧，没有高潮，没有变化，年复一年地渲染着村庄的古朴、安稳和宁静，年复一年地述说着同一个无头无尾、平淡无奇的故事。合奏曲的延续中，春秋交替，历史爬行，乡村生活总不见新意。磨房屋小，磨道天长，在筛面罗的推推拉拉中，一代又一代小媳妇成了老太婆，一代又一代小伙子成了老头子。时间被磨得模糊，心灵被磨得迟钝，磨房里的无聊成了人生的无奈。命运别无选择。于是就认了，就习惯了，就从窝头、稀饭和糠糠菜菜里，从平静寒俭的生活里，得到了满足、舒帖和快乐……

驴绕磨转，人跟驴走，走千里万里也走不出五尺磨杠的半径之外。沿着磨道走，分不出起点终点，走千圈万圈仍在磨房。人和驴走的是同样的路。

我家的磨房盖在小院的西南角，泥坯子打的墙，上边横放一高两低三根枣木杆，铺两张高粱秆织的箔，苫一层搪了泥的麦秸。怕大风掀掉屋顶，把几根构树皮拧的绳从屋脊搭下，两端拴上礓石，坠在屋檐。磨房矮，进门须弯腰低头。门旁有窗，窗只是个正方形的空洞。石磨是祖传的，上扇已磨损到四指厚，磨面时得压上捶布石和磨刀石。那次破磨，白胡子破磨匠说，这磨至少使一百年了。也就是说，爷爷的爷爷以前就有它了，它见证了祖祖辈辈的贫寒，也见证了祖祖辈辈的满足。驴也是祖宗养的驴的后代。奶奶说，驴的妈妈的妈妈，长的也是这模样，个儿小，毛铁灰，额头上长一块白毛。驴活儿好，除了犟，没别的缺点；犟才不惜力，能持之以恒。平时拉磨，农忙时曳耧耩地，曳碌打场。驴蹄上钉的铁掌，每年都得换一次。别人来磨面，代价是最后留下麸子。东坑岸住的绝户麻二奶，每磨面都磨十几遍，一大笸粮食只剩下半瓢麸子。有磨有驴的人家都借故不让她去磨，她只好大老远地到我家磨。磨到五遍以后，磨扇间的麸皮已经很少，磨呼隆隆直响，等于石头磨石头，很容易磨钝，驴拉着也费力。奶奶总把我家的麸子添上一瓢。奶奶不在乎麸子多少，主要是心疼磨，也心疼驴。麻二奶走后，奶奶老是说："她为啥绝后？光想沾光，心不善哟。"奶奶最善良，总是同情可怜的人。祠堂里的三婶只娘儿俩过活儿，寡妇失业的，日子好艰难。她常常自己推磨。推磨不用驴，就不留下麸子；当然要感谢磨主，因为使了人家的磨。那麸子，她自己贴锅饼吃，只让儿子吃面粉蒸的馍。奶奶听说后，立即出门，绕池塘，钻树林，穿半个村子去祠堂，对她说："一个女人家，嫩胳膊嫩腿的，咋能出驴的力？再磨面，去俺家，俺不要麸子。驴嘛，就是曳磨的东西，使使它，没事儿。"记得，有一次跟奶奶去黄楝树下听瞎子唱三弦书，有一段就是《小寡妇推磨》，说一个哀怨凄恻的故事，曲词里唱道：

推磨推到打一更，
天上有云没星星。
一盘石磨凉冰冰，
一个人推磨孤零零。
推磨推到打二更，
天上地下黑咕隆咚。
老鸹野雀都在窝里卧，
小寡妇抱着磨杠走不停。
推磨推到打三更，
老天爷偏偏刮狂风，
大雪裹成疙瘩下，

小寡妇汗水掉地冻冰凌。

推磨推到打四更，

小寡妇头晕眼花两腿疼。

磨杠像有千斤重，

磨道好似万里程……

推到五更，就出事了。一个痞子邻村吃酒归来，看见磨房亮灯，一摇三晃走进去，先挑逗调戏，后动手动脚。小寡妇不堪凌辱，天亮前悬梁自尽了，死时，掺了两瓢谷糠的三升高粱还没磨完。那盲艺人声音沙哑，可唱得动情。我看见，奶奶边听边擦眼泪。她一定想到了三婶。

在我短暂的童年里，几乎每个白天都听到石磨声。那沉沉的呼噜声总是从黎明响到黄昏。听到磨响，心里总有一种踏实感，总能想到高粱面窝头、玉米糁糊糊、芝麻叶绿豆面条，还能想到清明节的荠荠菜饺子、端阳节猪油炸的焦面叶儿、中秋节用一半白面掺一半谷面炕的干饼、过年期间为了待客蒸的包了红枣的白面馍。每个夜晚我都在驴嚼草的嘎嘣声中上床入睡。驴吃夜草，那嘎嘣声通宵不绝，好似从村巷深处传来的拨弹音乐，平和，亲切，有乡野味，有温馨的家园感觉。有驴的嚼草声相伴，梦境也清新。我常梦见庄稼地、带露水的野草、野牵牛的喇叭花、豆秧里支叉着鞍儿吱吱长鸣的蝈蝈儿、被爷爷奶奶喻为梁山伯与祝英台的双飞的蝴蝶、村头小河里顶住水浪向上游的黑脊梁的鱼儿……

我家磨房的梁上，有两个燕子窝。小满前，燕子准时回来，出出进进，孵卵育雏，抽空落院里的椿树上叫得热闹，为磨房里的单调枯燥增添几许生动活泼。鸟也忙，人也忙，各各按照自己千百年来的固有活法忙自己的营生。处暑后，两对鸟夫妻都带着自己的儿女离去，走前的清晨，总落在椿树上合唱一阵，像是向人道别。春来秋去，年年如是，那寒碜的磨房是燕子固定的夏天的家。1958 年早春，先是石磨被扒掉，因嫌太薄，不能再用，拉去做了大食堂烟囱的底盘；后是磨房被掀掉屋顶，枣木杆、高粱箔和麦秸做了食堂的燃料，一场雨后，泥垡子墙全部倒坍。燕子回时，在磨房遗址上空盘旋许久，一次次飞下，再也找不到那记忆中的草屋，再也找不到那栖息多年的旧巢。椿树也被砍伐，无枝可依，飞累了，只好落堂屋屋脊，一声声啼叫，叫声凄惨。奶奶说："没了窝，夜里往哪儿卧哟，肚里的蛋在哪儿下哟。人作了孽，鸟可怜哟……"说着，扑嗒嗒掉了泪。

在70年代的末梢，父亲还养过自己的驴。集体散伙后，分财产，我家分得两条驴腿，就是一头驴的一半。父亲拿出 30 元钱，拉回了驴。是头老驴，父亲说是当年我家入社的驴的孙子。在集体的饲养房里，父亲养过它 10 年。没了石磨，驴已经无用，父亲只把它当作伴儿，当作 20 多年前的自耕农生活的纪念。想不到，养了 20 多天，父亲突然死了，死在驴槽前的床上。他死时，槽里拌了料的草驴还没吃完。我曾写过一篇《驴春秋》，记我家的养驴史，最后一段说：

> 埋殡罢父亲，想起了那头驴，它已经一天一夜没吃草。如何处置，煞费周章。送给乡邻，都不愿养；卖给屠户，人家不收。终于，小镇上一家小工厂愿买，要用驴皮熬胶。那是个凄惨的下午，天阴得很重，东北风如刀割。厂方来人拉驴，那人走到驴前，驴就怕，懔懔地，不敢

> 挨近他。他解开驴绳，要拉上走，驴就是不抬步，四条腿像钉子似的扎在地上。那人从驴槽前掂出一根枣木棍（那是父亲喂驴时的拌草棍，已经用了多年），抡起就打驴。打一棍，驴只走一步。打了十几棍，才走出大门。乡亲们来看，都唏嘘不已。驴眨着大眼，一遍又一遍看我，看乡亲，再也看不到它最熟悉的那个面影；不住地咴咴叫着，它心里有话，却不会说。走出大门十几步，它身上已布满棍痕。它的脊骨、胯骨都高高棱起，棍子打下，一定很疼；疼着仍一再回头，咴咴叫着，看乡亲，看我，再也看不到它最熟悉的那个面影。乡亲们都叹息。我强忍着眼泪。那人把驴打上大路，驴还在回头看。又一棍下去，那可怜的生灵打个趔趄几乎倒下。寒风吹开它凌乱的黑毛，露出累累伤痕。很远了，我仍听到棍子打在驴身上的啪啪声，和那人的斥骂声……

父亲的驴，是村里的最后一头驴。庄稼人养驴的历史，就这样凄惨地结束了。父亲去世前养这近一个月的驴，算是养驴史简短的尾声，令人心碎的尾声。

因为没了磨，才没了驴。在磨和驴从乡村生活中隐退许久后，我有机会从磨山下走过，为了拜访我家的磨和乡邻的磨的老家，特意上山察看。山上的石头果然是赭红色的，棱角坚硬，锋芒闪光。据说这里的山民世代以取石制磨为业，山已被挖得很矮，像稀软的面蒸扑塌了的馍。当年的制磨匠人怕大都已老死，但山还叫磨山。这正好可以为那段消逝了的岁月作证。日前，参观历史博物馆，见展厅里也放着一盘石磨，式样、颜色和农村的众多同类无异。

却原来，那是西汉的出土文物。

石　碾

村庄正中，那一片地方稍高，就有一盘石碾。碾盘尺把厚，嫩白色石头锻成，表面光滑，雨一淋，能照见人影儿，远看好似一轮圆月。家乡小戏的戏词里唱道：“八月十五是晴天，月亮出来赛碾盘。”一定是就近取譬，用这碾盘比月亮的。碾盘上的碾子，青色的，那石头好似更坚硬，摸一摸有铁的感觉。碾盘中心插的立轴，不知道是什么木材，黧黑色的，风刮雨淋，总是很结实。碾子的框套在轴上，框上的孔越磨越大，而轴却不见磨损。碾盘下面支三块石头，石头上生满墨绿的苔藓，遮掩了本来面目。高地上长满密密实实的野草，碾盘下的石头边也长了野草，而且更茂盛，细叶小花常伸到外面；只有碾盘周围，牲口的蹄和人的脚踩出了一圈环形的不长草的地。石碾附近不种树，怕引来鸟叨吃粮食，还怕鸟粪落上碾盘。石碾东边是土地庙。土地庙所占的地方地势最高，草也最深，那里总是冷清。石碾西边是一个瓢形的池塘，人种有藕莲，天生有青蛙，也常有鹅鸭去游。如果画一幅画，把土地庙、石碾、池塘画上，一定很有乡土味。

这石碾是什么时候有的，乡亲们都不知道。最老的老爷爷说，他穿开裆裤时就有。看碾盘上碾子轧的地方，已轧成凹凹的，确实很有年岁了。村里有个传说，说是康熙爷坐朝时候，皇粮必得交谷子，谷子存一百年也不坏，就多种谷。有一种叫“庄稼佬还家”的谷种好，薅罢麦下种，六十天就收，每亩能打三布袋谷子。交了皇粮，还剩好多，为了碾米，才张罗添置石碾。穷人家每户出一升高粱，财主家出了三石高粱，拉粮食去北山换了石碾，连支碾盘的石头也是从山里拉回来的。那碾盘太重，铁轱辘牛车拉不动。老族长在北山跪了一天一夜求山神爷，感动了神，神派一只大龟驮来。这就像神话了。但那碾盘足有五千斤，牛车确实难拉回。怎么运来的，也真是个谜。

常有人碾米。谷子碾三遍，扬去糠才成小米。也有人轧粮食。粮食里有干坷垃，轧一轧，簸一簸，再用湿抹布擦一擦，晾干才能磨。虽这样，粮食里总还有沙土，磨出的面吃着老是碜牙。俗话说，庄稼人每年都吃一块坯，也是真的。只有财主家给太爷吃的面，是先把小麦淘一淘，晒干磨成的。只有几家富户才轧玉米仁儿，玉米去了皮就糟蹋许多。穷人家不敢奢侈，只把玉米磨成糁，带皮吃了；穷人家的孩子就喝不到玉米仁儿稀饭。驴拉碾，没驴的人家用牛。驴一上套，拉着就走；牛干不惯这活儿，必须有人跟着赶，走几步就得吆喝，拿鞭打。各家的鸡都恋着石碾，成大群守那里，头一伸一缩找遗落的粮食，看人不防也会飞上碾盘偷吃。鹅鸭也去，它们胆小，只在稍远处用扁嘴插草间搜寻谷粒，不敢太近碾盘。麻雀也去，麻雀胆更小，只在没人的时候去捡拾残余粮食。碾子转动，碾框和立轴便摩擦出吱吱咛咛的响声。那响声，像一支缺乏节奏感的乐曲，内中有几分顺溜、几分艰涩，几分欢畅、几分抑郁。特别在傍晚，日头已落进树林后边，彩霞转暗，西天边像抹了晒老的酱，村中一片昏黄，家家的炊烟升空，在天地间撑起一根根弯弯曲曲的灰色柱子，四围都已平静，只有石碾还在响，因为驴或牛已经累了，走得缓慢，响声就迟钝、嘶哑，如泣如诉，便又有几分无奈和忧伤。石碾声或许能为土地庙里的神消解几许寂寞，人已充耳不闻，人只知道碾出米可以熬稀饭，轧了高粱磨成面可以蒸窝头。

娃娃们常去石碾那里玩。有人碾米，就帮他赶牛，老是大声喊叫着，树枝频频打牛屁股，牛就跑得疾，碾米的人不得不一再告诫："慢点，慢点。"石碾闲着，娃娃们就绕着碾盘玩"猫捉老鼠""打瞎驴儿"。但不能推空碾，也不能登上碾盘，更不能骑上碾子。如那样，大人看见就训斥，训斥的话从来不变："推空碾，长大找个媳妇是秃子。""上碾盘，长大找不来媳妇！"至于为什么推空碾找个媳妇是秃子，上碾盘找不来媳妇，则从来不讲道理。其实，小孩子并不关心找媳妇的事，只想由着性子玩。或许因为成亲是大事，农村的很多禁忌，都和婚姻有关，都拿找媳妇威胁人。比如，男娃不能坐升子上，不能坐笤帚上，因为升子是媒人的头，笤帚是媒人的脚，得罪了媒人，就说不来媳妇。再如，女娃吃饭时拿筷子手指不能离筷头远，远了，婆家远，回娘家不方便。那次，石碾正闲着，小伙伴们就围着碾盘念歌谣：

小黑驴，拉大碾，
碾小米，蒸干饭，
浇上油，撒上盐，
小娃吃个肚子圆……

还没念完，一个孤老奶奶去碾米，她没驴没牛，如果借，得把谷糠给牲口的主人，谷糠她要喂鸡，舍不得，就招呼娃娃们推碾。娃娃们都高兴，一齐凑上，有的推，有的拉，碾盘周围踏满牛驴蹄印的碾道上，娃娃们的光脚踩下一层层清晰的小脚印儿。老奶奶一会儿嫌推得太快，轧碎了米，一会儿嫌推得太慢，碾不掉糠，孩子们都不生气，都听她的，好像顷刻间都长大了似的。碾完米，老人家从宽大衣襟里面的口袋儿里，摸出几个枣儿，已经干皱，肉儿都贴在核上，每个娃娃给一个，算是酬谢，娃娃们都立即放嘴里吃，可甜，都觉得帮她推碾值得，都想着能再推一阵再给一个才好呢。

石碾是公共设施，全村家家离不了。而且，平原石头少，村民认为，每一块石头都有神，过年时，都要贴上写了“道”字的方块红纸，奉三炷香。正月十三，还要抬上石头在村中游，谓之“游石头”。这，应当是一种石头崇拜。石碾是大石头做成的，就更有神圣的意思，就更不能侵犯、不能亵渎。腊月三十就要用红纸封碾，年节期间都不能用。石碾前，拢了土堆当香炉，家家都去上香。村里有个痞子，光棍一条过日子，好吃懒做不干活，村人都不抬举他。有一次，连阴雨下半月，痞子没地方如厕，清早上碾盘拉屎。八太爷看见了，立即扇他几耳光，骂他不如猪狗。很快，全村人都知道了，都骂他，一切难听的脏话都骂出来。而后，男女老少都不理他，都用斜眼睃他，他去借水桶打水谁都不借给，去邻居家借火也不让燃。他在村里混不下去，只好外出流浪了。

那年，四月末梢的一天黄昏，村庄上空突然聚集起又黑又红的疙瘩暴云，压得很低，滚动似狼烟，接着，一股黄风进了村，绞着劲刮，刮得天旋地转，一下子把驴爷的堂屋屋顶揭了，同时把当院那棵水桶粗的老枣树带根拔起，抛向半空，旋转而去，裹挟到村后坟场才落下。顷刻间天昏地暗，风声像一万只狼一齐干嚎。全村人都害怕，驴爷一家几乎被吓死。当天夜里，驴爷的儿媳妇疯了，光着身子，大喊大叫。天明，她跑上碾盘，手拿一根烧火棍，站立在碾子上，边挥舞边大笑，笑声瘆人。她又说些谁也听不明白的话，只有一个曾经疯过的女人听懂一句：她说天塌地陷啦。那媳妇平时腼腆，见人没话，说疯就疯了，村人都纳罕，谁也不敢接近她。石碾那儿，气氛恐怖。八太爷说是人中邪了，得驱邪。东庄毛四先儿会治邪魔外道，驴爷牵着驴驮来了毛四先儿。那个干瘦老头儿戴帽壳，留辫子，一撮黄胡子，掂长杆烟袋，向碾盘上一看，闭目一想，让七个壮汉蹿上去先把那女人拉下来，四肢捆了。而后让宰一只白色的公狗，接一碗狗血，泼女人头顶。用芝麻秆炬的灰在女人身边撒一个圆圈，砍一根桃木棍，在圈里抽打，边打边念咒语，每念一段就说声“呀呀嘟噜呸呸”。折腾半晌，那女人竟不疯了，变得比过去更腼腆。但疯子糟蹋了石碾，是大事，全村人都不依。没人再去碾米，娃娃们也不去玩；那里好像邪气仍没散，仍有凶险，谁也不敢走近碾盘。驴爷不得不在碾盘前上供烧香放鞭炮，祭石碾。又出钱请一台小戏，在石碾前唱三天。再担清水把石碾冲洗一遍，事情才算过去……

直到人民公社成立，大集体不种谷子（据说那庄稼产量低，公粮也不能交谷子），就不再碾米，石碾就没用了。碾盘上积了尘土，长了小草。立轴断了，碾框朽了，碾子被推到村头，砌进公用的茅房。十年后，碾盘上垒了“忠字台”，村民去“早请示”“晚汇报”，唱“东方红”，呼“万寿无疆”“永远健康”。再后，碾盘不知去向。

场与石磙

外地叫打谷场或打麦场，我的故乡只简称为场。这有一定道理：场里不只打谷打麦，还打高粱、豆子、芝麻，还打油菜籽、萝卜籽、胡萝卜籽。谷物脱粒，主要靠石磙。古人管石磙叫碌碡，南宋诗人范成大在《四时田园杂兴》里就写道：“系牛莫碍门前路，移系门西碌碡边。”叫石磙也有道理，它是石头做成滚动做工的，民歌里就唱道：

一个石磙圆溜溜，

打罢小麦打绿豆；

打了荞麦没事干，

滚到河湾轧泥鳅。

做石磙的石头，一种是青色的，细而光；一种是白色的，粗而糙。青色的宜打麦，白色的宜打豆。石磙朝外那头稍粗；若里外同样粗，不易转圈（石碾碾盘上的石磙则是朝里那头稍粗，为的是增大摩擦力，使谷籽易于脱壳）。两头正中都有方孔，嵌进枣木的磙脐，外套磙框，框上有短轴，正好插进磙脐。牲口拉动磙框，石磙就转动了。

场都在村头，村头有风，扬场方便；场都不在村北，夏秋天刮北风不多。豌豆、大麦将熟，就赶紧轧场。一般都轧两遍，第一遍轧平，轧平了还会裂口子，隔一天就轧第二遍，叫合缝。轧成的场明光洁净，像镶在大地上的一轮圆月。有牛的人家都有场，地多的场大，地少的场小。没牛的人家借场借牛打庄稼，打罢须留下麦秸、谷草。豌豆、大麦进仓，小麦登场。打小麦，人最忙，总是在“吃杯茶”急切切的叫声中，在闪闪烁烁的星光下，起五更摊场，用桑杈把成大垛的麦捆挑开、挑散，摊成一个厚实实的圆。摊罢场，已经日上三竿。日头越毒越好，毒日头才能把麦穗麦秆晒干晒焦。晒到将近晌午，开始碾场。碾场是重活，总先把两个窝头填进牛嘴，给它加餐。牛拉石磙进场，磙框后面还要挂一块半月形的片石，那叫耢石，它的作用是在秸秆上沉沉地擦过，把籽粒从麦穗里擦出。耢石上放一个粪筐，牛拉屎，要及时接着（如果是打谷子、豆子，还须放一个瓦盆，牛撒尿，立即接进盆里）。碾第一遍最难，人、牛、石磙都陷进枝枝杈杈、蓬蓬松松的麦秆里，每走一步都费力，人要不断挥鞭打牛，边打边吆喝。牛拉磙和驴拉磨一样，顺逆时针方向走，就连老鸹在天空踅、鹅鸭在池塘凫，也都天然地遵循逆时针方向。这也是地球绕太阳公转的方向，或许两者之间有某种联系。碾罢第一遍，用桑杈再把秸秆挑起，抖一抖，反扣下，这叫翻场。翻罢再晒。正午的阳光最烈，人出汗，牛喘气，越热人越高兴。碾过三遍，太阳已平西，就用搂筢把麦秸搂到场边，把麦糠麦粒的混合物拢成长长一堆，这叫拢场。拢罢，常有丝溜溜的南风从田野吹来，正好扬场。扬场是技术活，衡量一个庄稼手本事大小，扬场是重要一项。好把式扬场，无论东西南北风、风大风小，都能利用，即便扭劲风，也能对付。两三个男人挥锨扬场，那场面十分壮观、十分生动。远看麦糠腾空，如鲸鱼喷水，如龙卷风盘旋，近看锨起锨落，麦糠飘飞，麦粒坠地，扬场人一仰一俯，节奏感鲜明；木锨着地嚓嚓，麦粒落下唰唰，扬场人举手投足，移步换形，颇似舞蹈。好把式扬场讲究木锨。勾老五做的木锨最好。勾老五是方圆几十里有名的好木匠，早死了。他的徒弟、徒弟的徒弟做的木锨也算勾老五木锨，像是王麻子剪刀，传多少代都是名牌货。在高台曲（曲剧的旧称）的戏词里，曾唱到扬场：

椿木把，桐木板，
勾老五做的好木锨。
四月初八赶春会，
买来只花十个钱。
拢了场，掂上锨，
趁风扬场好使唤，
赛似那孙猴子的金箍棒，
赛似那杨二郎的赶山鞭。
前腿伸直后腿弯，
左手使劲右手端，
木锨板一斜扬上天，
紧三锨，慢三锨，
正三锨，反三锨，
前三锨，后三锨，
轻三锨，重三锨，
一锨一锨往上翻，
好似珍珠倒卷帘，
好似刘海戏金蝉，
吕洞宾三戏白牡丹……

其实，扬场是很累人的，并没有这么潇洒。扬一场麦，能喝半桶柳叶茶，喝再多也不尿，都变成汗了。

打场时候，场是禁地，女人不能进场，光屁股娃娃不能进场。女人送饭送水，只能送到场边，娃娃走近场边，大人必威胁说要抹他一脸牛粪。场是谷物脱粒的地方，是检阅收获的地方，是成熟的庄稼变成粮食的地方，自然显得神圣，容不得丝毫亵渎。从这里可以看出农民对收成近于迷信的关注、对粮食发自内心的珍视。那次，匡三爷正碾场，黑娃来借搂笆，看见麦秸摊了齐腰深，说：“哟，这一场能打三布袋。”匡三爷登时恼了：“你说那算个屌，我这是四亩麦，打五布袋也不依。”黑娃忙扇自己脸：“打嘴打嘴，说错了。这一场能打三石。”还有一次，旺二爷拢罢场，去柴草垛后面撒泡尿，回来见留记的傻女人双腿跨在他的石磙上当马骑，边抡胳膊作挥鞭状，边发出“嘚儿嘚儿”的喊声，不禁气极，一耳光把那女人打个仰八叉。打罢又骂，骂她一身腥臊污了石磙。骂罢，又让留记买一挂炮，在石磙边放，驱赶晦气。

不打场时候，场像一面干净的镜子。每到傍晚，孩子们都去玩，脱了鞋，玩传统的游戏。大人们也去乘凉。财主家的场最大，算得上乡村的广场，总有二亩地。场北边一排杨树，树梢有几个干柴搭的白鹤窝，场南边紧挨小河，从河上吹过来的风软绵绵的、凉丝丝的。吃了晚饭，男人们都带上娃娃，掂一张席子，去场里睡觉；半个村子的男人都去还没占满。财主家的老太爷、没结婚的三少爷也去歇凉，只不过他们的席子是苇子编的，穷人家的席子是高粱秆篾子编的。老太爷吸水烟，大伙儿吸旱烟。边吸烟，边说话。老太爷有学问，好说古时候的事，说孔夫子，乡亲们听不懂，说姜子牙斩将封神，一连说几个半夜，乡亲们听得入迷。躺场里不讲礼法，大人们都只穿大裆裤头，娃娃们都是赤条条的；带了被单，只在后半夜搭身上。场里空气好，泥土味、柴草味和庄稼的青气混合在一起，很好闻。风不大不小刮着，刮不起灰尘，刮来的都是凉爽。鸡还没上窝，羊还没进圈，树梢还有柿黄的夕阳，拐四爷就头一个进场，掂着那张已经不成长方形的蒲草打的席子，还有那个梆子形的作枕头的木墩，直挺挺仰面朝天躺下，躺下就唱《胡二姐开店》，唱够板眼，别人才来。他说过一段著名的话：“睡哪儿也比不上睡这儿，睡王员外娘子的象牙床上也比不上睡这儿。野风刮着，不热不凉，浑身上下哪儿都美，比七仙女的手摸着还美。皇上也享不了这福，娘娘也享不了这福。”孩子们躺下，好看星星。那时的星星格外稠，那时的星星都有故事，星星的故事孩子们都熟悉。那时的孩子不知道夏天天热。那时的孩子没被蚊子叮过。

打罢麦，场犁掉一半，种萝卜。碾过场的地肥，萝卜长得像棒槌。打罢秋，场就没用了，裂了缝，下场雨，缝里长出嫩茸茸的草。没长草的地方，蚯蚓拱了曲曲弯弯的道道儿。石磙也待在场边场角，静静地赋闲，雪落雨淋，野草把它包围，勾勾秧的长蔓拦腰爬上，喇叭花朝着太阳开。太阳晒不到的地方，长了米绿的苔，偶有老婆婆去刮下来，熬水给孙子喝，那东西治未满月的婴儿拉肚子。儿童们在村头野玩，总有大小子登上石磙，昂首挺胸，咋咋呼呼，将军一般。狗有时也去，蹺起一条后腿，在上面撒尿。平时人们都忘了石磙，只在过年期间，特地在它的一端贴上写了“青龙大吉”的红纸条，为它烧香、放炮。

俗话说：“人跟磙吃饭。”还说：“磙一转，没有白面有黑面。”突然有一天，土地归公，几十户人家只一个场，一个场也没当年财主的场大。石磙只用上两三个，那么多的石磙都被弃置村头，成了无主物、无用物。公家办好事，把多余的石磙统统弄到村头河上，立于水中，又拉来祖坟前的石碑，往石磙上一放，就成了一道绕弯的长桥。没儿大，一场大雨，河水暴涨，把石磙全冲得无影无踪。

金器·银器·铜器·铁器

我故乡的农民，知道皇帝吃饭用金碗，洗脸用金盆，夜里撒尿用金便壶，但并没有见过金器，或者说并没有见过金子。八太爷年轻时候走南闯北，经多见广。他说过，慈禧皇太后坐的蒲团儿是金丝编的（还说过，皇太后床前放两口缸，一口缸里盛白糖，一口缸里盛红糖，想吃伸手就抓一把），乡亲们都信以为真，啧啧艳羡。财主家的三掌柜在镇上开铺子，听说他有一枚金戒指（乡下人管那叫金镏子），但回村时就取下了，怕村人说他摆阔气、“烧包”。高台曲的戏班子里有个名角，艺名“大金牙”，男扮女装演花旦，扮相俊，嗓子亮，一张嘴，就露出那颗镶金的门牙，闪闪发光，十分漂亮；人们跑老远去看他的戏，一半为看那颗金牙。银制品也很少见，只几家富户女人有银簪，平时并不戴，走亲戚，赶庙会，起早梳罢头，才取出插脑后的发髻上。财主家老二的媳妇，嫁来时娘家陪送一根镶了玛瑙的银簪，沉甸甸的八钱重。据说那银子成色最真，值四石小麦，谁害眼，都去借，翻了眼皮用银簪在上面擦，一擦就见轻。

穷人家里没金银，也不可能有金银。有一首儿歌中唱道：

睡南洼，牵白马。
马驮金，又驮银，
驮回一个聚宝盆。
驮到家，睡醒啦，
驮的都是干坷垃。

没有金，没有银，

一地坷垃硌死人。

还有一个故事，说是王老大推独轮车给东家贩碗，累死累活，挣不了几个钱。财神爷可怜他，就把一兜银子放在他必经的小桥上。谁知，独轮车推到小桥前，王老大要逞能，说闭着眼也能推过去。果然闭眼过了桥，就没看见银子。走在后边的东家倒发了一笔外财。民间文学是农民的集体创作，作者的思想决定了作品的思想。民间文学是村夫村妇的梦，梦境仍不脱离现实。

金银代表富贵。普通农家没有金器银器，倒有铜器铁器。铜器少，铁器多，因为铜比铁贵。闺女出嫁，只要不是太穷，都要陪送一个黄铜洗脸盆。做铜盆的叫铜匠，先打后镟，打得很薄，镟得很光亮；一个铜盆值二斗小麦呢。大户六爷家，有三个铜盆，全村人都羡慕。新媳妇嫁来后，铜盆放在新房，公公婆婆、大伯子小叔子洗脸不能用。等媳妇也当了婆婆，铜盆才拿出来大家用。一盆水洗全家，到最后，水就成了黑的。铜盆洗脸，很有古典味，从商朝周朝洗起，洗了三千多年。但农民想不到这些，只知道过个人家总应当有个铜盆。所以，谚语说："家里再穷，也有二斤铜。"

那年七月十五，喝罢汤（农民管吃晚饭叫喝汤，因为晚饭只喝稀饭，不吃馍），月亮很大、很白，像集镇上卖的硬面锅盔。大人在门前坐着，或编筐，或绩麻，小孩们在空地上结成伙打打闹闹。突然，月亮缺了个豁子，像一张白面烙的饼被谁咬了一口。忽听老族长八太爷在村街上边跑边喊："天狗吃月亮啦，快敲铜盆啊！快救月亮啊！"农民不知道月食这个词儿，只说天狗吃月亮。霎时间，男女老少都跑到没长树的地方看月亮，人人都惊恐，家家都拿出铜盆，掂上两头尖的小擀杖敲，像敲锣一样。财主家的老少掌柜也拿出了大大小小四五个铜盆，和乡亲们一块儿敲。住后沟刺林里的那个疯女人把铜盆举到头顶，边跑边敲边哇哇大叫。全村一片敲击声，哐哐哐哐，噹噹噹噹，当当当当，紧张而急促。要救月亮，只有敲铜盆，古来就是这办法。铜盆一响，天狗会害怕，吃了月亮会再屙出来。在乡村，能敲出响亮声音而又敲不破的东西只有铜盆。铜盆竟还有这么个用处。眼看着月亮的豁子越来越大，发光的部分越来越小，终于全部成了灰的，几乎消失在夜空，村里顿时昏暗，人们面对面再也看不见鼻子、眼。狗乱叫，小孩吓得哭，天上地下弥漫着一种恐怖气氛，好像大难即将临头。敲击声更加紧急，哐哐噹噹当当混成一片。人人心都提得老高，踮起脚硬着脖颈定定地看着月亮。直到看见最先被吃的那边露出一弯亮白，像俊女子的娥眉，渐渐变宽，像使了半辈子的镰刀，像新买的桃木梳，像不沾尘土的犁面，终于，又恢复圆满，像集镇上卖的硬面锅盔，大家才长出一口气，仿佛过了一劫。这时候，拴娃才发现他的铜盆底部敲出一个洞，那是他奶奶的陪嫁物，早就不结实了；二榔头才看见他的铜盆敲掉扇面形一块，那是因为前天他的叫驴咬断缰绳跑堂屋偷吃刚摘回的绿豆角，他女人掂烧火棍打驴，驴一惊，蹄子踩在铜盆上，踩出两道口子。铜盆破了，都不后悔，因为月亮完好如故。那时的农民，对天地万物都系以眷眷真情，月亮也是自己的，月亮有难，理应相助。

我最后一次见到铜盆，是 20 世纪 70 年代后期。那时，我在一个叫狼洞沟的村庄“驻队”。那里不仅穷，熬一锅不放红薯叶的玉米糁就算改善生活，更因为水土不好，家家都有傻子，人人都是黄牙，男娃都矬，找不来媳妇，女娃都丑，说不来婆家。那天傍晚，我正看两个傻子在泥沟里摸黄鳝，忽见一个外号叫麻大脚的老婆子（她脸上的白麻子像天河里的星星，一双大脚好似锄板），一手拿铜盆，一手拿一截栗木棍，边敲边喊：“革命群众都听着，上级发下来救济款啦，是救济贫下中农哩。他把钱给他野女人啦。他那球样儿，比烧火棍黑，没烧火棍长；要不送钱，人家不叫他睡……”她说的“他”，是大队支书，此人又黑又矮；野女人是一个外号叫“野菊花”（意即任何人都可以采）的媳妇，在村里还算有眉眼。她男人没识够十个数，个子只到她胸前。其实，几个男人都和她有关系，支书只是其中一个。麻大脚的铜盆，显然是几十年前旧物，早破了，敲起来像敲破锣，破声破气的，而且很脏，粘满半干的鸡食，显然不再洗脸用，只仄歪着喂鸡。那村庄是扁担形，五十多户人家在山沟里撒二里长。到天黑，她在村里敲了两个来回，而后停了。夜里听说支书给她送去了十元钱。这不是她第一次敲铜盆，已经敲过几次，每次都能得到十元钱。她是老贫农，苦大仇深，根正心红，支书拿她没办法。那是我最后一次听到敲铜盆，麻大脚的铜盆或许是乡村的最后一个铜盆，最后一个铜盆仍当锣敲。

那时候，除了铜盆还有铜茶壶。铜茶壶不多，只少数人家有。总是用木板做个圆柱形外壳，有耳有盖，内衬棉褥，将壶放入，只壶嘴伸出。那叫包壶，早晨倒进茶水，到中午还不凉。狗剩婶家的包壶最漂亮，外壳漆成大红，还画了黄花绿叶蓝蝴蝶。谁家来客都去借，包壶摆在堂屋，增添几分排场。因此，狗剩婶在村中就很有地位，大家都抬举她，女人们老远见她就笑。此外，铜制品就只有铜锁、铜顶针和牛戴的铜铃铛了。

农民家中有色金属很少，最多的是铁器。生活用品有铁锅、菜刀、锅铲和头发换来的针，生产工具中的犁面、犁铧、耙齿、耧齿、锄、镰、铲、铡等都是铁打的。我读过明朝的礼部尚书徐光启编撰的《农政全书》，那里边有农具图谱。我发现乡亲们使用的工具在图谱里都能找到。那些物件都是铁木结合，简单而又古老，怕自铁器时代开始就是那个样子。生产工具没有变化，生产关系、生产方式也没有变化，农家的生活也就一直重复着列祖列宗的生活，古色古香，平静平和，贫寒而又满足，封闭而又稳定。一辈辈先人都是这样过日子，虽单调，也有味，虽辛酸，也快乐，习惯化为基因，代代相传，并不想改变，也想不到改变。直到 20 世纪 50 年代，一下子一切都改变了……

2000 年 8 月

读《农政全书》

一

《农政全书》，古人传下的一部科学著作。书中的知识早已普及，也早已老化，失去了实用价值。今天，除了史学家，怕没几个人再去读。我倒是从头至尾看了一遍。虽然这不是文学作品，语言也缺少文采，我却读出了滋味。品咂这种滋味，有甜美，有辛酸，有历史感，有现实感，有一种复杂的不好言说的亲切和凄怆。

这书，为明代上海人徐光启所编纂。徐原是儒生，一步步考中进士，一步步升为宰相，却始终心系农桑。这就比儒家的鼻祖孔夫子强多了。孔子只关心礼乐，只注意当朝执政的君王，不关心稼穑，农业生产知识几近于无。他做梦，只能梦见周公，决乎梦不见匍匐垄亩的农夫。“樊迟请学稼。子曰：‘吾不如老农。’请学为圃。曰：‘吾不如老圃。’”看来，他老人家还有自知之明。然而，樊迟一离开，他老人家却骂道：“小人哉，樊须也！”就露出了本来面目。在乡间的土路上，背着除草工具的老农曾对孔子的弟子子路斥责道：“四体不勤，五谷不分，孰为夫子！”这话，并不冤枉圣人师徒。书的前几卷，辑录诸子百家有关“农本”的论述，唯独没有儒家的。国人的吃饭穿衣问题，并不在孔子的思考范围之内，虽然他“食不厌精，脍不厌细”，“缁衣，羔裘；素衣，麑裘”，十分讲究吃穿。儒家不管农业。千百年来以儒术治国，千百年来以农业立国，岂不别扭？并不别扭，礼乐并不关乎庶民，仁政并不惠及苍生。“农本”并不是以农民为本，而是让农民提供赋税徭役，支撑封建王朝的大厦。徐光启关注农业，也并不只为百姓，主要是为了朝廷。无农不稳，主要是怕万岁爷的江山不稳啊。

先秦诸子百家中，曾有农家。农家的著作已经失传。西汉以后，儒家定于一尊，儒学成为显学，成为做官仕进的敲门砖。沉溺于孔孟之道的知识分子多如牛毛，留意于农业科技的知识分子寥若晨星，真正的农学家几近于无。农民一直沿用祖传古法种庄稼、养牛驴。因此，农业生产就一直停滞不前，收获多寡，只听凭老天爷安排。其实，徐光启从事的工作算不上科学研究。《农政全书》只是一部资料汇编，只是一部粗浅的科普读物而已。

读《农政全书》，我常常想起我百里外的老家，祖宗的埋骨地。那里仍然贫穷。我时时觉着，我的父老乡亲如今似乎仍生活在《农政全书》的时代。

二

《农政全书》先论农本，言其农业重要。继论田制，言其土地重要，农民和土地的关系尤其重要。书中特别推崇往古的井田制，考证甚详，图文并茂。读书看画，启人遐想，仿佛一步步走进了历史深处。

西周以前实行井田制。一大片土地，中间以二纵二横路径相隔，路径如井字，土地就被分成九块，每块百亩。中间为公田，属国家，其余为私田，属农户。公田大家种，私田各自种。《诗经·小雅·大田》中有“雨我公田，遂及我私”之句，可见是先公后私，公私兼顾。公田收获，归周天子；私田收获，自己享用。也就是说，农民可得到土地的九分之八出产。那时，地多人少，广种薄收，光景还是不错的。所以，《诗经·国风》中就有了那么多谈情说爱、唱歌跳舞的诗篇。井田制是田亩制度，也是社会组织。导师卡尔·马克思毕竟实事求是，并没有把这种生产关系归入现成的奴隶制或封建制，而称之为亚细亚生产方式。古老的东方毕竟有自己的独特之处。春秋以后，井田制式微，农夫不再种公田，而以自己的出产交皇粮，为国家做贡献。自耕农一直是农民的主体。一家家农户在一块块土地上朝耕暮耘、春种秋收，自给自足、自甘自苦，实在是乡野间千古不变的风景画和风俗画，亚细亚生产方式的流风余韵久久绵延不绝。

几千年小农经济造就了中国农民。在小块土地上讨生活，胼手胝足，栉风沐雨，只注意脚下，不关心外界，一年年，一代代，造就了中国农民的勤劳坚强和保守狭隘。他们的性格特征在井田制时代就已形成，他们的悲剧命运在井田制时代就已开始。历史进步很慢，农民进步更慢。

三

到底是哪位老前辈最先意识到，播种前应当翻地，使其松软，才宜于禾苗生长，史籍无载。但翻土工具的发明者却有说法，《易·系辞》说：“神农氏作，斫木为耜，揉木为耒。”耜就是掘土的木橛子，耒是上端手握的横木。王祯说：“佃作之具虽多，皆以耒耜为始。”耒耜是中国农耕史上的第一件工具，虽简陋，却是一大进步。据说，炎帝神农氏生活在公元前 26 世纪初叶。先民用耒耜翻土，翻了两千年，才有了犁。犁是牛拉的。先民养牛甚早，只是用于运输，服务战争。所以，武王伐纣成功以后，天下太平，偃武修文，就“放牛于桃林之野”，并不是把牛送回乡村，服务农事。用牛拉犁耕地，又是一大进步。这个伟大变革发生在春秋时。《论语》中第一次出现“犁牛”一词，杨伯峻先生注释犁牛为耕牛。孔子的学生冉耕字伯牛，司马耕字子牛，可见当时已经实行牛耕，可能当时尚属新生事物，为赶时髦，才作为名字，如后世人叫“抗美”“文革”一样。

老牛拉动木犁，喘着粗气，迈着沉重的步子，在华夏的原野上迟迟行进，拉着中国的农耕史缓缓向前，一路风尘，一路艰辛，从公元前五六世纪，一直拉到公元 20 世纪，把岁月拉得苍老，岁月塑造了赶牛扶犁的农民，使他们固定了牛的性格、犁的精神。《农政全书》中附有犁图，并一一介绍组成犁的十一个部件。我细审视，发现这犁和我父亲用过的犁一模一样，丝毫不差。写到这里，我想起两幅《牛耕图》，就找出来看，一幅是陕西绥德出土的西汉墓画像石拓本，一幅是河南南阳出土的东汉墓画像石拓本，画中的犁也都如我父亲用过的犁。那两位耕地的农夫，虽面目模糊，却神情生动，前汉那位显得急迫，正挥鞭打牛，后汉那位显得沉稳，正躬身狠压犁把；从两人身上都依稀可以看出积蓄已久的悲苦艰辛。再看，隐隐觉着两位都像我在土里刨食的家乡父老。

牛作动力，犁作工具，一次次翻土成垄，翻了两千多年。两千多年，一仍其旧，毫无变化。

如今已经有了拖拉机，大马力的拖拉机带动成排钢铁的犁铧，犁得又深又快，确实能把古老的土地犁出新生。但在我的故乡，只有少数人家有手扶拖拉机，用它耕地，拉的仍是前朝古代的犁；那情景，看似滑稽，也是进步。没人用大拖拉机。一家家侍弄一片片小块土地，用不上大物件。多数人家仍是牛耕，一个好把式，一犋壮牛，从五更到黄昏，可犁地一亩半。看来，老祖宗驯化的牛，拉着老祖宗发明的犁，要拉进 21 世纪了。

四

《农政全书》以四卷篇幅，记载农器百余种，除了喂牛用的拌草棍、磨驴用的枣木橛，凡农家必备之物，无一遗漏。每件器具的构成、用法，都一一详尽说明。内容早已陈旧，文字却堪玩味，读起来颇似质朴的咏物诗、古拙的小品文。如关于锄的一节：

> 《释名》："锄，助也，去秽助苗也。"《说文》："锄，立薅也。"夫锄法有四：一次曰镞，二次曰布，三次曰拥，四次曰复。锄则苗随滋茂。其刃如半月，比禾垄稍狭，上有短銎（銎即铁器中的孔——引者注），以受锄钩。钩如鹅项，下带深袴，以受木柄……

锄这种农具，大概自铁器时代开始就出现在田间（我查阅几种青铜器图录，皆不见铜锄），锄草松土，功莫大焉。我记得，在《楚辞·卜居》一文中，屈大夫曾想到，既不见容于朝廷，就锄草茅以力耕。诗人陶潜归园田居后，曾晨起赶往南山下，收拾豆田的荒草，直到日落，才带月荷锄回村。在唐诗宋词里，也一再写到锄；得意或失意的文人，看见一把锄头，一再勾起对农民之苦的同情、对田园之乐的向往。但庄稼汉握锄锄地，却是毫无诗意的，有的只是疲累、闷热和顺头滴下的点点汗水。我父亲是个锄地的好手，不惜力气，肯下功夫。他说，旱天锄地，锄头有水，涝后锄地，锄头有火。无论小麦还是高粱，他总要锄四遍。他不知古书上说的镞、布、拥、复，但他的锄法绝对符合古制。锄地必须低头俯身，若直腰挺胸，锄决不能插进土里。所以，父亲早早地驼了背。驼了背的父亲，背负着沉重的生活、沉重的命运，终生没得轻松，终生都在沉重的压力下默默劳作……

书中附有农器图谱，般般件件，琳琅满目。细端详，像观赏画自吾乡的静物写生。那些物件我都熟悉，用过，摸过，见过，几乎每一件都联系着远方的故土、远去的童年，每一件都引我回想，般般往事次第浮上心头。比如那把镰刀，弯弯的，好似初二三的月儿。我曾用它割草，喂那头养了十年的老驴。那天午后，村里唱戏，戏里那个小丑忒逗人，为了早早回去看戏，割得急，不小心，镰刀下一个圆圆的礓石一滚，刀刃割了手指，鲜血把勾勾秧扇形的叶片染红。我疼得想哭，却没哭。那刀痕，留在左手食指上，长了五十年，至今仍清晰可见。比如那把竹筢，我曾用它搂树叶，搂成堆，弄回家当柴烧。筢齿断了三根，搂得太慢。西邻二蛋，刚买把新筢，几下子就把那么多树叶搂光了。我气得在心里骂，真想把他的筢子踹个稀巴烂。那二蛋，长我三岁。我升入初中那年，他就娶了媳妇。我的儿子没出世时，他就当了爷爷，发白齿落，满脸皱纹似桃核，确像一位爷爷。46 岁，他就死了，死在村南古路沟里，死时铁筢还在身边，他在那儿刨茅根，准备当柴烧。村人说，他是累死的。他一辈子没坐过汽车。

农器中，有一件叫镵，古色古香的名字。《说文》中就有它。杜甫逃难到同谷，饥寒交迫中，曾用它挖黄独（一种根茎可食的野草）充饥，把命托给了它，同时如泣如诉地把它写进诗里。再看图，似曾相识，猛想起，我儿时的朋友柱儿家就有一把，土名叫挖镢。谁家挖树根、挖粪池、挖红薯窖，甚至挖墓坑，都去借。柱儿曾约我去东坡挖田鼠洞，不是要捉田鼠，而是想把洞里藏的黄豆挖出来炒着吃。洞又深又长，还没挖到黄豆，就把余老五家的祖坟挖了个豁子。余老五正好去犁豆地，一看，气极，扇柱儿一耳光，在我屁股上拍下五条鲜红的指头印儿。他那把镵，祖上传下的，背面镌有“罗记”二字，乃铁匠罗麻子的作品。罗家世代打铁，锻造的一直是名牌货。我小时候的罗铁匠，据说是罗麻子的六世传人。如今，那件可算文物的工具还在，可能已经磨损了许多。柱儿的儿子就用它翻土种庄稼。他家没牛，雇人犁，没钱。他有四个儿女，都傻……

农业，农民，农具，仿佛互有关联。

五

《农政全书》不只讲述生产工具，还论说生活用具，凡庄户人家过日子离不了的物件儿，书中都一一介绍，不厌其周到，不嫌其琐碎，而且引经据典，表明古已有之。筐、篮、篓、箩、畚、囤、箪、瓮、盆、罐、碓、臼、筐箩、簸箕、扫帚、筛子、蓑衣、斗笠、水桶、扁担、石磨、石碾……一一读来，像参观一座民俗博物馆，像又回到养育我长大成人的荒村，种种都在眼前，不禁乡思绵绵，几多温馨，几多辛酸。那些器物，竹制的，木制的，草制的，石制的，陶制的，泥制的，都来于自然，常常是就地取材制成，和农村的自然经济、农民的自给自足，十分合榫；使用了千百年，千百年模样未变、用途未变，农家生活延续着悠远的平常和平淡。我的故乡有一首童谣唱道：

瓦盆瓦罐，
盛米盛面，
爹担水，妈做饭，
小孩没事干，
搬来石臼捣蒜。

质朴的农民，用质朴的器皿，过质朴的日子。质朴的米面做出了质朴的农家饭，农家饭一直散发着古典的味道，既醇厚，又清苦，吃了千百年，千百年滋味依旧。我的故乡还有一首民歌唱道：

高粱一升谷一合（读gě，量器，十合为一升），
再兑半筐荞麦壳。
爷推磨，奶筛罗，
筛了面，熬汤喝，
剩下麸皮烙饼馍，
——孙娃饿得没法活。

这是令人心酸的一幕。我似乎听到了沉沉的石磨声、缓缓的筛面声、老人的叹息、孩子的哭闹。就这么一点点可吃的东西，能熬几次汤，能烙几次饼？简陋的器具，总经久耐用，粗糙的饭食，常难以为继，知足的庄稼人老是得不到起码的满足。

簸箕，原本寻常之物，想不到那么古老，内中还有那么多学问。书上说：

> 《说文》云：簸，扬米去糠也。《庄子》曰：“箕之簸物，虽去粗留精，然要其终，皆有所除是也。”然北人用柳，南人用竹，其制不同，用则一也。《诗》曰：“哆兮侈兮，成是南箕。”箕四星：二星为踵，二星为舌。哆侈，谓踵已大而舌又广也。又：“维南有箕，载翕其舌。”故箕皆有舌，易播物也。谚云“箕星好风”，谓主簸扬。农家所以资其用也。

大概是先有簸箕，而后才为那四颗星命名。箕星属苍龙座，为二十八宿之一，好高贵的，却有一个土里吧唧的名字，可见古人对这件普通农器的重视。在我的故乡，管簸箕两边被手握的部分仍叫踵儿，前边镶的宽短的薄板仍叫舌头，几千年后，古意犹在。并不是家家都有簸箕，买个簸箕得卖几升粮食呢。村头狗剩家有一个簸箕，几乎是他爹妈唯一的遗产，用了多年，原来洁白的柳条已成灰褐色，舌头也磨薄了。村人磨面前簸粮食、碾了米簸谷糠，都去借；鸡蹬破了盛盐的瓦罐，盐撒一地，猪拱翻了盛豆的笸箩，豆沾了土，需要簸，也去借。狗剩一家在村里的地位就高了许多，邻里见了狗剩或他媳妇，都主动笑着打招呼。狗剩会劁猪，常去外村串，挣钱不少，可娶亲八年，女人仍空怀。村人就说，劁猪伤害生灵，该绝后。一日，从外村来了魏家哥儿俩，给财主做佃户。哥儿俩都是光棍儿，住场房里，老二下地，老大做饭。老大常去狗剩家借簸箕，场房和狗剩家只隔一条长满苦苦菜的泥沟。不多久，老大就和那女人混上了，没事还去借簸箕。终于，那女人生了。

狗剩看儿子，越看越像魏老大，那眉眼，特别是那塌塌的鼻子，简直是活脱壳。狗剩并不声张，半晌里突然从外村折回家，进屋见魏老大正躺在床上，蹿上去硬用劁猪刀割掉了他的“作案工具”。魏老大一直疼死。魏老二越想越气，半夜溜进狗剩家，用切菜刀宰了狗剩。魏老二也去借簸箕，头一次去，就上了床。后来，干脆和那女人合户了。自那以后，再没人去借簸箕，怕借出麻烦。如今，魏老大留下的塌鼻儿子仍然健在。他或许不知道当初的一切。村里人一直传说，成了民间故事。据说，那簸箕还在，早破朽，却没扔。一个寒碜的簸箕，竟牵扯出那么多恩怨情仇。每件普通的器物，都参与生活，也参与历史。

在时下的城市家庭，那些古老的器物几乎都已绝迹，偶有一只筐或篮，也做成了工艺品。在我的故乡，那些祖传的东西仍是生活必需品，少了一件，都不方便。东邻大贵、二贵弟兄俩，请来老舅分家，就把那些盆罐锅碗、草编的篓、竹编的筐、荆条编的篮、高粱莛编的筐箩、紫穗槐条编的撮箕，分别掂成大体相等的两份；只一个麦秸和泥糊成的盛粮食的缸没法分，给了二贵，大贵就说老舅偏心。三年前，我去伏牛山采访，暮投三家村，见三家共用一个石碓、一盘石磨，共有一座石板搭成的山神庙。在三家各吃一顿饭，待我都热情，都是栗木火熬的山玉米糊汤，粗瓷大碗盛了，喝得身心俱受用。三家用的器具，除了一只竹壳热水瓶，竟都能在《农政全书》中找到。还有一件，书中未载，就是挎在背后背柴的柴架。用这东西一次能背一百斤柴，翻四道岭，过三条河，走五十里路，背到街上卖，能卖五元钱。

只要过苦日子，就离不了那么多古老的器具。

六

书中以好大篇幅介绍农作物的栽培方法。原以为，应当首先说到小麦，却不料，把黍、稷、稻、粱、秫、稗及豆类一一介绍后，才轮到麦，说罢大麦，才说小麦。《周礼》中列九谷，小麦居其末。如今，小麦是北方大部分地区的主粮，白面是北方大部分农民的主食。在古代，却不是。“苏颂曰：小麦，秋种，冬长，春秀，夏熟，具四时之气，为五谷之贵。”既然贵，就不是普通草民所能享受得了的。所以，卫八处士款待久别的朋友杜甫，饭食只是黄粱；韩愈造访寺庙，和尚供奉给他的只是疏粝：他们都不能以白面馍饷客。《晋书》记载，当时的富豪何曾，吃的正是白面馒头，而且蒸出的馒头上“不坼作十字不食”，只吃发酵得很暄，暄得开裂成了十字的馒头。在很长一段历史时期里，因为小麦产量低、价值昂贵，白面就一直是奢侈品，在卑贱者的生活中不占位置。所以，庄稼里不能让它领头。

我父亲年年种小麦，上粪多，活儿做得周详，每亩只收一百多斤。我家只在麦收后、高粱登场前那一段时间，蒸白馍吃，白面里往往掺了麸皮。平时，只吃高粱面窝头。高粱面粗、涩，拉嗓子，不是很饿，很难下咽。我家是中农，贫农们连窝头也不能经常吃。不多的小麦，一部分交皇粮，一部分卖钱，剩下的贮藏在瓦缸里。为防老鼠偷吃，瓦缸盖得十分严实。磨二升三升白面，只为了待客、为了照顾病人，年节时，为了敬神。那时候，谁家老爷子每天早晨能喝一碗白面汤，别人都羡慕呢。白面是稀罕物，走亲戚吃了一次白面烙的饼馍卷小葱，老是久久回味不尽。留成的童养媳，偷偷抓几把白面，和一和，拍成饼，塞灶膛里烧，烧熟后正吃，留成妈看见了，边骂没出息不要脸，边扒下裤子打屁股。骂罢打罢，那花枝儿似的女子竟含羞投井自尽了。长坑岸住的八奶奶一病不起，到奄奄一息时，儿子问她想吃啥，她说，想喝白面条儿。儿子跑半个村子，才借来半瓢白面，面条儿还没擀好，老人就死了，死时大张着嘴。我奶奶在世时常说，穷人本来就是吃黑窝头的命，想吃白馍，你托生到财主家，当老太爷去。我们村那财主，两顷地，收小麦一定不少，可只有老太爷一人吃白馍，教家馆的先生吃黑白相间的花卷，其他人都吃高粱面窝头，黑面中仅有一成白面。

合作化后，每人每年只分七十斤小麦，白面就更稀罕了，连敬神、祭祖的馍里，也兑了玉米面。高粱也越来越少，高粱面窝头也难吃上。那年月，主要指望红薯充饥。徐光启编书时，红薯刚刚传入中国，仅在闽、广一带种植，还没传到中原。编书人绝对不会想到，三百多年后，老祖宗从未种过的一种作物竟成了中原农民的主食。红薯、红薯干、红薯面，是三顿饭的永恒内容。当时曾有民谣道："红薯饭，红薯馍，离了红薯不能活。"顿顿红薯，天天红薯，人人吐酸水，个个肚里胀。红薯救了农民的命，也坏了农民的身体。我正是吃那种饭食长大的，当时的滋味至今记忆犹新。上中学时，吃大食堂。食堂的红薯面汤常有苦味霉味，红薯面窝头倒十分周正，比墨水瓶稍大，一个个溜儿圆，黑光瓷亮，同学们呼为"黑桃A"，且坚硬似铁，又名"砸死狗"。有一阵儿，时兴"吃饭不要钱"，有同学能吃十个……如今，红薯面倒成了稀罕物，价格贵于白面；偶尔买来蒸馍，儿女都说好吃。我只能感慨，抚今追昔，恍若隔世。

书中说到胡麻。胡麻即芝麻，因是张骞自西域带回，故名胡麻。“榨之得油，可燃点，可煎烹。”可见，自古以来，农民种芝麻首先为了点灯，其次才是食用。在我的故乡，家家都种芝麻，却不多种，够点灯就行。只财主家种十多亩，为了每天中午给老太爷和教书先生炒菜。我家芝麻换了油，主要为点灯，再者是为了给牛车车轴膏油，给奶奶纺线的铁锭子膏油。我记得最清的是，奶奶夜里纺线，油灯里只点一根灯草，灯焰没苍蝇翅膀大，只铁锭子上的线穗罩在昏黄的光晕里。我总在纺车缓缓的嗡嗡声中入睡。夜半醒来，纺车声仍如一阕绵绵的单调的歌，无休无歇。一灯油能点两夜，两夜里奶奶纺四两棉线。人很少吃油。做面条儿，只把筷子插油罐蘸一蘸，再插锅里搅一搅，算放了油。炒南瓜，调萝卜丝，只要不来客，几乎不放油。

庄稼人吃饭，只为填饱肚子，营养如何，味道如何，从来不讲究。真正吃饱饭，是近二十年的事。这，应当归功于分田单干，还应当归功于良种、化肥。如今，小麦每亩地收五六百斤是很容易的。

七

《农政全书》三厚册，竟有一册专说“荒政”。所谓荒政，就是如何度过灾荒。度荒竟有这么重的分量。一部农业史，也是一部灾荒史。或者说，一部中国通史，就是一部灾荒史。古籍中说到的最早的灾荒，是“禹有九年之水，汤有七年之旱”。后世的灾荒更普遍，简直是无年不灾，无处不荒。据邓拓先生在所著《中国救荒史》中统计，自商汤十八年至民国二十六年，共发生水、旱、蝗、雹等灾害5258次，平均八个多月就有一次。汉代以前的记载，可靠性不够，他又统计出，自汉立国，到1936年，其间2142年，灾害总计5150次，平均四个多月就有一次。灾害造成的饥荒连年不断，翻开“二十四史”，几乎每一页都有“大饥”“人相食”“饿殍载道”的记述。饥荒时，皇帝和各级官员当然不会挨饿，挨饿的是民。士、农、工、商“四民”中，唯有种粮食的农民常常挨饿，甚至饿死。农民养活了国人，却不能养活自己。这是几千年的现实，也是亘古以来的不公。

历来的史家，总把灾害的责任归于天，岂不知人为的灾害也厉害，有时更甚于天灾。统治者的横征暴敛，同样导致生灵涂炭。“六月禾未秀，官家已修仓”，“四海无闲田，农夫犹饿死”，唐诗中早就透露了个中信息。

怎样救荒？大多数情况下，别无良策，只能让老百姓吃野生植物而已。这册书中差不多以全部篇幅编入《救荒本草》，并有不少补充。《救荒本草》是一部特殊的书，著作者是朱元璋的第五个儿子朱橚。这个皇子，颇有古仁人之心，自己衣食无忧，却不忘百姓死活。“因念林林总总之民，不幸罹于旱涝，五谷不熟，则可以疗饥者，恐不止荑稗而已也。”他从田夫野老那里，买来可食的野菜种苗，“植于一圃，躬自阅视。俟其滋长成熟，乃召画工绘之为图，仍疏其花实根干枝叶之可食者，汇次为书一帙”，让人按图寻觅，聊以果腹。这是一本救命的书。但我想，这厚厚的书，当时能否在闾里村巷流传？能否每家都有一部？饿到头晕眼黑时候，再拿着书去野外，对照着采挖，还能来得及？其实，哪些野菜可以下肚，先辈早已告知后人，不必等到这位皇子教导。农民原本就是吃糠咽菜的命；吃糠咽菜的菜，原本就是野菜，面有菜色，原本就是只吃野菜造成的面黄肌瘦。如今，农民不再靠野菜充饥，野菜倒上了高档筵席的菜单，食客们饫甘餍肥之后，夹一箸马齿菜、扫帚苗、野茼蒿尝尝，便作滋味无穷之态、返璞归真之状。这情景，若被农民看到，不知会有啥想法。

《救荒本草》收野生植物凡 414 种，有文有图。文虽简约，却很精到，图用线描，形象逼真。我读文看图，发现大部分我都见过，一部分我曾吃过。一时间，像又回到我的故乡，像又走在故乡的黑土地上，走在沟岸、坟场、荒滩、庄稼的垄苗间。一棵棵野菜野草，争相唤起我儿时的记忆，勾起我不绝如缕的思绪，我依稀又尝到了岁月深处的苦味涩味。其实，我吃野菜并不多，童年的我没有碰上大饥荒，只是在春天缺粮时，才剜来毛妮菜、面条菜、荠荠菜下锅。

四百余种野菜，最先介绍的是刺蓟菜："出冀州，生平泽中，今处处有之。苗高尺余。茎叶俱有刺。性凉。无毒。"在我的故乡，管刺蓟菜叫刺角芽，民谚说："刺角芽的根，八尺深，犁地使死牛，锄地使死人。"刺角芽在野地里随处疯长，是很难根除的。我割草的时候，从不割刺角芽，一来太扎手，二来牛驴不爱吃。我奶奶说，民国十八年大旱，庄稼旱死，野菜也都干枯。只有刺角芽，因为根深，还有绿色。只能吃刺角芽。每天都剜两大筐，煮熟当饭。她夜里纺线，把煮熟的刺角芽搦一疙瘩，揣在怀里，到半夜，饿了，也暖热了，就吃下，继续纺。那尖刺，煮熟后，仍很利，吃时扎嘴，咽下扎嗓子，进肚里，像吞了一个刺猬。正是靠刺角芽，奶奶维持着顽强的生命。那时奶奶年轻，一切苦难都能忍受。奶奶苦了一辈子，想不到晚年又遭逢一场饥荒，终于在饥荒中去世。

又看见了车轮菜，图画得十分传神，好似正在生长。它又叫车前子，我故乡的牛车路上最多。人踩车轧，牲畜践踏，它仍然活得茂盛。偎依大地，装点春色，是它生命的全部意义。它生来，不是让人当饭吃的。在《诗经》里，它的名字叫芣苢，一群妇人边采撷，边歌唱，采了满怀满抱，唱出了一首明快优美的诗篇。显然，她们采来并非为了救饥，而是相信能够多生娃娃。齐白石画过车前子，写意的笔墨，画出了剪不断的悠悠乡情。活在诗里画里的车前子，真不该在毫无诗情画意的饥馑中被吃掉。然而，书中明明写道："采嫩苗叶焯熟，水浸去涎沫，可救饥。"灾荒时，确实有大量车轮菜被吃掉。我奶奶说，民国三十一年蝗灾，庄稼绝收，野草也被蝗虫咬光。人人饿得要死。烂眼二爷在坟场的一堆干草下找到一片车轮菜，连忙剜回煮吃，不仅救了饥，还医好了眼疾。我查阅李时珍的《本草纲目》，发现车前子确能治疗"毒风冲眼，赤痛障翳"。

《救荒本草》后面编入《野菜谱》一卷。作者王磐鉴于野菜繁多，形类相似，美恶不同，如果吃错，难免中毒，感于误注本草之害，甚于误注《周易》，于是，"田居朝夕，历览详询，得六十余种，取其象而图之，俾人人能识，不致误食而伤生。且因其名而为咏，庶几因是以流传"。用心可谓良苦。图像可赏，题咏更可赏。比如地踏菜：

地踏菜，生雨中，
晴日一照郊原空。
庄前阿婆呼阿翁，

相携儿女去匆匆。

须臾采得青满笼，

还家饱食忘岁凶。

这诗，清新自然，有土滋味、泥气息，有画面感、动态感，寥寥几笔，画出了老两口带着儿女，踏着雨后的泥泞，迎着扑面的水气，急急去野地捡拾地踏菜，而后回家饱餐的全过程，为凄惨的凶年添几许亮色。我不禁为这家庆幸，今天总算没有挨饿。又不禁为他们担忧：明天、后天怎么办？太阳一晒，地踏菜就没了，吃什么？地踏菜，我的故乡叫地曲连儿，一种低等孢子植物。下雨三五日，村里村外地上，就长出黛青色的一片又一片。那东西，像木耳，很好吃，算得上味道最美的野菜。但是不能多吃，特别是久饿之后。母亲曾告诉我，民国三十一年闹饥荒，村人饿死三成。想不到下了雨。三天细雨，淋出了满地地曲连儿。白胡子老三爷饿得慌，忙捡拾了两碗，清水一淘，狼吞虎咽，边吃边感激老天爷不让他饿死。谁知，吃下就泻肚，半天就死了……

《农政全书》以论述农本始，以介绍野菜终。这样编排，很有意思。农本是说给皇帝和官府听的，让他们重视农业；野菜是要老百姓吃的，使他们不致饿死。农本思想落实到农民头上，就是吃糠咽菜。历史正是这样安排的。受苦最大，吃食最差，是农民的宿命。几千年里，传统的农民总在演出传统的悲剧，他们自己倒并不知道。

庆幸的是，直到20世纪80年代，包产到户开始，父老乡亲再也不用发愁吃饭问题了。

2000年4月23日于南阳

远 村 风 景

草 垛

鸭蛋形的打麦场，闲了一秋，闲了一冬，风刮，日晒，终于皲裂了，如乌龟的背。一场春雨过后，地缝里生了草。草都瘦，只长叶，不开花。场边，一个麦秸垛，表面已枯朽，灰不拉唧的，不复有当初的金黄；也矮了许多，好似稀软的黑豆面蒸出的窝头。垛前，坐两个老翁晒太阳，背靠麦草，一定很柔和，袖手抱膝，显得很自在。眼半闭着，嘴半张着，满脸褶皱，深长而粗糙，如老榆树的皮。日头把带热力的白光，匀匀地洒在黧黑的脸上，蓝黑的棉帽、棉袄、棉裤上，无声无息。两人都不说话。往日的事，彼此都知道，不必说；今日的事，彼此都不知道，无话说；将来的事只是个死，不能说。便都呆呆地坐着，眼不动，嘴不动，身子不动，似醒似睡，似活似僵，把太阳坐成了静止的，把时间坐成了凝固的，好像八百年前就在这儿坐着，还要再坐八百年。

扑棱棱，草垛前落下一群麻雀，吵闹，蹦跳，频频交尾；而后，飞上草垛，各衔一两根草梗儿，又扑棱棱飞走，急急回巢垫窝孵雏去了，无意间把更多的草梗儿和几粒雀屎撒在老人头顶、身上。老人不觉。

仍然很静，连风也成了哑巴，静得可以听见屎壳郎在牛粪下打洞的声音。

冷不丁地，一外乡客从场边过，驻足，察看，辨认出麦秸垛前有人，便走近问路，连问三声，一老翁仍不觉，另一老翁只稍稍抬起头，伸出下巴指了指。那人朝前方看看，那里并没有路，不禁茫然。

秋　暮

日之夕矣。西山上云彩红黄，像堆了几丈厚的烂柿子。霞光浓稠，塞满四野，收罢玉米的空地上镀了一层金。路上的驴粪、沟岸的苦苦菜、旧坟前的石碑和新坟前的旌幡，都金光灿烂，就连看萝卜人住的低矮茅庵，也陡地有了宫殿似的辉煌。那是一幅油画，似乎米勒曾经画过。

田间小径上，走过来一个汉子、一个小娃娃。汉子用锄把掮牛腰粗一捆青草，草捆上有几朵野牵牛的喇叭花，已经蔫成了纥鬏儿；娃娃拉一只母羊，母羊身后跟一只羊羔，老羊迈一步，小羊迈两步才能跟上。大人小人，大羊小羊，一步步走进画里，霞光便为人和羊描上了金色的轮廓。小孩看见晚霞甚美，禁不住诗人似的叫一声“啊”，大人则毫不惊奇，只说：“早烧不出门，晚烧行千里。明儿又是晴天。”恰在此时，从一片疏林那边，传来一个半大小子的吆喝，吆喝的是先辈留下的歌谣：

日头落，狼下坡，
放牛娃子跑不脱。
先吃头，后吃脚，

留下屁股垫狼窝。

那娃娃一听，怯怯地往后看，大人却说：“哪有狼，狼都躲进深山去了。”

人和羊从小路走上大路。拐弯处，一片三角形的地，因为太肥，长满狗尿苔，也长了一棵扫帚苗，黑嘟嘟的人把高，要不了多久，就会被拔下晒干，拦腰绑紧作扫帚用。母羊执拗地停下，硬要去吃扫帚苗的细叶。小羊趁势拱妈妈胯下，要吃奶，吃不成，几乎蹭了地的奶子被一个黑不黑灰不灰的布兜儿兜着。忽地飞来一只乌鸦，在人和羊的头顶踅了一圈儿，破喉咙哇哇叫两声，扇着风飞去了。羊似乎没有感知。汉子朝乌鸦去的方向吐口唾沫：“呸呸！”娃娃也吐口唾沫：“呸呸！”人和羊进了村。顷刻间，没了色彩，没了景物，好似有一支大笔，蘸饱昏黑，刷一下，从天上刷到地上，抹杀了一幅好大的画。

池　塘

池塘是扁担形。满塘鸭子，那品种名为“乌脚跟”，嘴、眼、翎毛俱为抹桌子破布的脏色，疯狂地相互追逐，沙哑着嗓子叫，好似敲破锣；间歇中便把头深深扎进水底的泥里找食儿，屁股就撅得老高，带蹼的脚努力向上扒，就把浮萍扒得凌乱，水塘弄成一团糟。岸边，杨柳依依，枝条儿袅娜，恰似十五女儿腰。树下，结成伙儿坐一群女子，无论脸白脸黑、体瘦体胖，两颊俱带红润，有的打毛衣，有的织线袜，大多啥也不干，只是凑一起说话儿。说的都是她们之间的私房话，悄悄地，外人只见嘴动，听不到声儿。也笑，笑声也低，仿佛怕谁从笑中听出了秘密。女孩儿家用青春，用娇媚，用一颗颗并不平静的心，酝酿着一片暖暖的、甜甜的、滋滋润润的小气候。

南风吹来，柳丝拂人头。

池塘那边是一条路，黄尘半尺深，满是车的辙痕、兽的蹄印、人的足迹。正有一个男人，拉一头种猪，迈着憨不棱登的步子走来。那人，黑不溜秋，面目丑陋；那猪，倒体长背阔，毛色锃亮，煞是雄伟。拉种猪的，人多鄙视，但收入颇丰，很容易富。今天，不知是在哪村配罢种归去，还是要去哪村揽生意，反正他从池塘边路过。看见水，那公猪径直朝池塘跑去，铁链子挣得哗啦啦响。拉猪人自语道："豌豆料吃多了，光渴。"猪并不喝水，呼隆一声跳进池塘，直挺挺地卧进水里，而后又抖动身子，辗转反侧，惬意地哼哼着，好舒服。鸭们吓了一跳，拍着翅膀，嘎嘎叫着，赶快避到远处。拉猪人骂一串儿臊话，猪像没听见，硬拽它，拽不出，顺手折了柳枝摔打，那畜生才呼隆一声上岸，抖抖毛，一地水。而后，大幅度地摆动尾巴，跟着主人上路了。没走几步，拉猪人或许心里闷了，或许心里乐了，扯起憨声憨气的粗腔，没板没眼地唱起了地方小戏《胡二姐开店》：

正在后店把花绣，
忽听前店唤女流。
款动金莲往呀么往前走，
哎哟月儿圆哪，
原来是蔡郎哥哥转回苏州……

一群女子都不往对岸看，也不说不笑，分明听清了戏词儿，都像没听到一样。只有一个姑娘小嘴儿一噘，朝那个黑粗的背影斜一眼，骂道：“浪样儿！”

桐　花

不知何故，这个村子桐树忒多，房前屋后，沟沿路边，一切空地都被桐树霸占。桐树皆粗可合抱，高可百尺：上则枝柯交错，遮天蔽日，下则根须纠结，拱出地面者如蟒蛇。谷雨过后，春意阑珊，莺啼燕啭催促得桐花一齐开放，成疙瘩成串，成嘟噜成簇，枝头树梢，堆积了厚重的紫颜色。于是，阳光是紫的，空气是紫的，风也是紫的；鸟儿飞过，蝶儿飞过，翅影都是紫莹莹的。桐花都是小喇叭，亿万只小喇叭，嘟嘟哇哇，嘀嘀嗒嗒，合奏出一支鲜妍妍的活泼泼的波澜壮阔的紫色交响曲。桐花都是小嘴巴，亿万张嘴巴，咿咿呀呀，哦哦啊啊，同声朗诵一首暖洋洋的气势磅礴的紫色抒情诗。

桐花烂漫又浪漫，就把寒碜的村庄弄得艺术化了，竹篱茅舍，土墙草垛，肥猪瘦狗，老妪小妞，都像童话中的景物、人物。

村庄泡在温馨的意境里。

在村头，却有两个女人正在吵架。一个女人的菜地边长有另一个女人的一棵桐树，五股六杈的，撑一篷紫色的大伞，严严实实遮一大片天空。一个女人说：“你的树挡了我的日头，我的辣椒光开旷花儿，白种啦。你是明欺负人！”另一个女人说：“地是你的，天不是你的。有本事你把日头拴你地里。”一个女人说：“你这树枝得砍了！”另一个女人说：“想得怪美！谁敢摸摸我这树，把他手剁了！”两个女人都恼了，互相指着鼻子，句句话都带着刺、带着火。桐树仿佛知道了正是为它发生争斗，扑簌簌，掉下几朵开败的紫花，正好打在辣椒主人的头上。

不必遗憾，即使这棵树被伐倒，只好比牛身上拔掉一根毛，丝毫损伤不了村庄的整体形象，村庄依然托起一片花的世界、美的世界。从村外看去，就更为壮观，像花山花海，更像一片紫色的云霞，如梦如幻，如阆苑，如仙乡，若有宗教的意蕴，闪放吉祥的灵光；投林的鸦雀，暮归的牛羊，村边蜿蜒的小溪和小径，似乎都不是尘世间的景象。

两个女人由对吵，发展到对骂，都说出一套又一套写不进文章的脏话。

桐花美妍如故。

坟 场

高岗上，是坟场。祖坟紧挨着，一个，两个，四个，七个，十一个……一对老祖宗，繁衍出一大片子子孙孙，自北向南，扇面形辐射开，坟头儿成行成列，从不乱套。活着，长幼有序；死后，长幼有序。

因为是祖茔，后人视为圣地，从不去采樵刍牧，野草便生得茂盛，茅草齐腰深，黄蒿长成树，灯笼棵把灯笼形的苦果在坟半坎高高擎起。便有黄鼠狼、野兔、蛇出没、栖息、生殖，生活得自由自在。也会有一两只秃鹰久久地蹲在坟头闭目养神，拉一摊白屎后乘风飞去。

只在每年清明节，人们才走进坟园，添土，烧纸。如果每个坟前都烧两张纸，十斤纸也不够。只好只顾两头，给老祖宗烧，给自己的祖父母或父母烧；中间那些，都省略了。活人和死人取得联系的场所，一是梦境，二是坟场。梦境虚幻，醒后便无。坟场却是实在的，先辈就在那里躺着，虽隔三尺黄土，仍觉声息相通。所以，烧纸前总先说话："爷呀奶呀，爹呀妈呀，给你们送钱来啦！"并相信他们会听到，会立即翻身起来拾钱。夜间，或在村头纳凉，或从外边归来，总看见坟场有鬼火，幽幽飘忽，悠悠飞动。村人并不害怕，只道，先辈爷奶正走动呢。

老祖宗坟上，长一棵柳树。想必是当年孝子扛的柳木棍插坟上活了，长成了树。不知过了几百年，长得树皮开裂，沟壕如刀刻斧砍一般。便常有长腿黄蚂蚁顺着缝隙，高视阔步上下巡行。上边倒枝丫强健，抽无数细条，生无数秀叶，装点春色，装点秋色。早先，树干一分为三的分杈处，搭一鸟窝，住一对喜鹊。村里的鸟巢，老是有人戳。坟地的鸟巢，一直很平安。大人总嘱咐小孩，那喜鹊窝，千万不能动。那鸟夫妻便生出更多的喜鹊，鸟巢上边便又次第搭了四五个鸟巢，这就成了野地一景。喜鹊爱叫，朝朝暮暮，月月年年，为逝者唱喜庆的歌，为凄凉的坟场唱出几许热闹。

都说那是风水宝地，应是真的。几十年前，老祖宗的后代中出了一个县长，生不逢时，被杀了。近年，又出一个县长，政绩颇彰，听说还要往上升呢。还有人去县上做生意，硬是发了，养的狗都是外国种。可叹的是，坟场即将占满，只剩下几穴地。老人们便都心里矛盾，既想长寿，又想早死，既舍不了满堂子孙，又怕死晚了祖茔没了位置……

原　野

五月的太阳，热烈而浪漫，恣意把无限激情倾泻大地。地上万物便都被感染得亢奋，躁动不安。

那一地高粱，叶绿得发黑，青汁儿似要往外浸；干粗而壮，鼓胀着勃勃的力量，直标标向上，翘然若男根。地边是道沟。沟里有水，水不清不浑，呈尿黄色。水中有蛙。蛙类正在恋爱季节。恋得急切，爱得疯狂，纷纷地追逐不舍，把水也牵连得激动不已，浪花儿也欢快；蛙声成阵，情歌儿唱得粗犷、雄壮，如黄钟大吕，如十部鼓吹，把一腔恋情唱得惊天动地。

沟边，是一条从村中伸出的土路。人踩、车轧、牲口踏，路面变得坚硬，如一根紧绷的弦，触动一下，便铿然有声。一头毛驴儿拉一辆架子车出了村，放箭一般跑，驴蹄儿着地，踏出一支热闹的进行曲。那驴，体态娇小，毛色银灰，肩背臀肚最具曲线美；驴类如果选美，它准能夺魁。主人是个小伙儿，着背心、裤头，直挺挺地仰卧车上，草帽罩着脸，将浑身结实的肌肉展示给蓝天白云，把方向和目的信任地交给了驴，自己野声野气地唱着：“妹妹你大胆地往前走哇。”前方猛地传来一声长长的驴叫，高亢，雄浑，极有力度，极具阳刚之美，顿时使世间一切声响都成了靡靡之音。却原来，前方沟边，钻天杨树上，拴一头黑驴，长身阔背，煞是雄伟，正高仰着头，朝这辆驴车引吭长鸣。这驴便越发跑得快，尾巴撅起，如硬棍儿一般，四蹄杂沓落地，响声如暴雨一样紧促。看看到了那驴身边，这驴不禁一阵“吙吙”，嘴唇一张一合，似有情话要说，同时放慢了速度，终于把车子斜拉上沟岸，把粉白的嘴伸向黑驴铁青的嘴。车上的小伙子哧棱揭下盖脸的草帽，猛直起身，呼一声蹿下车，抡起鞭杆就打自己的驴，边打边骂：“让你浪！让你浪！”终于把失态的牲口打上了正路，却再也跑不快，走几步，还要勾回头望望，“咴咴”两声，显然很遗憾。一次邂逅，突然成空，那黑驴显然愤怒了，突噜噜喷着响鼻，两只前蹄轮番在地上扒，竟扒出了个半尺深的坑。

冬 夜

村庄泡在稠乎乎的夜色里。草房、瓦房、楼房，牛舍、猪舍、鸡舍，都统统掩进灰暗中，黑黢黢一片混沌。朱门和柴门，高高的苫了琉璃瓦的砖院墙和矮矮的泥垡子打的土院墙，富家的气派和贫者的寒碜，都融进无差别境界。偶有一点灯光，灯焰如一坨死火，毫无生气。是谁家做饭晚了，性急的女人烧大火，烟囱蹿出火星子，蹿出便被黑暗吃掉。天是铅灰色，仅有的七八颗星星，也冻得发抖。天地交接处模糊，村庄便没了剪影。

咚咚锵锵的锣鼓声，早把男女老少吸引，摸黑去了村头。村头的凹地里，有一台戏正在演出。装了柴油的便壶做灯，高高吊在杉木杆的顶端，灯捻子擀面杖粗，灯焰巴掌大，冒出直撅撅的黑烟。灯光把黑夜烧出一个空洞，造成一汪明亮。土台上，剧中人粉面黑脸，穿红挂绿，尖着嗓子唱，可着嗓子吼，锣鼓把气氛敲浓，胡琴把情味拉长，一个虚构的故事便成了一个真实的存在。台下的观众，黑乎乎一片，只紧挨戏台的少数人被昏黄灯光描出了头顶的简单轮廓。都看得入迷，忘记了天很冷、夜很黑，仿佛自己也跟着剧中人到了汴京。一颗心只拴在别人的命运上，倒一时忘了自己的命运。看到精彩地方，不会拍手，不会叫好，只以感叹和骂表示赞赏：“噫，他妈的！”“噫，我日他！”

便壶里的柴油添了多次，终于，煞戏了。看戏的立时走散，各各走进黑夜深处，丢下一路质朴的观后感，无非是秦香莲好可怜，陈世美没良心，黑脸老包为民做主真好。这出戏看过多遍。这些话说过多遍；如今又说，仍然激动。很快，此起彼落的开门关门声响后，村中再无声响，也再无亮光。天地寂寂，万物都已喑哑。夜色沉沉，如铁铸一样凝固。村庄已化进黑夜。也许，在或好或坏的梦中，仍有声响和亮光。

雪 天

雪片大如席，平平稳稳飘落。从天擦黑，到天大明，还没停的意思。于是，新的一天开始，世界便成了白色的。一幅大大的白幕，把天遮个严严实实；一床大大的白褥，把地盖个严严实实。天上的白纷纷沉淀，地下的白渐渐增加，似执意要把白色塞满穹宇。上上下下，远远近近，都是单纯的白，白得深厚，白得隽永，白得使人几乎不觉其白，使人几乎失去了前后左右的方位概念。天地俱洁净，没一星一点污染，没一丝一毫藻饰。画家若要描摹它，不需五颜六色，只要一颗慧心、一张宣纸即可；诗人若要吟咏它，一切语言都无力，一切比喻都蹩脚，只可长叹一声：“啊！”

原野皑皑茫茫，无际无涯。积雪使田畴、阡陌、道路、沟壕变成浑然一体，只有弧状的起伏，没有明显的界线，原本分作我一块你一块他一块的土地，又一下子合拢成了大一统。十丈深的灌园的井，细了许多，成个圆圆的小窟窿。五里长的硬边渠道，只剩浅浅一痕。突出地面的坟头，显得矮了许多，平塌塌的，若半老徐娘的乳房。飞来几只乌鸦，背上驮了积雪，变作白鸟，翩然落下，在雪里啄了几啄，无食可觅，又翩然飞去，留下几个“个”

字形的爪印，旋即又被雪涂掉。雪仍在下，下得纷纷乱乱，像是一张粗眼儿筛面罗急急往下筛。原野便显得既空旷，又充实，既寂寥，又热闹。

雪中的村庄，没有了旧日的荒寒、肮脏，显出了脱俗的静雅、素洁，如北欧童话里的景色。一切物什都被积雪重新勾画了大体的外形，细部全被省略，成了大写意。村庄胖了许多，高楼、平房、草屋、茅庵，檐前的破瓦罐盖了上口的烟囱，屋顶的“姜太公在此诸神退位”牌位，苫了草的院墙和缺了豁的院墙，都同样高了尺余，如镶上厚厚一截琼玉。草垛和粪堆，都增了肥，又圆又暄，像特意蒸的敬神的馍。大树小树，乔木灌木，俱粉装素裹，不再瘦硬干枯，显得丰润雍容，不似长在人间凡尘，倒像仙界的景致。白天已经开始，村庄久无动静。积雪覆压的屋顶下，尿罐子都冻了冰，被窝里却孵着长长的温暖的梦。麻雀先醒来，结成群在雪中无目的地飞一阵，落枝头弹掉些雪疙瘩，而后又飞回，钻进檐下的巢。狗也先醒来，从门楼下的狗窦爬出，去雪地上艰难地走动，鼻子喷出的气好似白棍儿一般，不长时间，黑狗变白，白狗变肿，都改了模样，便翘起一条后腿撒尿，在雪地上尿出一个斜斜的黄洞，而后，抖抖毛，都回家了。最后是人醒来，开门一望，只惊叫一声“哦，雪好大哟”，便再没词儿了。有小孩子出门看雪，红帽红衣，若素笺上丹朱一点。

午　后

日头真是个火疙瘩，烧天烧地。蓝天烧得发白，如火炉上铝锅的底。有一两片云，也烧化了。有一两丝风，也烧干了。空气热成了易燃物，好似划根火柴就能点着。天上的热力硬硬地向下扑，仿佛非要把地壳烧煳不可。

村庄热得够呛。牛张着嘴喘气，两肋不住一鼓一凹。老叫驴烦躁不安，绕着拴它的杨树转，头一仰，哧棱一声，把树皮啃掉一大块。狗像蛇似的躺在墙根，伸长舌头散热。鸡不再觅食，架起翅膀在榛刺林中漫步，头一伸一缩，间或哏儿一声，像是用它的语言叹道：“好热呀！”一个池塘似一口即将烧开了水的大锅，不过只锅底处有碾盘大一片水，水呈黄褐色，不时冒气泡儿，倒卧进几头猪，挤挤拥拥地让水盖住身体，只把鼻子和嘴露在水面，不时发出哼哼声，不知是舒服还是不舒服。泥塘边爬满南瓜秧，阔大的叶子都晒得扑塌了，如断了筋的伞；老南瓜倒晒黄了皮，如黄楝木做的枕头，如果敲一敲，一定梆梆响。

唯独不见人。人都藏在家，席地而睡，做着燥热的梦。

村头一条河，河水窄窄一线。拐弯处，倒窝了一片水，烈日下，闪着刺目的白光。忽有三个女子，缩头缩脑厮跟着出了村。四下看看，没有动静，踮着脚来到水边，麻利地脱掉衣裤，一个个猫着腰，双手交叉护着前胸，扑腾腾跳进水里，几乎是同时惊呼：“哟，烫屁股！”

不远处的河岸上，大杨树下，一个汉子只穿一件大裆裤头，直挺挺仰面躺着，草帽罩着头，鼾声如雷动。

土地庙

村中央是土地庙。

土地庙没了。那里，只剩一片高地、一堆瓦砾。三条车路围了它，围成一个等边三角形。三角形里边，长成灌木的构树七股八杈，血色的构桃儿已经熟透，等待鸟雀衔走。枸杞棵的长蔓横七竖八，满枝朱红的果儿，如一串串一毛钱一挂的小鞭炮儿。马辫草长了一人高，毛茸茸的穗儿高高擎起，如扫天的扫帚。草木丛中，有蛇有鼬，有蟋蟀和蚂蚁。蜘蛛网锅盖大。细腰大马蜂的巢，牛舌头那么长。

这是一片禁地，或者说，是圣地。庙没了，神还在。断砖破瓦都是神的，没人敢捡拾。植物动物都沾神气，没人敢触犯。一切便都存活得自在。由于神的庇佑，这里成了一块自然保护区。

高地前，常有人摆了供品，烧香烧表。人头疼发热了，猪羊生瘟得疸了，都去祈求土地爷爷。土地是小神，只管小病小灾。小病小灾倒特多。那里的香灰表灰积了半尺厚，一阵风过，风也成了黑的，表灰儿飘起，如一群黑蝴蝶。

此时，一个矮墩墩的后生，穿孝衣，戴孝帽，鞋上蒙了白布，一手拿火纸，一手端油灯，干哭着来到高地前，点纸、放炮、磕头，口中低声念叨。他是来“报庙”的。家中死了人，替死者来报到。土地是诸神中的“基层干部”，死者不论要升天堂，还是要入地狱，都必先经过它这一道手续。

火纸还没着完，那后生便去了，留下一片岑寂。猛可里，两只斑鸠飞到构树的柔枝上，蹬得一摇一晃的，一个劲儿咕咕叫，叫出了苍茫暮色，叫出了一钩新月。

长　河

河也真任性，一边留下大片沙滩，一边冲成丈把高陡岸。河水像有牙，仍在继续啃着陡岸的土，不舍昼夜。水便一边浅，一边深。浅处可以看见小鱼儿溜着细沙游，深处漩涡碗口大。水上有石桥。桥六孔，仅三孔下有水。桥把陡岸冲个豁口，路便伸进村庄。桥上很忙，赶车的，牵牛的，货郎担儿，补锅匠，算命瞎子，耍猴儿的，卖香油的，回娘家的小媳妇，跟着媒婆去相亲的小伙儿，收破烂的，阉猪娃的……急急忙忙，来来往往，踏起一路黄尘。

陡岸上，一棵老树，似已老成了精，枝枝杈杈都是玄秘的符号，风吹过，簌簌有声，仿佛哲人的叹息。树下立一老翁，须发雪白，颧骨隆起，两眼灼灼有光，双臂交于背后，手中倒捏一管旱烟袋，烟布袋上缀一枚“康熙通宝”铜钱。夕阳把他的身影投进活活泼泼的河水上。他看着远去的长河，久久地看，好似在看一篇长文章。有路人从旁过，问：“老先生，看啥呢？”他似不觉，好长一会儿，方似唱似说地念道：

东山后日头三万个，
一个一个往西落。
一辈子喝不完半井水，
水罐都在井台上破……

桥上照旧熙熙攘攘。河水照旧长流不息。老翁照旧端端地站着，站成一尊雕像。

1996年4月初稿于南阳无尘居

真不该忘了他们

我儿时的乡邻，不乏冰雪聪明之人。农事之余，涉足艺术，都显出非凡才能。他们是文盲，却不是美盲，艺术感觉十分敏锐。曾想，如果有较好的生存环境，能接受系统教育，他们当中很可能出现大家，甚至大师。然而，他们终生都是匍匐垄亩的农民，斗大的字不识一布袋的乡巴佬。最后，一个个默默死去，无声无息，无影无响。这情状，实在令人叹惋。

真不该忘了他们。

近日，无端地想到他们，打算为每位写篇小文，略述其人其技其艺。还特意回趟老家，访问故旧，搜集资料。毕竟年深月远，村人大都不知，只一卧病已久的老爷爷，喘息着回忆若干，话远没说完，病加重，不再能言语。

写出的，只能是片段。

七　小

七小，矮个儿，小头小脸儿，小鼻子小眼儿，俨然一个袖珍型的人儿。父母早亡，无兄弟姊妹。曾结婚，女人比他高一头，只过三天两夜，就跑了，跑了他也不找。别人家丢一只鸡还找呢，他跑了个活人竟然不找。

七小仅有一间茅屋，周遭尽为树林竹丛，门前是水沟，沟里长流水，水上横两根榆木棍做桥，过桥是二亩薄田，春种秋收，有吃有喝，日子过得平平顺顺，如门前长长的流水。他几乎不和村人来往，且少言寡语。乡邻说，他每年说的话都有数儿。

这孤僻的怪人儿，闲来常掂一木墩儿，坐门前沟边吹树叶，随便掐一片，就能吹出调儿。杨树叶薄而光滑，吹出的曲子嘹亮而悠扬；楮树叶厚而有毛，吹出的曲子浑融而深沉；柳叶柔，吹出了委婉缠绵；槭叶硬，吹出了清脆欢快。如果摘一片竹叶，随着嘴的一张一合、唇的一伸一缩，就有了黄鹂般嘀嘀溜溜的歌唱、蝉一样吱吱啦啦的长吟。很少有人听，听众多是鸟儿和虫儿。他一吹，总引得布谷、鹧鸪、喜鹊、斑鸠、燕子、茶鸡儿，或在空中翻飞，或在林间和鸣，总有蝴蝶、蜻蜓、蜜蜂和形形色色的蛾儿，绕着他扇动翅膀款款飞舞。一片绿叶衔进口，来自丹田的气息一拨弄，立即发出胜似丝竹金石的乐音，那么美妙，那么神奇，直令一切生灵受到感染，真解不透内里的玄机。

不仅如此。

中年以后的七小，还常常挖来沟里的黄泥，捏制一种椭圆的乐器。那东西，中空，大肚，上端有半月形孔，腰间六个小孔，圆圆的，大小不一，排列有序。捏制的过程很长，泥要细腻，反复揉捏，使其滋润柔韧。再团成鹅蛋形（中间虚空的部分不知道是怎样弄出的），在背阴处晾到半干，用竹制的錾子开孔，而后，每日用光滑的木棒轻轻敲打，敲打后继续晾，直到全干，看着锃亮，击之铿然，有金属声。这过程，往往前后月余。他做了很多，大者如瓜，小者如雀卵。大小不同，可能音质、音色、音量不同。

墙上有一凹进的洞，摆放的都是这玩意儿。

这泥制的乐器，土名叫“奔儿喽”，大概相当于古人说的埙。埙多是陶制的、石制的、骨制的，而七小的“奔儿喽”却是土制泥捏的。

傍晚，西天的云霞渐淡，暮色渐重，鸟雀归巢，各种虫子都在林中安歇，周遭渐趋寂静，七小就吹那泥土制的乐器，直到星星越来越密，月亮越来越高，夜越来越深，甚至直到凌晨，乐音呜呜的，浑厚，沉郁，苍凉，凄怆，时而徐缓，时而急促，如风过林梢，如雨落平沙，如狮虎长鸣，如洪流奔突，如大地上千百个孔窍都意气相和，如阵阵慨叹，如声声呼唤，如怨，如慕，如泣，如诉，余音颤颤的、幽幽的，连连绵绵，不绝如缕，分明在述说着一个故事，也许是长长的几十年的人生遭际，爱恨情仇，一腔积愫，满腹愤懑，孤独，寂寞，和深埋心中的一朵希望的火花……乐音弥漫夜空，在村头缭绕，在霄汉荡漾，星斗仿佛因之瑟缩，月儿仿佛因之动容，林间的枝枝叶叶便滴溜溜挂满露珠儿的泪。

七小日渐衰老，好似老成了一根干柴。气力大不如前，不再吹树叶，只吹那泥土造的埙。乐音渐渐带有几分沙哑、几分苍老，就更具迟暮感、沧桑感、世事兴亡感……

好几日没听到“奔儿喽”声，乡邻去他家看，他已死了，不知何时死的。那大大小小的宝贝儿，都已粉碎，干硬的泥片撒了一地，闪闪发光。

老　四

不知道他的名字。大人都叫他老四，我叫他四叔，大概几代以前，他家和我家有一个共同的爷爷。

老四那双手特别，手指细而长，指端尖尖的，好似女人，却满是老茧，硬而糙，曾给我擦去脸上的黑灰，感觉涩涩的、痒痒的，像毛刷子刷过。他庄稼活儿做得精致，犁地的墒沟像直线拉过一样，耙过的地纹路均匀，像娘儿们刚梳过的头，他种的玉米、高粱、芝麻像操练多日的军队，横看、竖看、斜看都成行，他堆的麦秸垛，下细中间粗到上面陡地收个穹庐似的圆顶，自下而上都像用圆规画过线，就连院里拢起的玉米棒垛也要码成宝塔形。他干农活，仿佛经营艺术。

他会编席，用苇、用蒲、用高粱篾编。不像别人那样编成人字纹、十字纹，总弄成各种格式的方块，连续起来，如古建筑天花板上的藻井，极具图案美。那年，邻村的财主嫁闺女，让编钉床头床边的圈床席，他费三天工夫，用红黄两种韭叶宽的高粱篾儿，编出一领两丈长五尺宽的大席，上面编出“麒麟送子”“五福献寿”“和合二仙”“鲤鱼跳龙门”的故事。财主给他两块银元，他说，编着玩呢，值不了这么多。

他会扎灯，只要有竹篾儿、彩纸和麻线，凡世上有的东西都能扎，传说中的事物也能扎得活灵活现，有一年就做出了“刘海戏金蟾”，做出了“猪八戒背媳妇”。还有一次，扎了一群娃娃妞妞放鞭炮，一个小子点炮，七八个孩子围观，单单表现砰啪一声炸响时那一瞬间，点炮的怵怵地猛一愣怔，其他人有的捂耳朵，有的张圆了嘴，有的向上蹿，有的奓开双臂作欢呼状。

还有更绝的。

那年霜降过后，他去古镇赊店卖黄鼠狼皮（老四逮黄鼠狼的技艺绝对一流，而且，只逮毛色已经泛红的四岁以上的老家伙，一来皮好毛好，能卖大价钱，二来过四岁就不再繁殖，断不了种），卖罢，进山陕会馆看场戏。会馆的戏楼，名悬鉴楼，乃清乾隆年间修建，二百载风剥雨蚀，依然巍峨轩昂，金碧辉煌，高挑的檐角似能划破飘过的云彩。

归来，阴雨几日，没别的活儿，他竟用高粱莛儿和高粱篾儿扎制了一座戏楼，二尺高，一尺半宽，那木石砖瓦营造的古戏楼生生地按比例缩小得玲珑剔透。十二根立柱撑起戏台，一道古典的八折屏风隔开前台、后台，留出上场门、下场门。后台有墙、有窗。墙编米字花纹，窗四个，二为菱形，二为六角形。戏台上部，悬一匾额，却无“悬鉴楼”三字；老四不识字，做不出。匾额上边，起第一层四面房坡，梁柱檩椽，斗拱飞檐，一正一反的鸳鸯瓦排列齐整，如羽如鳞，马蹄形瓦当密密地紧扣檐头。再上部，为第二层，屋脊高耸，檐角翼然翘起，各挂一枚摇动的铃铛。上下共九道脊，脊上有成队的鸟和兽，最高的屋脊正中，一根细细的立柱穿三个圆球，挺然如锷，直指云天。上下两层之间，四面皆开窗。窗是铜钱形，铜钱当中的方框里，几个顽童正伸头朝外望。

还有，戏台上正在表演一出戏，许仙满脸惊恐，一腿跪地，一臂举起，下垂的长长水袖似瑟瑟抖动，青蛇怒不可遏，单腿独立，高举宝剑直刺许仙，白娘子踉踉跄跄迎着青蛇举手拦住，似念道：“青妹，且慢哪——”那是《白蛇传》中《断桥》一折。剧中人都不到一拃高，俱形象逼真、气韵生动，特别是白蛇对许仙的爱恨交加、对青蛇的深情哀求最为传神。

村人说，老四手巧。老四说：“我心里有，想到才能做出来。”

就在看他扎制戏楼时候，我问："四叔，你会盖高楼吗？"他说："只要有材料，我能盖一座金銮殿。"

四十几岁，他就死了，因为疟疾。他住了一辈子低矮的草房。

幺　八

幺八幼时，曾拉盲艺人游乡卖唱。据说，有一次，天将黄昏，碰上了狼，狼咬掉他腿上一块肉。还有一次，突降大雪，困在山神庙里，没饭吃，见山神爷面前有一份已经摆放多日的供品，一块半截牛舌头那么大的臭了的肉，四个已经霉了干了的馍，师徒二人就靠那充饥，挨了七天，险些儿饿死。后来，从山区唱到平原，唱遍村村寨寨。师父死了，埋殡罢，他不想再漂泊，就用剩下的钱买地、娶妻，在我们村落户了。

他人极好，乡亲们从不把他视为外人。加上和福二爷拜了把子，年轻人就都把他当作长辈看待，叔咧爷咧，叫得亲热。

幺八爱唱，唱大调曲子。大调曲子是豫西南的一种曲艺，为曲牌连缀体唱功艺术。据说有二百多个曲牌，形式和元散曲中的套数（又称散套）仿佛，显然渊源颇古。会唱大调曲子的人很少，不像小调曲子（即河南曲剧的前身高台曲），几乎人人都能唱，庄稼人走在田间唱的路戏都是小调曲子。大调曲子的内容分雅俗两类，雅的如《红楼梦》《西厢记》，俗的如《小二姐做梦》《小寡妇上坟》。幺八会唱多少段，他自己也说不清。福二爷会弹三弦，经幺八调教，技艺大进。还有个瞎老五，孤身一人，和一架古筝厮守几十年。三人常常搭档，闲来演唱，忘忧亦忘年。

在我内心深处，珍藏着一段美妙的记忆，如一首好诗、一幅好画，每想起，总有陶醉的感觉。

那时，尚在髫年。一日，晚饭后，没人玩儿，我好烦恼。奶奶说:“幺八爷唱曲儿呢，听去吧。”

踏着月光，跑到幺八家。他家没狗，不担心咬。满院都是丝竹声，丝丝瓤瓤的，好似一进门就被缠绕着。堂屋里，一盏灯，一定点着三四根灯草，很亮。一张八仙桌，三把太师椅。瞎老五居中，桌上放古筝，十个手指在弦上起起落落。福二爷坐左边，怀抱三弦，头随着音乐前后俯仰。幺八在右，身腰直挺，二目微闭，手持檀板，击着节拍，缓缓地吟唱。大人小孩，坐了半屋，都屏息静听。我挤进人缝儿，正对他站着。怪不得人们管唱大调曲子叫哼曲子，他的声音就好像从鼻子里发出，却那么细、那么柔，又那么响、那么脆，拖出尾音，震荡得满屋子都嗡嗡共鸣。唱的啥，我听不懂，只觉得好听，耳里美，心里美，身上的每个毛孔都美。瞎老五的古筝好似被幺八的唱腔牵扯着，一会儿轻拢慢捻，十三根丝弦像凑在一起压低嗓子说悄悄话儿；一会儿嘈嘈切切，铮铮鏦鏦，三伏天的猛雨一般；有时，乐音戛然一停，又忽地噔的一声，像一颗圆圆的石子落入老井。福二爷拨弹着，两眼眯眯的，嘴角带微笑，三弦琤琤似乎就是他心中发出的笑声。我呆呆地站着，忘掉了世界，满耳里只有幺八的哼唱，和在梦中也没听过的音乐，只觉得，似有一条清凌凌的小溪，溅着浪花儿，漾着波纹儿，潺潺地流进我的心田，那么滋润，那么熨帖；又觉得，似有一只温情的手，带着叮咛，带着慰藉，亲亲地轻抚我的面颊、我的心头，我感到怎么也说不出的愉悦、兴奋……

参星正南，月光照进了屋子。曲未终，人未散，奶奶硬把我拽回家。躺床上，满耳满心仍是那动人的歌吟、动人的乐音。我做了个梦，梦见蓝天白云、彩霞长虹、绿草红花、莺啼燕语，和一片片从未见过的风景……

那是我这辈子第一次被音乐征服。想不到捉摸不透的声腔乐曲对一个儿童的心灵竟有如此大的冲击力。

据说，幺八会唱的曲目共三百多个。其中一部分只他能唱，别无传人。他自己琢磨出的新唱法如《银扭丝》带《垛子》、《罗江怨》带《哭扬调》（皆为曲牌名），没人能学来。

“文革”肇始，幺八被批被斗，人格受辱，斯文扫地，不久，郁郁地死去，他的一肚子曲词，他的独有的声腔，也随他埋进三尺黑土之下，永难再见天日。

幺八下葬后，福二爷在坟前大哭一场，别人走了，他仍不走，直坐到深夜。从此，福二爷再不弹三弦。幺八死后七天，瞎老五抱着古筝，磕磕绊绊摸到坟前，奏一阕《高山流水》，而后，摔筝于地，用脚猛踹，弦断筝毁……

2009 年 3 月 16 日

阉牛人记

冯虎头，丙寅年生，身长六尺，腰如囤围，胡须似张飞。曾给财主扛长活，能肩起两布袋豌豆，走路带着风，深得阮员外赞许。又曾和人打赌，挟起三百斤重的碌碡，绕打麦场走三周，赢得一壶烧酒。

他爹死时，留下一堆酒债，也传给他阉牛的技艺。公牛性烈，不阉不宜饲养，更不好役使。阉牛的方法很多，主要有割、勒、夹、捶几种。他爹常用刀割，出血忒多，牲口受亏。他最善捶，即以有棱的裹上细布的木板，和二斤重的木槌，隔着肉皮，将睾丸和身体之间的联系物捶断。这活儿极要分寸，太轻了，捶不断，太狠了，硌破肉皮，甚至整个儿砸掉。阉前，要先将牛弄倒，前腿、后腿各捆一起。这极不易，十个壮汉也推不倒一头牛，且如果牛被惹恼，会蹿上来抵人，轻者残废，重者送命。冯虎头有绝技，也有一种威慑力量。阉牛前先喝半碗烈酒，乘兴往牛面前一站，大高个子先吓那畜生一跳，伸手拉过牛绳，啪啪扯两通响鞭，鞭梢儿正巧掠在牛耳上。有的牛被惊呆，有的牛觳觫不止。猛不防在牛前胛下狠踢一脚，再凶的牛也乖乖卧倒就缚。

总有很多人去看阉牛。女人不去，都是男人和孩子。

冯虎头忙时种田，闲时阉牛，有饭吃，有酒喝，日子过得舒坦。

突然来个“合作化”，集体干活挣工分，粮食总不够吃。他饭量大，一顿能吃一升小米。当年去阮员外家，头一餐竟一口气吃十二个窝头，很令那财主惊异，又窃喜，吃得多必定力气大。而今，肚子常瘪着，酒瘾却又常发，无钱沽酒，急得好苦。牛合了槽，生犊儿少了，要阉的牤牛更少。他整天蔫蔫的，几乎不再阉牛。

当人们已经忘掉了阉牛匠冯虎头的时候，冯虎头又重操旧业了。虽然已经鬓发斑白，可个子依然高，力气依然大，一顿能吃三碗干饭，一次能饮二斤烧酒，五尺高的牲口到他手下，依然如玩熟了的猴儿似的驯顺。人入老境，阉牛的方法又有改进。过去，捶打时牛疼得难受，哞哞呻唤，有人还见到它掉眼泪。现在，打了局部麻醉针，任凭如何摆弄，它自己也无感觉，有的还悠悠地反刍倒沫。以前，阉过后，那地方肿得水桶大，牛不能走，不能卧，不吃草，不饮水，眼见得瘦了。如今，阉后就灌消炎药，三五日后，就又能拉犁拉耙了。有个养牛专业户，四十头公牛长到四颗牙还没阉，一个个如老虎羔子，扰乱得整个牛群不安。登门将冯虎头请去，管吃管喝，阉了三天，临走，送三百元钱、十瓶美酒。

麦梢黄时，五十里外一个农民，从外地买回一头牤牛，头如雄狮，身如大象，高叫一声震得墙头掉土。可就是性子太烈，进出牛屋，须前后两根牛绳两人拉着。三天掀翻四次石槽。主人拉它饮水，呼一声蹿上来，抵断了他三根肋骨。看见母牛，必挣断皮绳追逐，吓得村人不敢从门前过，如避猛虎。眼看那牛一身力气，却没法役使，主人正要将其拉食品站宰掉，听说了冯虎头，便托人请他。老人上着短衣，腰束布带，下穿扎腿裤子，拿一杆系了红缨的长鞭，兴冲冲去了。到门前，只朝拴牛的柳树下瞟一眼，便先入席。主人敬三大杯，陪客的人各敬三大杯。而后划拳，冯虎头声如洪钟，威镇四座，依次打败了所有陪他的人。席终，径自将酒倒满茶碗，咕嘟嘟喝下。酒后用饭，吃了两个硬面馍馍、两碗烫面饺子，打个饱嗝，用袖头在嘴上一擦，大步出门，引来了数百人观看，老头儿、中年汉子、小伙儿、娃娃，严严地围个大圈；都想看得清，又都不敢走近。众人都紧张，阉牛匠却不慌，勒勒腰带，提提鞋子，朝手上吐口唾沫，盯着那牛来到树下。那牲口眼如铜铃，灼灼有光，一双犄角，翘然似钢叉，迎着冯虎头，呼呼喷粗气。只见他哧棱棱解开牛绳，伸手抓住牛鼻子，随即高高举起。牛个子高，他更高，直将牛头拉个嘴朝天，伸到半空，前蹄几乎离了地。牛虽有两只角，却没了用场，虽有一身力，却无法施展。冯虎头扯起皮鞭，一声声似雷炸，鞭子专抽牛屁股，浅浅的绒毛上印下横竖的鞭痕。那畜生呜呜叫着，撅起尾巴，扭动后胯，扬起后蹄尥蹶子，地上尘土蹬了半尺深。耍猴儿似的折腾一阵，牛乏了力，胯上出了汗。老人趁势猛地将它前腿一绊，它不得不屈膝跪下，又将牛头一捺，便卧倒了。紧接着，折身骑上牛脖子，两腿狠夹，紧提牛鼻子。牛的四条腿再也使不上劲，只尾巴在地上扫。老人令人将四蹄捆了，又召唤十几个小伙子，按头，拽耳朵，抓角，拉尾巴，抱腿。这时，众看客才松一口气，慢慢走近。阉牛匠腾出手来，打针，轻抚，慢捻，猛捶，而后，用益母草、红花、茅根熬的水擦洗。那牲口没受过这样的委屈，想踢腾，却踢腾不开，只愤愤地出粗气。事毕，解开绳索，老人又扯一响鞭，牛忽生站起，不再逞凶，只回过头去伸到胯下舔那受伤的地方。

这次阉牛，在几十里内被广泛传颂，越传越神，竟演绎成了一篇传奇故事，冯虎头成了斗牛士。

冯虎头近八十岁时，才自认老了，不再喝酒，也不再阉牛。

他的儿孙们虽也身高力大，却都鄙弃阉牛的职业。因此，祖传的技艺竟断了传人。

新修的《县志·农牧编》中，为冯虎头立了传，凡一百二十字。那阉牛匠也算不朽了。

1991 年 9 月

舞龙人记

赫九，排行老九，那个赫字，在吾乡的方言里是大的意思。庚辰年二月二日出生，据说落地时屋顶响起一声炸雷。身长七尺，青面虬髯。村人传言，他是龙子投胎。其父为龙灯艺人，据说，一辈子共扎制五百条龙。正月十五闹元宵，方圆百里，村村寨寨舞龙灯，那龙灯，都是他的作品。家中，四壁贴满龙的图样，俱为工笔画就，丹青点染，云缠雾绕中，或现全身，或露首尾，或只显鳞鳞爪爪，一条条都气韵生动。据说，老人死时，陡地风狂雨骤，霹雳大作。有一青龙，驾着紫云，挟着闪电，从窗口将身子和尾巴伸进他的卧室内、病榻前。一声巨响，老人急坐起，翻身跨上龙背，骑龙归天去了。

赫九在龙的世界中长大，便承父业，既善扎龙，更善舞龙。他扎制的龙灯，龙头重三十斤，龙尾重十二斤，龙身长十二丈八尺，竹篾为骨架，张以素绸，青龙以靛青画鳞，白龙以银粉画鳞。单龙头上，便有十二种颜色，角、耳、目、鼻、口、舌、齿、须，都有明显的质感，看去，威武，强悍，又讨人亲近。舞龙时，每条需二十四个壮汉分两班轮换。赫九总举龙头。龙头怎么走，后边怎么跟；龙头舞得好，一条龙便活了。单舞法就有闪、耍、折、穿、交、绞、旋、卷等十余种，步法也有跳、趋、蹉、趁、趱、踅、蹑、跃等十余种。舞起来，但见一条长龙或腾，或飞，或逶迤，或抖擞，舒卷自如，伸屈有致，仿佛正霭然行云，霈然作雨，使人似乎看见了闪电，听到了雷声，直觉得雨点子正向头顶、两肩砸。

赫九说，好几次在梦中，他真真切切见到了活龙。那龙，腾云驾雾来到他面前，翻飞，盘旋，伸伸屈屈，隐隐现现，做出了各种舞姿。待他看熟了、记住了，向他三点头，倏然逝去。赫九好龙，或许果真感动了神龙，使他在梦中看见了龙的真身，悟透了龙的神韵，所以才舞龙舞到了美的极致，使那竹扎、布张、纸糊的死东西，一到他手里便有了灵魂，成了活物。

每年，一交腊月，赫九就彩化龙头，缝补龙身，砍来青竹做龙尾(龙尾最易磨损，每年都要做新的)，并带领一班年轻人，在打谷场上排练，锣鼓声，咚不隆咚锵，咚不隆咚锵，一天天敲浓了节日的气氛，敲得人心里痒。春节，忙于过年，瞧亲戚，没工夫玩。正月十三开始，一连三天，由着性子野玩。便招引方圆各村的人们都来看舞龙，每家都添了大批客人，连驴尾巴上吊棒槌的表姨、表妗子，也从十里二十里外，掂包点心，拖儿带女跑来看一天。一看，都不禁赞叹："噫，真格是赫九的龙！"只见那赫九，身上斜披大红彩带，上系十八个铜铃铛，举起龙头，忽上忽下，忽左忽右，每一挪步，每一晃膀，铃铛便咣啷啷、咣啷啷响，脆嘣嘣的，颤嗖嗖的，震得人心里麻。舞到高潮时，他似乎忘掉了世界，也忘掉了自己，仿佛他本身已和龙化为一体，不是在地上走，而是在空中飞，不是他舞龙，而是龙在舞。看的人也似乎忘掉了世界，忘掉了自己，只知道一条活龙在眼前飞舞、扑腾，仿佛自己也站在汹涌滚动的云团之中。

最可恨，竟有十年之久，不能舞龙。更有恶人闯进赫九家，搜出了龙头、龙身、龙尾，一把火烧了。眼看带着火苗儿的纸片、布片飘飘地飞向天空，那精灵顷刻间化为灰烬，赫九始而咯嘣嘣咬牙，继而呜呜地哭了，最后，却说：“我看见一条金龙，从火中蹿出来，在我头上绕一圈儿，上天了。”从此，赫九失了魂，没了精神，恹恹地，常蒙头酣睡。或许，只有在梦中，能和他心爱的龙默默相会。十度春秋，不再谈龙，更不舞龙，赫九蛰伏了。

直到又可以舞龙了，赫九一跃而起，陡地又有了精神，一天一夜扎制两条龙，一青一白，仍不减当年威风。他又举起了龙头。一开始舞，就入了化境，神韵一如往昔。可只舞了半个回合，他就体力不支了。老人舞不动了，只好长叹一口气，交给年轻人。听着锣鼓响，心里急，他便在龙前“抛珠”(那节目就叫“二龙戏珠”，宝珠也是竹制的)。抛珠也有多种路数，他都娴熟。只见他抓住草筛子那么大的系了彩绸的宝珠，一扔三丈高，又稳稳地接着。左抛右抛，上抛下抛，那宝珠像系在手上似的，从不会落地，就将两条龙引逗得上蹿下跳、左盘右旋，活泼泼地惹人爱。只耍了半场，他又气喘吁吁了，不得不作罢。

那年二月二，县里举办龙灯会演。赫九一听，浑身立时有了劲儿，举起龙头，带领人马，一路呼啸进城了。大街上舞一来回，舞得整个县城天摇地动、风起云涌。老人把全副精诚和整个生命都交给了龙，从而使他的舞龙艺术一下子达到顶峰。万人空巷看舞龙，观者无不叫绝。

回来，赫九就病倒了。他对村人说，夜里又梦见了龙，要驮他归天，怕不会久于人世了。人们都唏嘘叹息，却又说：“老人家一辈子爱龙，最后乘龙而去，也算有了归宿。”只是今后再也看不到他舞龙了。那一班后生，虽学会了舞龙，却形似而神不似，远没有老人家舞得活龙活现……

1991 年 10 月 7 日改定

大山的系念

辛未岁，暮春时节，日暖天长，正在城中住得身懒神倦，忽然得到邀请参加笔会，笔会办在深山里，深山正是我想去的地方。于是，打点行装，前往了。

车行三百里，翻数重山，过几道河，到达一个林场的招待所。招待所虽简陋，却洁净，木屋、木床、木桌、木椅，都不髹漆，显出木的本色，质朴而清新，有野味、诗味、童话味。房舍掩进丛林中，高高低低的树木疏疏密密地长满远远近近的山山岭岭，环境特别清幽，如在尘世之外。文友们都高兴。周遭很静，却静不下心来做文章，总是三一群五一伙地去山野游转，或在峡谷中流连，或在松林里盘桓，或沿着山脚寻访曲径通幽处，或下到涧底观赏清泉石上流，和大自然亲也亲不够。我则喜欢独游，常常行到水穷处，坐看云起时，任思绪在山石草木间缭绕；心中很静，静如深潭的水面，也很净，净如山腰的白云。不期看见一座庙，遮在山的褶皱中，只一角小小飞檐，自密林中伸出。深山藏古寺，也是一景，便去探访。

好不容易找到了路。路仄仄歪歪，又弯弯曲曲，如一条扔在山间的绳。顺路前去，爬山过涧，终于看见了庙。庙很破旧，砖墙裂了缝，缝中长出一棵针叶的树。瓦垄已不规则，垄间长了开花的草。门窗油漆剥落净尽，檐头已朽，长一坨坨蕈类植物。三间正殿，已无神像，倒有用土坯支起的五条木板。木板旁，端坐着高声读书的学生，数一数，十六个，小的，还拖着鼻涕，大的，唇边已长了黑毛儿。墙上挂一块已经不黑的黑板，一边写着“火车”“轮船”，并配了汉语拼音，一边是两道分数四则运算题。在最后一排一个男娃的背后，站一个妇女，正弯腰为这个学生缝补上衣肩头的破绽。她，应是这所学校的老师，看不见面目，只看见清瘦的背影、苍白的头发。几个学生发现了我，扭头朝外看。怕影响他们学习，我匆匆离开。想不到大山深处还有一所学校，想不到在这儿任教的竟是一位女教师，不禁对她心生敬意。

回到招待所，向林场的老场长打听那位女教师。更想不到，老场长告诉我一个沉重的故事。那女教师，本来家在城市。“文革”肇始，父母双双惨死，恋人也离她而去。一时，走投无路，万念俱灰，就进山了。原想出家，怎奈佛门也遭劫难，寺庙被毁，僧人星散，没处落脚，就住进了山神庙。山民可怜她，给她送吃食；她为答谢山民，就教山民的孩子认字。后来，正式办起了学堂。到而今，三十年了。一茬又一茬的山里娃，走进山神庙里的课堂，一茬又一茬的学生走出学校，走向社会，走向山外的广阔天地。而她，一步也没离开过大山，一天也没离开过山神庙。三十次寒暑交替，一万多个日日夜夜过去，青春年华被掩进岁月深处，而今，已渐近老境了。

女教师的故事为山野风景染上了一层凄美色彩，也增添了令人感慨的历史沧桑感。

我无心再看山水。

第二天午后，约一位文友，一起去山神庙。学生还没到校。当院一丛山杜鹃，花儿寂寞红。女教师正在偏殿吃饭，玉米糁，山野菜，和山民的饭食一样。我看屋内，仅一床、一桌、一凳、一锅灶、一瓦瓮、一木桶而已。她根本不说她自己，只说她的学生。她说，三十年来，已送走二百八十六个学生，有的上大学，有的在外地工作；附近四道沟，十四个山村，村村都有她的学生，家家都有她的学生，父母是她的学生，儿女也是她的学生。她说话时，神情平和而安详。在她心中，似已无尘世的烦恼忧伤，只有她的学生，就像修炼成功的高僧心中只有佛一样。她把满腔母爱，全给了山乡的孩子，不求回报，只为付出，付出是生命的需要。三十年前的往事，或许只是梦幻。她早把那一切看淡看穿，甚或全遗忘了。虽未出家，却跳出了世俗的牵绊、一己的悲欢。因此，她的日子就过得平静、平实、平安，有限的生命就有了无限的意义……

缘于女教师，大山有了深刻的意蕴，山乡风景有了坚强的灵魂。

说这些，只是我的意思，显然肤浅。想当初，她的选择其实是一种无奈，那滋味一定不好受，那煎熬一定持续许久。是漫漫岁月使她慢慢淡定，把非常熬成了正常。

笔会归来，我就想写篇文章，写那位女教师。几次开笔，都没写成，文中总是有丝丝缕缕的孤苦、苍凉。她仿佛已不是这样。没写出文章，心中老是不安，好似欠了大山一笔债。

乙亥春节，电视台照例要办文艺晚会。主其事者要我作一首歌词，而且点明要写山乡女教师。事情就是这么巧。本来，对“遵命文学”我一向不愿应付，这次却立即允诺，因为我心中正有一位山乡女教师。怎么写？思谋再三。猛地，灵机一动，写一个远方的学生对她的思念，一个游子对母爱的依恋，山隔水阻，情意绵绵。这比直接咏叹她的三十年教师生涯效果会好些。很快，就写成了，词曰：

人在天涯常想家，
我的家山高石头大。
想起家就想起了你，
我的老师啊，我的好妈妈。
忘不了山神庙里你办学堂，
教我们山里娃。
书声迎来朝阳，
歌声唱红晚霞，
希望的种子悄悄发了芽。
忘不了你手把手教我学写字，
教我画出心中的画；
忘不了大雨中背我过山溪，
寒风中为我补破褂。
我的老师啊，我的好妈妈！
一回回月缺月圆，
一度度春花雪花，
山里娃一个个长大，
你已经两鬓白发。
我走出大山闯天下，

你把大山当成永远的家，

为大山献出了终生年华。

我的老师啊，我的好妈妈！

歌词远未尽意，但曲谱配得好，演员唱得动情，演出效果甚佳。一个朋友说，他看电视时候，不禁落泪。我很希望那位女教师也看到这个节目，也听到这支歌。但是啊，山神庙里不可能通电，她更不可能有电视机……

1996 年 12 月于南阳

鹅鹅鹅……

暮春节令，天气美好，把人舒服得忘了世上还有八苦。正在这时，朋友们去百里外的山中开研讨文学的会，说很多玄思妙想、精彩的无关社会生活的话。那时刻，都逸雅得似乎可以不食人间烟火。

会毕归来，乘坐属于一位官员的桑塔纳 2000 型小车，沿 312 国道飞奔。车窗外，是草木庄稼正在疯长的乡野。我边看时时变换又大体相同的风景，边和同车的青年作家小段说话，全是些没有主题也没有章法的散文式的闲话。我想到我的老家，老家的风景和这里相同。我说，那次还乡，听到一个故事，邻村一个半憨不精的光棍汉，为了发财，就养羊，天天出去放，只养十只，生一只小羊，就卖一只老羊，生两只小羊，就卖两只老羊。因为他只识十个数，多一只就数不清，牧归时会丢掉。小段说，他儿时也在农村住过，生活艰窘，十分酸楚，没有吃过肉，也没有吃过白面蒸的馍。我们忆苦思甜一番，都觉得如今的日子真不错。

忽见路边不远处出现一群白鹅，十余只，正沿着长满蒲公英和紫花地丁的沟岸走，迈着英国绅士一般的步伐，“曲项向天歌”，像是觅食归去，脖子下边的部位鼓出圆润的弧线，如宋朝定窑烧出的瓷。鹅是素食主义者，只吃草，决不伤及生灵。我让司机车开慢点，要好好打量一番出脱得那么完美的堪称圣洁的鹅。已经远了，回头望，一队气质高贵的白鹅，和绿草绿树、黄花紫花、蓝天碧云、冒着炊烟的村落、村落后面的地平线，组成一幅结构和谐、色彩丰富的风情画，鹅是画中最鲜亮的部分。

小段说，他那时在乡下放过鹅。我当即想起上中学时读过的外国小说《牧鹅少年马季》中马季的苦与乐、泪与笑。我说，我小时候，穷人家都不养鹅，养不起，一只鹅一天要吃半瓢玉米哩；仅村里的财主家养两只，冠橘红，像头顶一颗丹。小伙伴们常站远处看鹅，看着眼馋。鹅是富贵的象征。鹅本身就是禽类中的贵族，或者说有贵族的血统，兴许就是翱翔长空俯瞰大地的白天鹅的某一支后裔。记得徐悲鸿画过两只鹅，雍容华贵，悠然自在，气定神闲地栖息于青草池塘，上题“日长如小年”。看此画，我莫名其妙地想起苏东坡的诗句“报道先生春睡美，道人轻打五更钟”。又想起王羲之，我说，王右军爱鹅，抱去一只鹅，能换他一幅字。他是真正的贵族，敢于“东床坦腹”，乐于“曲水流觞”，正是三辈子培养出的贵族的潇洒。他爱鹅，良有以也。如今的书法家不爱鹅，爱钱，像暴发户，像老葛朗台一样贪婪，即便送给他一群鹅，也换不来一幅“墨宝”。如今有的书法家腰包鼓胀，却一身商贾气，常常就露出藏在笔挺西装下的“小”来。他们写字，就是制造能卖高价的商品，而不是张扬精神、抒发性灵——即便张扬抒发，也必然透出铜臭味儿。故而，他们写不过王羲之。王羲之的字，“如龙跳天门，虎卧凤阁”（梁武帝萧衍语），而他们的字不过墨猪黑狗而已……

正说话，车进了城市，穿行在楼房、店铺的夹缝中，五色迷目，五音乱耳，顷刻间进入现代的繁华热闹。小段忽指车窗外：“看，鹅！”我扭头一望，见路边停一辆长途公交车，有人正从车顶向下扔鹅，鹅被尼龙绳编的网囚着，身被羁押，头仍自网眼里高高举起，发出高亢的悲歌。已经扔下两网，车上还有两网，每网都有十余只。我说，这些鹅能换多少王羲之的字啊。然而，那位写出极品的书法家已经死去1600多年，且早无传人。这些可爱的鹅只能给贩子换来钞票，且马上就要成为刀下肉、盘中肴。

哦，鹅鹅鹅……

2003年10月20日于南阳豆斋

风雨麦仁岗

在山村住了两天，采访簿记了两本。吃罢午饭，翻一个山包，我去麦仁岗车站赶汽车。刚上路，还是蓝天白日。不一会儿，从北山后涌出成团黑云，北风顷刻间把浓云铺满天空。紧接着，枣儿大的雨点扑扑嗒嗒拍在地上，又粗又长的雨丝织成半透明的幕，将山山岭岭遮挡得模糊不清。

说是车站，其实是停车点。除路边的山坡劈掉一块，卖茶水的人搭了个茅庵外，别无建筑物。我赶到时，卖茶水的已不在，茅庵里的石头上坐了四个人。两个好似干部，一个高胖，一个矮瘦；一个老婆婆，满头白发，一双小脚，怀里坐个小女孩儿，红头绳扎了上翘的羊角辫。

我站在老人身边。茅檐下，水滴成串，无休止地向下掉。盘山公路上，青黄色的雨水漫过路面，向山下流去。掠过山头的风，一片咝咝声。茅庵顶上的风，带着哨音。因为无聊，我就找话说。闲谈中，我知道老人带孙女进城探亲，她儿子是一家饭店的厨子。两位干部是县里下来调查山区养牛情况的，因为不是官，派不来车，说着直骂。几句话后，彼此仍无言，只有风声雨声流水声。沉默里，我想起这麦仁岗有一个故事，说是多少多少年前，王莽追刘秀，路过此地。刘秀饿极，向山民讨了一碗麦仁粥，吃着特别香甜。后来当了皇帝，好东西吃多了，腻了，想起了麦仁粥，让做了一碗。一尝，不是那味，以为捣了鬼，一怒之下，把厨子杀了。这故事，山民世代相传，这麦仁岗也由此得名。

依旧是雨大风狂。大家都看着公路的拐弯处，盼望猛地开过来一辆汽车。然而，一直没有汽车，却从山后走来一位老农，牵一头母牛，跟一个牛犊儿。来到茅庵前，向里边看一眼，让老牛站雨地里，把牛犊儿推进庵内，自己站门口。茅檐滴水如绳，落在他的竹笠上，又流到蓑衣上，蓑衣下的水珠儿滴成一个圆圈。老汉从腰里掏出满是褶皱的毛巾，擦小牛身上的雨水，边擦边说："受冻了，一会儿到家就暖和了……"那牛犊儿似也通灵性，看着老汉直眨眼，仿佛有话要说。牛头正伸在小姑娘面前，小姑娘高兴了，忙站起，亲昵地抚摸小牛尖尖的耳朵和脖子下边帷幔似的耷拉着的那一溜软软的皮。一打听，老汉今天上午去赶集买牛，中午在闺女家吃饭，因为喝多了酒，回来晚了。

雨小了，风也减了威，近处的山头都露出了眉眼。可山涧的浪涛却一阵紧似一阵发出震耳的咆哮。汽车还没消息。看我们那急切的样子，老汉很同情，一再说："出门人不容易呀！"又过一会儿，老汉抬头看看天，站陡崖边往下看看水，说："这近处几条河都涨了水，车不会来了。"

老婆婆最失望，一再叹气。小姑娘偎她怀里，想哭。

又等好长时间，高胖子干部对低瘦子说："伙计，咱还回乡政府招待所。"又转脸对我说："你也去，咱们打扑克。"

我说："我有地方住。"

老婆婆连忙站起，求高胖子："同志啊，叫俺奶孙俩也去住一夜吧。俺家离这儿几十里，下着雨，回不去了。”

“不行，招待所只有两间屋，女的往哪儿安排？”

“只要不淋雨，房檐下坐一夜也行。小妞不能冻着呀。”

“你有身份证吗？谁敢随便留人！”

虽然老太太“积德”呀“行善”呀的话说了一箩筐，仍不行。低瘦子有点儿动心，表示可以领她们去，高胖子抢白他几句，他不敢说了。

老人一再重复着：“这可怎么办呢？山上怎么过夜呀！”

依然是满山满坡风声雨声，只不过缓和许多。两个干部朝盘山路的拐弯处望一眼，确认已无希望，就出了茅庵，缩着脖子去乡政府了。不远处的山坡上，有几排新房，没遮拦地坐落在风雨中，那就是麦仁岗乡政府。

老汉一直无言。这时，他朝两个干部的背影狠狠看一眼，才对老婆婆说：“老嫂子，你们奶孙俩到我家去。我儿子、媳妇都在县里工作，家里只俺老两口。我那老婆子——虎子他妈，心肠好啊，忒好和人聊闲话儿。”老婆婆千恩万谢，说了成串感激话。老汉只说：“都是一家人嘛。”看小姑娘怯生生的，老汉用粗糙的大手摸着她的头顶，亲亲地说：“家里有核桃、枣、花生，尽你吃。吃罢我给你说故事。咱家不远，就在那儿。”他手指的地方，山半坡一个院落，长两棵核桃树，三间新房，红砖蓝瓦，门前的篱笆上，爬满瓜豆，几棵向日葵，开着黄花，火轮似的。

老汉先把牛牵回家，很快转来，头戴一顶山乡所特有的箩筐大的雨帽，掂一把雨伞。他将伞交给老太太，俯身抱起小女孩儿，笑呵呵地说：“走，回家哟！”

斜风细雨里，他们下了盘山路，踏着铺在山梁上的弯弯的青石小径，走一个之字，进了绿篱后的瓦屋。

我也离开草庵，仍回那个山村。我的房东，也是老两口，对我也特别好，我住多久他们都不会烦。那老头儿，肚里装一部山的历史，再说三天三夜，他也有话。在山包上走着，我想，此刻，或许虎子他妈正和老婆婆叙家常，老汉正给小妞妞砸核桃，等会儿，就要讲麦仁粥的故事。那两个干部，一定正打扑克，两个人打，可能不来劲，好在要不多久，公家的酒宴就开始了。

2000 年 6 月 10 日重写

伏牛山骑驴记

小时候，放过驴，赶过驴，却一直没骑过驴。回想我家那驴，很瘦，脊梁骨赛刀刃儿，真骑上，怕要割屁股的。万万想不到，年近半百时候，竟平生第一次骑驴。

是伏牛山给了我机缘。

秦岭插入河南，便叫伏牛山。伏牛山，八百里，山奇，水奇，石奇，树奇，鸟奇，兽奇，人亦奇，人身上的故事更奇。这就引了我去，去采访山民和山民的故事。近二十天，钻十二道山沟，串三十个山村。所谓村，大多仅一两户人家。最后，串到村委会所在地，村名大圪垯槲叶墁，也只有五户，其中两家是单身汉。要回城了，问去搭车的地方咋走，一个单身汉说："到街上只三十里，一条大路，好走。"随即向山腰指了指。我仰脸看，所谓大路，只不过是那被称为路的地方草浅了些，树稀了些，没大石头拦挡而已。

背上旅行包，我上了路。路夹在乱石中间，曲曲折折，高高低低，磕磕绊绊。真累，累得喘气，便感到旅行包好重啊，压得肩膀酸。其实，里面只有一双布鞋、两件单衣、三册散文集，再就是四本采访簿，记了几十个真实的故事。一定是那些故事分量太重，几十个山民半生乃至一生的经历，全像石头一样沉重。山风一裹，云涌来，天就下雨了。雨细如牛毛，丝丝瓤瓤的，扰得人心烦。路上偏又长满尖石，好似狼牙，咬得我脚疼、腿木，心想，这三十里路，真够消受了。

正走间，碰上一块巨石，峭然挺立。路到石前，分岔为二，呈 Y 字形。我惶惑了。思谋多时，不知走哪条路好。便摸出一枚五分硬币占卜，定下应走左边的路。刚要抬步，听到有人唱山歌，声音很野，震得山凹处都嗡嗡的。又听到嗒嗒嗒嗒的响声，是牲口蹄子在石径上踏出的音响，节奏感很强。我好欢喜，立起脚朝来路看。过来一个汉子，戴斗笠，披蓑衣，手掂一根栎树条儿，赶一头驴。驴前额上，系一绺红缨。驴背上，搭一条布袋。缰绳盘在驴脖子上。到我面前，虽然山歌还没唱够板眼，汉子也马上止了，说声“吁”，驴站住了。他向我打招呼，很亲热，好似见了舅家老表或妻家内弟。我问到街上路咋走。他一听，高兴得直拍胯：“噫，天不转地转，山不转路转，老天爷安排，咱们一块儿走。我去街上驮化肥。从右边这路走。往左边，是去核桃沟的。核桃沟，离这儿四十里，隔着老鸹岭、黑虎坡、豹子冲、五龙潭。那儿，五户人，二百八十八棵核桃树。核桃熟的时候，收不及，都烂沟里。多了，就不值钱了。你担二十斤玉米去，能换回一百斤核桃……”

我们出发了。驴领路，我中间，他殿后。他手里仍掂着那根栎树条儿，却从没打过驴，也不扔掉，大概只要那东西存在，驴就不敢怠慢。只走几步，他又说声“吁”，驴站住了。我也站住。他取下斗笠要我戴，解下蓑衣要我披。我不。他说：“俺山里人，结实，风刮雨淋不生火；你们干公事的，娇嫩咧。”我俩争执不下。最后，达成折中方案：我戴斗笠，他披蓑衣。他刚剃了头，头皮呈青蓝色，雨水落上，明闪闪的。又走几步，他又说声“吁”，驴站住了。我也站住。他对我说：“我真糊涂，驴闲着，叫你走。骑上，骑上。我这驴好脚力，又仁义。那一天，从街上回来，我骑着打个盹儿就到家了。”我不。他说：“一辈子咱俩就碰上这一回，别外气。我保驾，没危险。骑上，骑上。”他说着，把驴背上的布袋翻过来搭上，雨没淋湿的一面朝上。这时，我才仔细端详他的驴。但见浑身墨黑，只鼻子、嘴、尾巴梢儿和四只蹄子上，长着白毛儿。个儿匀称，头、脸、耳、眼和四条腿儿，都长得恰如其分。真是头好牲口，比民间曲艺里唱的小两口儿串亲戚骑的那头驴还精神，比“驴贩子”画家黄胄画的驴还漂亮。那好，我就蹬着路边的石头，翻身上驴了。他在驴头上轻拍一下，说：“伙计，这是自己人，走着小心点儿。”驴没吭声，只吐噜噜喷了个响鼻，而后，头一仰，尾巴左右一甩，便开路了。驴蹄儿在石头路上击出一串儿清亮的脆韵，宛如一阕叮当叮当的打击乐。汉子交代我：“抓好缰绳，腿别夹驴肚子；一夹，它就要快跑。”我照办，两条腿只轻轻挨着驴的肚皮。

驴胖，脊背宽，坐上不硌屁股。驴步儿碎，四只蹄儿轮番着地，坐上不颤不晃。驴是活物，它的体温顷刻便传到我身上。骑驴确实舒服。骑驴可以悠悠地看景。只在这时，我才有了看景的闲情逸致。烟雨迷蒙，山景更美。草草木木，都绿得水灵，绿得温柔，绿得仪态万方。这景象，只在东山魁夷的风景画里见过。又看那山的架势、石的纹理，忽地明白了，中国画家画山，何以有披麻皴、雨点皴、卷云皴、牛毛皴、荷叶皴、折带皴、斧劈皴等那么多皴法，却原来山就是这个样子，无怪乎画家们一再宣称“师造化”了。看景看得陶醉。这简直是诗的旅程。很想作首诗，可搜肠刮肚没词儿，心里只有陆放翁那句“细雨骑驴入剑门”在蹦在跳；还想到，杜甫曾自述“骑驴三十载”，贾岛曾有驴背推敲的故事，郑綮曾有“诗思在驴背上”的名言，难道我连一句也哼不出？便一手拉缰绳，一手作拈须状，苦思默想。诗题有了：“伏牛山驴上有作”。诗也有了：“深山细雨好骑驴……”正要往下续，忽听那汉子叫道：“别往下瞅！”越不让瞅，我越想瞅。扭头往下一看，我的天，下边是几十丈深的陡崖，惨白的石头上连一棵草也不长。两只鹰在谷底盘旋。隐隐听到水声湍急。又一看，我的路只有一尺半宽，且是个斜面。如果驴儿一步走错，岂不要葬身深沟？无法下驴，只好低低地伏于驴背上，双手紧抱驴脖子，气也不敢出，心里腾腾跳。驴倒若无其事，不慌不忙，脚步儿不快也不慢，驴蹄声依然清脆如故，而且它仍仰着头，好似并不看路，却每一步都踏的是地方，莫非那牲口腿上有眼？这一惊吓，败了诗兴。那首诗只有一句……

山坡缓了，山道宽了，山雨止了。我渐有睡意，上下眼皮直打架。猛一愣怔，听见那汉子又唱山歌哩，很好听，只是声音太低，词儿听不清。我说：“老表，大声点儿，我听听。”在山里，称老表，表示亲近，山民喜欢。他说：“你想听？听荤的素的？”我说：“荤素都行。”他想了想：“荤的是在野林子里砍柴唱的，不雅观，不能听。给你唱素的吧。”他轻咳一声，开始唱了。声音亮飒，调子悠扬。虽是素的，说的也是男女间的事。可以听出，歌中有一团火，在燃烧；有一条河，在奔流；有一颗心，在跳动。

可惜没带录音机，也没法用笔记下来。细想想，只有一首我还能背出：

那一日从你门前过咧，
你正拿柳条编笸箩呀嗨。
你妈也在一边坐咧，
咱俩有话不能说呀嗨。
我瞅瞅你哟你瞅瞅我咧，
知心话都在肚里窝呀嗨。
使眼色约你半夜石碾上坐咧，
石碾冰凉咱心里热呀嗨。
膀靠膀说到星星落呀嗨，嗨哟。

歌声撒在山道上，撒了十里，没了。他拍着脑袋想，想不出新的了，好遗憾。他说："我学的少。俺那条沟，有个金豹子，会的多。三月三，奶奶庙起庙会。他在那儿唱，人们都听得忘了饿。金豹子唱山歌唱来个媳妇，可漂亮啦，是俺那九道沟的人尖儿，脸白，像鸡蛋的二层皮儿。"唱了歌，他特别兴奋，就给我讲起他的身世。他娶过三个媳妇。头一个，是娃娃亲，十五岁结婚，婚后十天，去山上摘山桃，碰上两只豹子，撕掉她一条腿，死了，死得惨。第二个，裤带儿松，见个男人都想跟人家睡。他把她休了。第三个，闹"文化大革命"时从山外跑去的。去两年，没说一句话，以为她是哑巴。谁知那天说话了，说她山外还有男人，还有孩子。他就给她准备路费，送她出山了。他有一个儿子，是第二个女人生的，是他自己的儿子，不是野种……我不费力又采访了一个山民的故事，仍然是沉甸甸的故事。

忽然想到，这汉子对我如此热情，是不是为了向我收驴的脚力钱？算算兜儿里的钱，除了回城的车费，还剩三元二角，对，还有那枚五分硬币。全给他，怕还不够。如果他不依，再把那两件单衣、一双鞋添上。就这，我也算划得来。

绕过一个三棱形的山头，就到了街上。所谓街，只是盘山公路边一家供销社，两间房；一家山货收购站，一间房；一个水泥牌子，算是汽车站。汉子说声“吁”，驴站住，我下驴。他拉着驴在路上转圈儿。转了一圈半，驴扑腾卧下打滚儿，打罢滚儿，又站起，抖抖毛，吐噜噜喷两个响鼻，好像浑身疲劳顿然全消，摇着尾巴去路边啃山茅草去了。汉子说：“山里路赖，委屈你了。”我说：“多亏你的驴。”便给他掏钱。他登时恼了：“你要是瞧得起我，就别说钱。驴就是出力的东西，骑骑能掉二斤肉？要是够朋友，下回你到我家去。我打一头野猪给你当菜。记住，我大号姜石夯，小名狼背——两岁的时候，我娘上坡摘山楂，狼把我背到山旮旯里，没吃掉。我那条沟，叫狼洞沟，十八里长。你去一问，大人小孩儿都知道我。”

噫，这个山民真有意思。

1991 年 1 月 29 日于南阳

关于父亲

父亲是农民，除了会侍弄庄稼、饲养牛驴，没别的能耐。父亲是文盲，连自己的名字也不认识。父亲的经历十分简单，他若填写履历表，只需四个字：“终身务农。”父亲很平凡，如村中一棵树、路边一棵草，平凡得几乎没有故事。父亲一辈子受苦；受苦多了，习惯了，好像就不觉其苦，也就没有想到过享福。

这些年，常常想起父亲。

当我坐在豪华餐厅、高档酒吧，吃珍馐美味，饮名酒佳酿时，总想，假若父亲能来尝一尝，该多好。父亲从未见识过这种筵席，更断乎想象不出筵席上肴的精细、酒的醇香。父亲只吃过庄户人家待客的饭菜。农民管赴宴叫吃桌。早年，吃桌归来，村人总问：咸不咸？若咸，便是好席。那时候，二斗小麦一斤盐，种田人难得吃一次放足了盐的饭菜。后来，吃桌归来，村人总问：肥不肥？若肥，便是好席。肥就是肉多，特别是肥肉多。吃一顿肥肉，就是最高的满足。平时，年不年，节不节，谁也舍不得花钱买肉吃。父亲吃惯了粗食淡饭，饿了，啃两个窝头就好，渴了，喝一瓢凉水就行；吃一顿白面馍，是改善生活，配半碗凉调萝卜丝，就吃得有滋有味。

当我乘坐火车、轮船、飞机，充分享受现代交通工具的舒适便捷时，总想，假若父亲也能坐一坐，该多好。父亲压根儿就没见过火车、轮船；见过飞机，飞机在天上，鸟儿那么大，看不真切。父亲到县城看我，一来一回，坐过两次公共汽车，一辈子只坐过这两次汽车。在县城的大街上，父亲见了小轿车，说：“屎壳郎那么大，坐里头不憋气？”他不可能知道小轿车里的舒服。父亲连自行车也不会骑，曾说过，有钱了买辆自行车，旧的就中，也只是说说而已。父亲只会赶牛车，赶车的技术全村有名，空车时，在车帮上坐一会儿，拉了庄稼或粪土，决不坐，怕累了牛。父亲行路，只靠两条腿。赶早集，瞧亲戚，总是一口气跑到，再一口气跑回。村里村外那不多的几条土路，雨天一路烂泥，晴天一路黄尘，父亲走了几十年，自己就把自己的脚印踩得粉碎。

当我出差到大城市，住进十几层、几十层高的大楼，享受一切现代化服务时，总想，假若父亲也来乘一乘电梯，到楼顶望一望，住一宿，该多好。父亲根本就不会想到，也不会相信房子可以盖那么高，上下那么方便，住下那么舒坦。早年，父亲曾远远地看过邻村财主家的两层木楼，一再说，真高，二里外就能看见。那楼，50年代被扒掉，砖瓦木料分给了穷人，父亲惋惜不已。后来，在我工作的县城，父亲见过四层楼，那是城里唯一一座高楼，他看了许久，感叹道：“噫！噫！”父亲一辈子住草房，草房又小又矮。打从50年代起，父亲就想盖瓦屋，陆续买了一些砖木。但是，一次又一次，砖木还没有凑够，就碰上“大跃进”、大饥荒、“文化大革命”，被人拉去充公派了别的用场。那境况，颇似李顺大造屋。

当我登名山，临胜水，济沧海，走大漠，饱览人间美景时，总想，假若父亲能来游一游，看一看，该多好。父亲一辈子没有走出故乡方圆百里，没见过大山，没见过大河，从不知道世上还有很多景致值得赏一赏。除了干活睡觉，除了吃饭穿衣，他怎么也想不到人还需要去千百里外游一游。他根本就不可能有“旅游”这个概念。那次，他来县城时，我要领他去卧龙岗看看诸葛亮的茅庵。他说：“看看有啥用，不当吃，不当喝。”终于没去。只有一次，别人提到京城里的金銮殿，父亲说，金銮殿是真龙天子坐的地方，金砖铺地，柱子都是玉石的，梁上镶着夜明珠；小百姓福小命小，往那儿一站就头晕，折寿。如果父亲能去北京故宫走一走，站一站，他将会说啥？

父亲实在可怜。父亲不知道自己可怜。

父亲早已离开这个世界。一瞑之后，万事皆休。

1997 年 4 月 13 日

还乡杂记

清明节前，回一趟老家，一来扫墓，二来看望族人乡邻，母亲在世时，他们多有照顾。就买了糕点、糖果、火腿肠、油炸馓子之类的吃食，大包小包的。人老了，不便搭长途公交车，公交车折回的地方，距我们那个松松散散的大村庄还有十里路程。不得不向一位做官的朋友借部小车——快到报废期的桑塔纳。司机也是借朋友的，那小伙子在城市长大，几乎没到过农村，他说，正想到乡下玩玩，乐于为我服务。为了招待司机，还带了肉、菜、酒、矿泉水、果汁饮料。塑料袋、编织袋塞满了后备箱。

国道、省道、县道、乡道，最后，小车颠颠簸簸开上通往村庄的土路。土路上干了的泥碴子尖锐似狼牙。司机心疼车，怕轮胎被咬破，忽左忽右谨慎行驶，好像路上布满地雷。一路走着，司机一路感叹着：这里真穷，连沙土路也修不起。我们村离河几十里，买回一车沙得几十块钱，乡亲们盖房买沙都犯愁，怎舍得把钱铺路上？

路两边的田地，长短宽窄不同，横竖不成规矩。大半种小麦，刚刚半尺深；小半是白地，准备种棉花；也有油菜花开，星星点点不成片。家家户户种庄稼，家家户户地都少，田野就像百衲衣，绝无我在电视里看到的一望无际的没有阡陌切割的壮阔景象。

进入我们村的地界，我就下车，给迎面走来和在路边田里劳作的乡亲打招呼、敬烟。打招呼必先叫“爷”叫“叔”，严格遵循辈分，即便他们年龄比我小，也理当把他们作为爷和叔尊重；即便他们干活的位置离路较远，也要大步走去递上烟，点着火，还要小心不能踩了庄稼。当年骑自行车回老家也是这样。如果不下车径直进村，乡亲们会捣断脊梁的。即便在外边混得再阔，也不可在家门口卖大。这是古来的传统。我们村至今还没有在外边混阔的人。当年，八爷的小儿子在街上的食品站卖肉，回村时自行车一直骑到家门口，见谁也不搭理，乡亲们说他不如狗，狗见熟人还摇摇尾巴哩。我们全村同姓，我家辈分低，某个小媳妇怀抱的婴儿或许就是爷辈的人。我见乡亲就更有必要谦恭。

我家房屋还在，锅灶还在，早已没人住，就来到近族侄儿家，立即惊动东邻西舍，大多是老人孩子，迎接我，也看车。小轿车很少进过我们村，十年也难见一次。一个爷问我：“娃，你当啥官了，回来坐着小卧车儿？”真不好回答他。吃公家饭几十年，直到范进中举的年龄，我才混个副科级，且从未行使过那个副科级的权力（也无权力可行使）。在我所属的系统，即便正科级也算不上官，也没车坐。如果说车是借的，怕他也难理解。牛驴可以借来使使，卧车乃官员身份的象征，谁肯出借？借车岂不等于借县太爷的轿？又一个爷说：“娃，你可是见老了，也瘦了。公家的事嘛，别操那么多心了。”他不知道，我多年没办过什么公事，写文章似乎只算自己的事。其实他更老，满脸皱纹沟壑纵横，门牙只剩两颗，却不对应，虽然他比我小三岁。当年曾一块儿放驴（驴卸了磨才拉地里放），老鸹回窝时他的驴还没吃饱，他急着回家，驴不走，硬拉拉不动，气得他直哭。如今，他孙子已经虚岁二十，正筹钱盖房娶孙媳。我儿子还在大学念书，何时结婚我当不了家，孙子嘛，更没影儿呢。

老少爷儿们坐侄儿家堂屋拉家常。椅子、凳子、木墩儿、蒲团儿不够坐，有人坐门槛上，有人脱了鞋子垫屁股下坐地上。我一遍遍让烟，满屋云雾翻滚。闲谈中，我听到好多可记可述的事。

从春节前到现在，村里娶了四个媳妇。娶个媳妇至少需要三万元，建房、彩礼、嫁妆及结婚前后的开销，大约各需一万。嫁妆是婆家买齐送娘家，送亲那天再拉来。年轻人大都外出打工，多数在建筑工地干粗活，下死力，挣小钱。结了婚的，挣钱为还娶媳妇欠的债；没结婚的，挣钱为了娶媳妇。挣钱花钱都为娶媳妇，娶来媳妇还受穷。只二叔结婚省钱，没盖房，没置办嫁妆，除了床上铺的高粱秆织的箔和麦秆织的稿荐换了新的，没添任何家具、电器，女方只要七千元彩礼和两身新衣裳。二叔五十岁出头，头发已花白，腰也弯了。那女的刚十九岁，傻，识不了十个数，会吃饭，不会干活，连做饭时向灶膛填柴烧火也不会。女方说，那七千元是饭钱，养活一二十年，粮食也吃几千斤哩。二叔说，只要是个女人，能生个下辈人就好。

开春以来，村里死了三个老人。一个有高血压，见羊进地啃麦苗，跑去撵，捡一块土坷垃砸羊，攒足劲，猛一扔，还没扔出，一头栽下，没气了。一个因为感冒，用传统的老办法喝一把谷糈儿发汗，没治好，引起肺炎，咳嗽，又用偏方“蛤蟆皮”（一种野草）炒鸡蛋治，仍不见效，接着高烧，这才去找医生，吃几片安乃近，出一身大汗，烧退了，人也慢慢停止了呼吸。一个是家里突然瘟死几只鸡，舍不得扔，拔毛开肚炒了吃，吃多了，不消化，窝肚里，很难受，就吃泻药泻，拉稀两天，虚脱而死。这些都不是正常的寿终正寝，怕都算非正常死亡。

一个叔养头母猪，一年下两窝，每窝都十来个崽儿。上月，扑扑腾腾一下子产十三个，个个胖得赛似泥儿捏的。都说他运气好，一窝猪娃能卖几百块。他说："咋好？一万猪娃也不如一个人娃。没有人，钱再多也没用，吃饭没味儿，干活没劲儿，睡到半夜越想心里越凉。将来两眼一闭，挣一屋子元宝也都是人家的。"却原来，他只有两个妞，媳妇已经结扎。所谓没有人就是没有儿子，他以为，没儿子就没希望，一切都没了意义。

一个爷问："娃，你一个月领多少钱？"我据实回答："扣这扣那，净领差十几块不到一千七百块。"他听了吓一跳："哟，比得上我卖五亩地麦子的钱。麦子从种到收，得九个月，投工投钱、累死累活还不算。"又问："听说报上登文章也给钱？一篇几个钱？"我说："有时三五十块，有时百八十块。"他感叹道："哦，你一篇文章比我两车红薯卖钱还多呀。"他最后归结一句话："干啥都比种庄稼强啊。"我无言以对。

一个爷说，这些年乡下贼多，不知道上级知道不。近一个月全村丢四头牛。大多是夜里在墙上挖个窟窿偷的，窟窿的大小正好能牵出牛。弄得都不敢睡觉，点灯熬油看牛。幺四爷五更里困极打个盹儿，猛一惊醒牛没了，看见后墙有个洞，亮亮的。忙出去找，就在他家堂屋房后找到一个牛头、一堆骨架，还有一摊鲜血。当场宰杀，连杂碎也不留下。东庄一家，老头儿睡牛屋看牛，半夜里一抬头，见墙上斗大个窟窿，贼正揭砖，就说："伙计，别扒了。你不知道我家多可怜，老婆子瘫床上五年了，为治病钱花干了，连粮食都卖了。两个娃都快三十岁了，没人说媳妇。穷啊，就这牛算是家业。牛也瘦啊，剥不下多少肉。人还缺东西吃哩，能给它喂料？”贼听后竟然被感动，说：“哦，你比我还穷，算了。这窟窿不大，明儿你找个泥水匠补补吧。”老头儿说：“你是好心人，进屋吸袋烟再走吧。”

一个叔说：“那天夜里，我坐电视机前搓麻绳——我那牛有个贱毛病，好嚼牛绳，不几天就嚼坏一根，得换，买皮绳太贵——看见你演电视哩。”是有那回事儿，春节前参加一个会，因有领导人在场，电视就报道了，我的影像可能在荧屏上显了一下。他那个“演”字用得独到。乡民以为，上电视的人都是在表演。

一个叔问：“是不是当官的都贪，不塞钱办不成事？”我说：“也有不贪的吧。”他说：“我亲家，糊涂桥王庄的。那村的干部是一窝狼，恶极。村支书的爹死了，家家都送孝礼，最少也得二十元。我亲家性子别，硬不送，村支书的爹还得叫我亲家叔哩。这就把支书得罪了。计划生育别人生三胎不罚，亲家小儿媳妇生二胎罚三千块。还说，往后，每年都罚，一直罚到十六岁。亲家觉得不公，找支书说理。亲家说话也难听，一说就戗，支书的两个娃把亲家鼻子打塌，一脸血，肩膀上打掉一块肉。打倒抬出院子，扔大路上，大门一关，没事了。告到哪儿都不管，一级推一级。上边那些当官的支书早喂熟了、买通了。老亲家冤哪。你给我介绍一个黑脸老包，叫亲家去找他。”我一时却没话说了，我不知道谁贪谁不贪……

我们在屋里说话，门前一群娃娃妞妞都脱下鞋子，鞋子堆一起，光着脚在灰土地上玩“踢老鸹窝”，都沾了一身尘土。那也是我小时候常玩的游戏。一个坐一边哄弟弟的小妞拉着弟弟的小手念儿歌：“织布织布哐当，一天织了三丈。夜里缝缝，明早穿上……”那也是我小时候常念的儿歌。半个多世纪过去，那一切竟然都没变。

晌午，侄儿媳妇烙油馍，熬小米稀饭，炒八盘菜（盘子是借的，乡下人家大多没有盘子，喝饭吃菜都用碗，喝茶水也用碗，只有来了贵客，比如说亲的媒人、回门的姑爷，才借盘子或租盘子），大肉片子一指厚，比扑克牌还大，牛肉切得不成片，像一盘柴草棍儿，火腿肠截成寸把长一段一段，浇上好多香油。农家妇女会炒南瓜、炒萝卜丝，稍稍讲究一点儿就不知道如何操作。我请来近族的两位堂叔、两个堂兄弟，让他们陪客。司机是唯一的客人，堂兄硬拉他坐首座，那位年过八十最懂礼法谁家待客都请他到场招呼的堂叔（那角色俗称“大照客”）做主陪。没有酒杯，我用带回的纸杯盛酒。堂叔先向司机敬酒，咕咚咚倒半杯，双手捧起，肃立，躬身，强让司机喝下，一副你不得不喝、你不喝就对不起我一腔真诚的样子。司机说，开车不能喝酒。堂叔说：“当年我赶大车往南阳府送军饷，腰里挂个酒葫芦，装二斤烧酒，临走先喝半斤，嘿，人有精神马撒欢，甩一路响鞭，牲口飞一样，蹄子嗒嗒嗒嗒，车轱辘格当当当，灰土地上扬一溜烟。八十里路，日头平西就到了。酒是粮食精，不喝酒，人哪有劲哪。”看司机吃菜少，以为他客气，堂叔端起盘子，筷子一扫，把将近一半大肉拨进司机饭碗里。看司机吃馍少，又抓起几片油馍放他饭碗里。这都是我家乡传统的陪客路数，司机很不习惯，可面对主人真心实意的热情，只好勉强吃下。第二瓶酒喝到仅剩瓶底，陪客的都醉了，说话就更随便了。一位叔说：“电视里说国家取消农业税，这可是天大的功德。往年，庄稼人啥都敢抗，就是不敢抗皇粮，抗粮是杀头之罪。光不交税，老百姓还过不好。朝里人知道不知道，下边有的干部坏呀，只会吃喝敛钱、欺邻害户，指望他办事，除非是他亲爹——东庄余二娃，他爹托他买五只洋山羊，一只硬赚他爹三十块，亲爹也敢坑。电视里说的那些好干部咱这儿咋没出一个？”一个堂哥说：“听说城里老鳖、泥鳅、黄鳝也上桌。吃那东西晦气，咋能待客？那年四狗待他老丈人，没钱买肉，去泥沟里摸十几条泥鳅炒一盘。老丈人气呀，喝几盅酒，醉劲儿上来，呼隆一声把饭桌掀个腿朝天。听说城里猪肋巴骨比猪肉还贵，鸡爪子比鸡大腿还贵？羊蛋（羊的睾丸）、牛鞭子都是好菜？城里人不嫌那东西臊？听说城里一桌菜得五六百元，全是肉也不值那么多钱，买一头大猪也不过四五百元哪。”司机听着直笑，笑出了眼泪，笑得几乎岔了气。乡下人怎会知道，城市里富人自掏腰包的和官员公款吃喝的筵席，每桌何止五六百元，上万元的也有。菜肴的精美、场面的奢华，老农民不仅没见过，挖空心思想也想不出来啊。如果让他们去见识一下那些珍馐美味、名酒名烟和温柔甜蜜的“三陪”服务，不知道会有什么话说。

饭后，我要回城。二爷送我一兜儿用塑料纸包着的芝麻，说：“去年雨多，芝麻都淹死了，连种子也赔了。这是前年的，生虫了，簸簸拣拣还能吃，炕干饼放一把，可香。”四爷背来半化肥袋红薯，说：“窖里只剩这几个，再吃就得等到秋后了。”三叔掂半编织袋红薯干，说：“这东西二十年前顿顿吃，都吃得害胃病、吐酸水；

如今，成稀罕物儿了。你带回去换换胃口。”五婶提一篮野荠菜，说：“刚从地里剜的。拿回去包饺子，可鲜。”

临离开我才发现，好多家的门前，桃花开了，满树红妍，春意在枝头热闹，梨花开了，粉瓣儿结成疙瘩连成串，闪烁着雪白的亮光，却都是一棵两棵，不成林。乡亲们种果树，只为自己吃果子，好似就没想到过多种一些卖钱。

车出村，看见二婶在路上走，担着水桶，扛着铁铲，走路不利索，水桶时时蹭了地，叮叮当当响。她心眼儿少，干活可有劲，比得上男人。我忙下车打招呼。她放下担子，说去地里栽辣椒苗，是那种又小又尖的辣椒，可辣，舌头舔一下能蜇出眼泪；秋后有人收，可值钱，就是种着费事。她轻轻摸摸车门，眼巴巴看着我问：“这车坐上晕不晕？俺没坐过汽车，只坐过牛车。”我知道，她连拉货的卡车也没坐过，只在嫁来那天坐过一次牛车。我问她地在哪儿，她仰起下巴朝前一指：“过前头那棵歪脖子柳树就到了。”我和司机商量，能不能把她捎到地里。司机一笑：“上来吧。”于是，把水桶、扁担、铁铲放进后备箱，让她上车。因为紧张，腾一声碰了头。问她疼不疼，她摸一下额角说：“不疼，痒也不痒。”坐下又说：“俺身上都是灰，把你的车坐脏了。”坐定，两眼圆睁盯着窗外。很快，柳树过去了，停车。她说：“哟，眼还没眨哩，可跑到了。”下车时，弯腰勾头，像从洞中钻出。我把她的农具一一拿出，她一直站路边，眯眼望着远去的车，脸上凝固着呆板的笑。

穿过集镇的牲口市（买卖牲口的人和牲口已散，留满地牛粪、驴粪），上了公路。司机打个饱嗝儿，说：“你老家人陪客怎么是那个陪法，人家不想吃硬强逼人家吃，快把我撑坏了。”我说：“那是乡下陪客的规矩。往年穷，吃食少，生怕客人爱面子，不敢吃，吃不饱，就用那种办法，把菜倒你碗里，馍搉你碗里，不吃也得吃。我老家有个说法：走一次亲戚，三顿不饿。那年月，想想心酸哪。”

2005 年 3 月 9 日于南阳豆斋

魂牵梦绕地方戏

一

我爱看地方戏。我喜欢地方戏的艺术追求、审美观念，乃至语言风格。我的文章，自认为深受它的影响。

在城市里，已无戏可看。那么多戏园子，都成年空着，或派作他用。公家办的剧团，大多名存实亡。城市人不再看戏，城市的年轻人更不买地方戏的账，宁肯去胡喊乱吼一通卡拉 OK，去录像厅一坐半天，也不去看一场《南阳关》或《陈三两爬堂》。莫非他们的艺术欣赏水平提高了，传统戏曲已满足不了他们的审美需求？怕未必，那些流行歌曲和录像片子，大都没多少艺术性可言。

城市变化太快，快得一下子破坏了固有的秩序。那么多洋玩意儿，顷刻间涌进街衢闾巷，着实令城市人目迷五色，心旌动摇，便不禁要去开洋荤，寻求原来没有体验过的感官刺激。不消多久，便美得不知今夕何夕，不知王二哥贵姓，依稀觉着已经一步进入现代化。那些舶来的娱乐，虽少的是文化和艺术性，却多有对人的动物性的煽惑力，很容易把人拨弄得忘情忘我，如痴如狂。于是，便如洪水一下子冲断了民族文化的一脉承传，便如猛兽一下子践踏了祖宗千年传下来的艺苑奇葩。在这场灾难中，受害的并不只是地方戏。有论者曾指出，传统戏的内容和形式，都已不适应新时代的快节奏。我则不以为然。莎士比亚的戏，说的都是 16 世纪及其以前的故事，英国人看了四百年，如今仍百看不厌。英国的生活节奏，未必比中国慢，他们却乐于坐在古老的剧院里，悠悠地聆听罗密欧与朱丽叶抑扬顿挫地大段吟诗。工作节奏是快了，工作中并不看戏。看戏是在休息时，休息时还要什么快节奏？

二

我住在城市边缘。

当了作家，常常“坐家”。心里闷了，文思涩了，总要去郊外散步。走进乡野，走进自然，便觉得心里舒服，身上舒服，老是忘了时间，忘了路之远近。那天薄暮，田间很静，春风很软，顺着一条小径徜徉，走在庄稼苗发出的好闻的气味中，不觉霞光收敛，月色泻地，便走进了银灰色的朦胧诗。陡地听到锣鼓响，听到胡琴正拉出活泼泼的《太平年》《呀呀油》。急急往前走，拐一个犄角，眼前一片明亮，一个小村的村头，小戏正就地上演，演的是曲剧《王大娘钉缸》。这出戏，只有两个人物：小炉匠蔡葫芦和村妇王大娘。此刻，王大娘正唱着《垛子板》夸她的缸：

老祖爷花了银子整十两，
老汝州买回了这口缸。
这口缸，是好缸，
外面不光里边光，

不返潮，不渗水，

夏不生热冬不凉。

盛过芝麻盛过米，

盛过百年老卤汤。

能腌腊肉能晒酱，

能做黄酒能泡浆。

中秋节放进几个青柿子，

到过年，都捂成稀稀溜溜一包糖……

想不到的是，这口宝贝缸破了。老叫驴咬断缰绳，跑进厨房偷吃剩饭，王大娘去打驴，打急了，驴尥个蹶子蹿出屋，啪一声一蹄子踢倒了缸，缸裂了三道口子。于是，就需要钉缸，也就有了王大娘和蔡葫芦之间的纠葛。王大娘风风火火，又工于心计。蔡葫芦率真俏皮，却不知防范，终因出言不慎，被王大娘抓住把柄，说他调戏良家妇女，弄得补好了缸，却没落分文，白白赔了一百〇八个骑马钉。两个角色演出了满场热闹、满场风趣、满场谐谑，逗得看戏的老翁、老妪、汉子、媳妇、小伙、闺女、娃娃、妞妞都笑出了眼泪笑弯了腰，乐滋滋醉了一般。

观众都凑在演员面前，或坐或立，有近百人，大概是这个小村的所有居民；只我一个是城里人。我敢说，这个小戏的艺术品位、演出效果，远在时下那些粗制滥造的相声、小品之上。然而，那些虚假浅薄之作充斥荧屏，这种充满生活情趣的东西却难登大雅之堂。这真叫人遗憾，甚至愤慨。

据《南阳地区文化志》考证，南阳曲剧是由南阳大调曲子发展而成。作为曲艺的大调曲子，第一次以戏剧形式搬上舞台，是在宣统二年正月十六邓州李堂娘娘庙的庙会上。演出十分成功，演员和观众都有前所未有的惊喜。那次演出的就是《王大娘钉缸》。可以说，一出小戏呼唤出一个剧种。那时到现在，已经近百年，这戏仍在演，仍令观众倾倒，为这个城市旁边的村庄，唱出一个充满笑声的春夜。如今，似已无小炉匠，但仍有蔡葫芦；似已无人钉缸，但仍有王大娘。人在，戏文就不会隔膜。戏里并不传授钉缸技术，只是活脱脱唱出两个趣人儿。再过一百年，还会有人看。

看了这戏，心里好生滋润，仿佛困倦时饮了一杯酽茶，干渴时吃了一根嫩黄瓜。归途中，想到辛稼轩的词句："城中桃李愁风雨，春在溪头荠菜花。"

三

不禁想起童年。

我小时候，曲剧正兴盛。当时叫高台曲，意在区别于大调曲。大调曲不上戏台，只演唱于富人的客厅、集镇的茶馆。唱者只为自娱，徐徐歌吟，独得其乐，听者不过二三曲友、几个茶客，庄稼人几乎无缘欣赏。

高台曲是农民的戏。

土生土长的农民创造出了土味十足的艺术。

演戏看戏是乡下人的主要娱乐方式。他们的热情、他们的参与意识，局外人很难理解。在一篇文章中，我曾写道：

> 村村寨寨都有戏班子，扮生、旦、净、末的，会吹、拉、弹、敲的，应有尽有，能跑龙套、打令旗、演家院、当马童的，更是多多。霜降草白了，场光地净了，村头

堆起了馒头似的柴草垛，屋里有了可以过冬闲、度春荒的几斗粮食，各村都搭起了高高的戏台。这时，在农村串，便会一路听到：一处咚咚锵锵地敲，一处吱吱扭扭地拉，一处咿咿呀呀地唱。走十里八里、三十里五十里，都被缠绕在锣鼓丝竹声中。

我们村，人人能唱，连行走时的路戏、打夯时的号子、少男少女的情歌、老奶奶哄孩子的童谣，都是高台曲的调调儿。几乎人人都能粉墨登场，即便坐在台下看，那剧中人的每句唱词也都在自己心中蹦跳，台上一举手、一投足，看客们一个个也不禁伸胳膊、抬腿、晃膀子。演员偶尔忘了词儿、掉了板，台下便立即指出纠正。一次演《雷宝童投亲》，演到“昧亲”那一场，扮员外的演员家里捎来信儿，说妻子将临盆，须去叫接生婆。他摘下胡子、脱去长袍下了台，台下立即蹿上几个人，捷足者抢过行头服饰，顷刻间装扮完毕，踩着鼓点儿上了场，天衣无缝地“昧了亲”。而后，脸一洗，照旧坐台下看戏。

因为有了戏，终岁辛劳的农民，才得到片刻休息，少油缺盐的生活，才有了几多滋味，呆板枯燥的漫长日子，才有了一些声色、一些欢愉。因为有了戏，默默无闻的种田汉才有了展示艺术才华的机会。他们手上有老茧、脚上粘牛粪，能摇耧撒种、放磙扬场，也能唱出声情并茂的戏文，演出生动传神的角色。农民文化水平低下，才智并不低下。艺术的创造力，大半来自天赋，来自独有的感悟。后天的教育能培养天才，有时也扼杀天才。

也有专业戏班子。专业戏班子的演出水平更高。当时，常见有人即便是晌晴天也胳膊下夹一把旧雨伞在各村串，就是专业戏班子来联系演出的。那种人，叫“写头”，他负责的事，行话叫“写戏”；那把雨伞，是广告，也是他身份的标志。写来一台好戏，是全村的大喜事，各家都要通知亲戚，邀请七大妗子八大姨、表伯表叔表兄弟，都来看戏。专业戏班大都有名角。看戏主要是看名角。我所知道的名角就有“大金牙”“浪八圈儿”“白菜心”“四面净”“拉烂车”“一腔响十里”……都是艺名，真名是啥，大多不知。每个名角都有几出拿手戏，都培养了一大批痴迷的观众。农民对名角的崇拜，绝不亚于北京人捧梅兰芳、上海人捧麒麟童，绝不亚于如今的年轻人对走红的影星、歌星的追逐。人人都有自己的偶像。偶像不同，难免产生矛盾，甚至生出事端。有两个老人，儿女刚刚定亲，在戏台前碰上，戏台上正演《蝴蝶杯》里《藏舟》一折，“白菜心”扮胡凤莲。一个说，胡凤莲这一板“哭书韵”没有哭到家，亲爹被人家打死了，能不伤心？另一个说，这是唱戏，不是哭丧，要是真哭得哏儿哏儿的，像话？两人意见不合，争执不下，就都恼了，互相指着鼻子说些难听话，终于伤了感情，儿女的婚事也就吹了。有个老别倔，最喜欢“浪八圈儿”，不许别人说半个不字。散了戏，他去买包子，听见卖包子的正说“浪八圈儿”：“咦，咦，浪得骨头都是酥的，逗得看戏的年轻娃们都‘跑马’，不像话，不像话！”老别倔一听，火了：“咋不像话？有本事你也去浪浪，你浪十六圈儿也没人看，你浪还不如狗浪咧！”卖包子的反驳几句，那人一怒之下，顺手捡块石头，腾一声砸烂了平底的包子锅。唱得不好，也有出名的。有个演员(当时没演员这个词儿，都叫“戏子”）外号“老公鸭”，早年唱花旦，后来倒了嗓，声音沙哑干瘪，就改唱须生。那天，演出《墙头记》，他演苦娃他爹，上场四句《扬调》，正唱呢，台下一个看客笑道：“我日你八辈，还是你！”“老公鸭”唱够板，摘下胡子，弯腰朝下面回骂道：“我日你十六辈，你跟着骂我三个台子了，还骂！”说罢，戴上胡子，继续做戏。那人并不生气，反倒觉得十分荣耀。“老公鸭”嗓子赖，做功好，即使演个配角，也浑身是戏。而且他会的戏多，排新戏全靠他。观众知道他的能耐，骂归骂，仍然抬举他……

曲剧的前身是高台曲，高台曲的前身是大调曲。大调曲的起源，怕应追溯到清代的鼓子词、子弟书，明代的挂枝儿、小桃红，元代的散曲，乃至宋代的长短句了。曲剧的曲调现在仍有《满江红》、《西江月》、《浪淘沙》、《罗江怨》、《哭皇天》、《山坡羊》、《小桃红》、《打枣杆》（又名挂枝儿）、《石榴花》、《鼓子头》……从中仿佛可以看出其流变的蛛丝马迹。民间文化不是主流文化，却最有生机、最有活力，千载绵延，生生不息。这是民族文化的根基。文人作出的诗词歌赋、锦绣文章，都是根基上的派生物。文艺家才思枯竭时，文艺形式日趋死滞时，总要向民间求救，学些手段，借些招数。遗憾的是，我们只赞扬屈原、李白、关汉卿、曹雪芹，却对创造了民间文化的草民百姓缺少敬意。

四

高台曲所演的，都是前辈传下的戏，多是生活戏、爱情戏。剧中人穿着古装，可唱词和念白却处处透出当时的生活气息。演的是前朝故事，说的是农民自己对现实生活的理解、对是非曲直的判断，展现的是当代人的艺术追求和审美情趣。农民中确有世事洞明的思想家、造诣精深的艺术家。他们的思想和艺术，都融合在戏里，一代代传下来。他们的名字却湮没无闻。

有一出《小寡妇上坟》，简直是一首哀怨悱恻的抒情长诗。素衣白裙的小媳妇，长跪坟前，悲痛欲绝，一番哭诉，哭出了胸中的积郁、心灵的重创，诉出了希望的破灭、人生的无奈。唱词采用铺陈手法、白描笔法、排比句法，一唱三叹，凄婉苍凉，自始至终，动人心弦，催人泪下。这是出单场戏，人物不多，情节简单，却对吃人的纲常礼教进行了赤裸裸的揭露、血淋淋的控诉。想到这戏，我总联想到鲁迅的小说《祝福》。小寡妇的悲惨绝望，并不在祥林嫂之下。还有一出《小二姐做梦》，说的是少女思春，题材毫不出奇，故事更不复杂，只是一场春梦，亦幻亦真，亦虚亦实，硬是把女主角的内心世界展示得丰富多彩，把她的意识流展示得波诡云谲。情节刚刚推上高潮，更鼓一响，蓬山梦断，好事转空，戛然而止，余味无穷。时下的新潮作家也曾状写女性的孤独、苦闷、性压抑，我觉得，都不如这个小戏表现得淋漓尽致、深刻隽永。

地方戏大都有剧无本。一代代承传中，一次次演出中，无数人参与创作、修改、润色。可以说，地方戏的戏文一直鲜活在人心中，并不僵死在纸上。因此，总带有清醇的乡野气息、浓烈的泥土风味，有一种质朴浑厚之美、活泼刚健之美。《关公辞曹》原是历史题材的传统剧目，但在高台曲里，这出戏却别有神韵。且看曹操的一段唱词：

曹孟德在马上一声大叫，
关二弟听我说你且慢逃。
在许都我待你哪点不好？
顿顿饭包饺子又炸油条。
你曹大嫂亲自下厨戳锅燎灶，
大冷天忙得她热汗不消。
白面馍夹腊肉你吃腻了，
又给你蒸一锅马齿菜包，
搬蒜臼还把那蒜汁儿捣，
萝卜丝儿拌香油调了一瓢……
我对你一片心苍天可表，
有半点孬主意我算屌毛！

这个曹操，已不是史书里的曹操，也不是京剧里的曹操，简直就是一个可爱的乡下老头儿。他的敦厚热诚，他的诙谐风趣，很招人亲近。这个人物并不虚假，反倒真实。这是来自现实生活的真实。农民只能这样理解戏中的典型环境、典型环境中的典型人物，只能让曹操穿上古人的蟒袍，用农民的语言说农民的家常理道。

冯梦龙有言："有假诗文，无假山歌。"文人作诗撰文，最会矫情，要么无病呻吟，要么刻意"颂圣"，笔下的文字势必虚假。老百姓的山歌，以及一切民间文艺，只为唱出自己的真情实感，说出自己对生活的观察理解，并无其他功利目的，就从不作假，更无须作假。所以，民间的东西总有旺盛的生命力，时代变迁，艺术不老，常使后人感到新鲜。

五

童年已经远去。童年的名角儿，大都该进《录鬼簿》(可惜当代没有钟嗣成)。童年的戏班子，成了前尘旧梦，梦中景象，虽美丽亲切，却一晃即逝。回首当年，不禁怅惘不已。

想不到，年过半百，行将老迈时，我又在故乡看了一场地地道道的地方戏。

不久前，还乡扫墓。一进村，乡亲就告诉我，关帝庙起会了，两台大戏呢。歇息片刻，我就去赶会。关帝庙在五里外的野地里，庙早被扒掉，那一片高地还在。远远地，听到了熟悉的乐器声，听到了熟悉的曲调和唱腔。像有一根长长的绳，急急地把我拉向戏台前。两个戏台，都用木柱木板搭成，高高耸起，高粱秆织的箔围了后台，隔出前台。这一切，犹是旧时格局。两个戏台，一南一北，遥遥相对。这叫唱对戏。对戏更能调动演员积极性，更能提起观众兴头。戏台前都挤有数千人，黑压压好大一片。一台是高台曲，演的是《花庭会》；一台是梆子戏，演的是《花打朝》。我只能站在人群后边，踮着脚朝台上看。眼睛近视，看不清剧中人的面目，却能听清早就耳熟能详的戏词儿。台上没有麦克风，全凭演员的嗓子，唱词念白，原汁原味，声声入耳，字字入心。这才是真功夫。我来看戏，更为了感受那种暌违已久的情调。地方戏的演出，最理想的场所就是旷野，最佳的境界就是野台子上高唱野腔野调。广漠大地，四无遮拦，苍茫云天，寥廓邈远。这个大背景，和野味十足的地方戏最为般配。也只有在这个大背景里，在村夫村妇的万头攒动中，才宜于欣赏地方戏，才能够体察这种民间艺术的精神和意味。不仅如此，戏场四周，云集远近客商，摆满百货杂货，杈把扫帚牛笼嘴，犁耧锄耙扬场锨，任人挑拣；水煎包、炸油条、豆腐脑、胡辣汤，白布大棚一棚连一棚，掌柜的笑眯眯招徕食客；打糖豆儿的，吹糖人儿的，卖响棒槌、拨浪鼓的，引逗孩子们缠着大人去买……这一切，又渲染了戏场的地方特色和乡土氛围。

在《社戏》一文中，鲁迅指出，地方戏“很不适于剧场，但若在野外散漫的所在，远远的看起来，也自有他的风致”。这话说得很对。

晚上，睡在老屋。年轻人都看夜戏去了。村庄很静。我听到了锣鼓声、丝竹声，听到了黑头粗犷的“二八板”、花旦柔曼的“银扭丝”。我知道，一台戏唱的是《下陈州》，一台戏唱的是《桃花庵》。看夜戏最有意思。四野都在晦暝中，戏台上两盏陶制便壶做成的油灯，粗壮的灯焰和粗壮的黑烟，无风也动摇。剧中人在明明暗暗中做戏，便有一种扑朔迷离之美，看戏的就最能和戏文沟通，最能感知前朝旧事的真实，为古人的命运遭际牵动一腔情怀。

睡梦中，我又回到童年。

六

地方戏一进城，就开始被改造。改造的过程，是由俗到雅的过程，是由农民化到市民化，最终到贵族化的过程。城市里的演出，剧场正规了，服装鲜丽了，灯光明亮了，道具布景考究了，演员的唱念做打功夫提高了，却逐渐丢掉了固有的野味儿、俗味儿、土滋味儿、泥气息，固有的质朴、清新、天真、自然、生命力，日趋高雅，也日益脱离大众。清乾隆五十五年的徽班进京，固然造成了京剧的辉煌，却也埋下了京剧衰落的种子。鲁迅对梅兰芳颇多微词，正因为当时的梅博士成了士大夫的玩物，“罩上玻璃罩，做起紫檀架子来”。鲁迅论定：“士大夫是常要夺取民间的东西的，将竹枝词改成文言，将‘小家碧玉’作为姨太太，但一沾着他们的手，这东西也就跟着他们灭亡。”鲁迅并不反对地方戏，只反对地方戏的贵族化。他曾一往情深地回忆童年看过的社戏。他曾由衷赞扬山西梆子演员老十三旦“七十岁了，一登台，满座还是喝采。为什么呢？就因为他没有被士大夫据为己有，罩进玻璃罩”(《略论梅兰芳及其他》)。劳苦大众喜欢老十三旦，士大夫则对其非常鄙视。当时的文人兼官员李慈铭在《越缦堂日记》中就写道：“都中向有梆子腔，多市井鄙秽之剧，惟舆隶贾竖听之。”士大夫和小百姓各有所爱。士大夫一时风雅，小百姓地久天长。

忽然有种隐忧。农民也在变，农村也在城市化，如果有朝一日，亿万农民也被五花八门、光怪陆离的洋玩意儿蛊惑、俘虏，地方戏怕就无处作场了。这将不只是地方戏的悲哀，也是中国文化的悲哀、中国人的悲哀……

1998 年 5 月 15 日

说给狗儿爷

小时候，咱俩好。论年龄，你大我三岁；论辈分，你长我两辈。你生来就瘦，小名瘦狗儿，我就叫你狗儿爷。那“爷”字，分量并不重，你也从不以爷自居，倒像个哥哥。打柴割草之余，常在一块儿玩。打柴割草也是半干半玩。玩土，玩泥，玩水，做那些乡野娃娃都会做的游戏。也粘知了，罩蝈蝈，捉鱼虾。弄到这些玩物儿、吃物儿，你总是说：“娃，给你啦。”也许在这时，你才想起你是爷，应该有爷的慷慨；可那架势，又不像爷。我接着，你就笑，笑得嘴角快咧到耳根儿上。你好玩鸟，也会养鸟。上树掏只小斑鸠，笸箩儿里养着，养到会飞，它也不飞走，你到哪儿，它到哪儿，空中飞一会儿，就落你肩上，亲亲地啄你耳后那个瘊儿。我也爱玩鸟，可养几天，它就病蔫蔫的。你总拿去替我养，养几天就健康了，又蹦又叫的，再送给我。一到我手，鸟就不自在，时间一长，就死了。你就把一只养大的斑鸠送我。我只能把它关在笼里，不敢撒，一撒，就飞你家去了。池塘边，有棵黄楝树，树上，有老鸹窝。我想弄个小老鸹养，就拿竹竿戳老鸹窝，吓得老鸟哇哇乱叫。正戳，你去了：“娃，老鸹正孵蛋儿，戳下来蛋儿就碎了。小老鸹不能养，养不活。娃，老鸹是神鸟儿，吃豆虫，不能伤，伤了要害眼哩。”怕我不听，你有意显出爷的严肃。我不戳了，你才笑了，两眼笑成初二三的月牙儿。

狗儿爷，你是我童年最亲的朋友。

最难忘，村东那条河，河里那个潭。六月里，一阵猛雨过后，潭里水变浑。那么多鱼，或许呛得难受，都浮上来，把嘴凑到水面，一张一合。咱俩去潭边捉鱼，两手一捧，就能捧出一条，好得意。我看见一条大鱼，嘴一张，像能吞下一个饺子，黑色的脊梁，像有一尺长。伸手去抓它，哧溜一下，跑了，它身上太光。一会儿，又在近处拱出水面，朝我吐气泡儿，引逗我。我忙去捉。鱼扭头向潭当中游去。我身子向前一倾，脚下一滑，像有东西吸着，被吸进潭里。眼前一片昏黄。我想喊，一张嘴，光喝水……我醒来，已躺在家里床上。却原来，你回头发现我不见了，只看见水下一绺头发，忙去拉我，硬把我拽上岸。你个子比我小，又瘦，那当儿里，怎么会有那么大的勇气、那么大的力量？爹妈感激你，夸你。你光笑，腼腆地笑，笑得口水滴到肚皮上。你说，那潭里，淹死过一个小媳妇，成了淹死鬼。淹死鬼要拉人，拉了替身，才能托生。我说：“好险，往后，我不敢去摸鱼了。”你说：“娃，你想吃鱼，我下去摸。我命硬，不怕淹死鬼……”

狗儿爷，你是我的救命恩人。

后来，我出外上学，在外工作。你一直在家，扶犁站耙，春种秋收，一天挣十个工分。我们很少见面。我常常忘了你，没给你捎回过一句问候话。你老是记着我，每逢家乡来人，总说：“狗儿爷念叨你呢。”

你一直没结婚。不是不想结婚，而是没钱说媳妇。你苦干一年，只能吃半年馍，连买盐、买煤油，还得靠刨茅根担街上换钱。

那年，你进城找我，给我的孩子带两只蝈蝈，高粱篾儿编的笼儿装着。笼里还有两朵南瓜花，那是蝈蝈的食儿。你说，要是喂辣椒皮，就叫得更欢。又送我一只鹌鹑，已养到半大。还有一袋儿能碾小米的谷子，那是鹌鹑的食儿。你说："这谷子，够它吃半年。等等，再托人捎来；城里买不来谷子。"我对妻说："小时候，狗儿爷对我忒好，救过我的命。"妻问是怎么回事。你忙说："别提啦，小时候知道个啥。"说着，笑了，仍是腼腆的笑。那年，你才四十几岁，可已是一副老相，真像一位爷了，只有你的笑还和当年一样。人老了，笑不老。你是找我借钱的。你说，媒婆给你介绍一个对象，年龄合适，人也不赖，可就是得花三百元钱。已经弄够二百元，剩下的，指望我添上。唉，我那时，月工资四十多元，妻三十多元，手里是没余钱。可我再向别人借，是能凑够一百元的。但是，我没去转借，向你叫了一番穷，竟忍心拒绝了你。你听后，不仅没生气，反而说："城里住，日子也不好过，啥都得买，开门就得花钱，哪像咱乡下，掐把红薯叶就是菜……"你显出很抱歉的样子，看着我，不好意思地笑着，像不是我对不起了你，而是你对不起了我。我想留你住下，看场戏，那阵儿，老戏刚开禁，正热。你说："城里地方窄，住下添麻烦。"执意要走，急急去车站，赶末班车。临别，交代我，鹌鹑笼要挂墙上，别放桌上：那鸟儿，怕老鼠。你去了，只带着我送你的一包值二角钱的纸烟，还有一沓儿卷烟叶吸的废纸。你当时心里想的啥，我不知道。你怀着希望找我，我却使你失望。我真该借一百元给你。我没借，我怕你归还不起。我小看了你。我辜负了你的信任，背叛了童年的友谊，愧对你的救命之恩。听到蝈蝈叫，我就想到你；想到你，心里就难受。看到笼里的鸟儿，我就想到你；想到你，心里就沉重。我欠你一笔良心债。你对我，并不怨恨，四个月后，又托人捎来一袋儿谷子。

后来听说，正因为少一百元钱，那婚事，终于吹了。你仍是独自一人，住村头那间山墙开门的屋。没人做饭，没人补衣，没人心疼你，日子过得凄惶。狗儿爷，是我，是你从淹死鬼手中救出的人，坏了你的婚事啊。

后来，再没人给你说媳妇。即使你能拿出更多的钱，也找不来对象。一年又一年，你越发见老了。没奔头儿，再也没心过日子。干什么都没精神。想吃饭，不想做；想睡觉，睡不着。生活好像白开水。只有那两只鸟儿，陪你度过长长的白昼、漫漫的黑夜。你仍没忘记我，一再捎来鹌鹑，捎来谷子，捎来一颗真诚的心。你看重孩提时的情谊。我对你，毫无回报。你情绪不好时，我该回去，找你说说宽心话。我没有。你活得无味时，我该接你到城里来，住几天，变变环境。我没有。比起你，我太卑劣。

你病了，病时我不知道。你死了，死时我不知道。直到几个月后，鹌鹑吃完了那袋儿谷子，我才想起你，才向家乡的来客打听你，才得知你的死讯。病时，我没到床前慰问。葬时，我没去坟前致哀。算一算时间，你是在给我捎来了最后一袋儿谷子后不久死的。我大哭一场，眼泪也刷不掉我心上的愧疚。你那次来，曾对我说："没女人，家不像家；有女人，家才是家。"你一直没个真正的家。你带着多大的遗憾去了。如果那次我给你一百元钱，你就会有家。有了家，就会好好生活下去，绝不会早早离开人世。你死时，才五十二岁。我恨自己，恨也晚了……

前不久，我还乡。踏上故土，天已黄昏。没进村，径直去你墓地。坟上长满荠荠菜，荠荠菜开着细碎的小花。坟前插的柳木棍，活了，已长成树。树上一个斑鸠窝。你是好人，死后鸟还恋着你。我有很多话，想对你说，可不知从哪儿说好，也不知如何说好。苍茫暮色里，好像看见了你。你仍带着昔日的笑。你原谅我了？哦，你是爷，爷总是宽宏大度的。狗儿爷，即使你原谅我，我也不能原谅自己。我欠你的良心债，终生也偿还不了啊。

1992年8月21日于南阳

久违的星星

一

童年的星星很稠，很大，很亮。曾念一首儿歌："青石板，板石青，青石板上钉银钉。"说的就是满天星星。那时的天空真像石板一样碧蓝，星星真像银钉一样明亮。童年时认识许多星星，每颗星星都有故事。那些故事，把遥远的天宇和脚下的土地紧紧联系，星星也就显得近了。我可以对星星说话，星星也时时给我说话，说它们的故事。也曾蓦然出现扫帚星，大人总眉头一皱，我也心里一怵，生怕有坏事发生。

庄稼人对天有一种与生俱来的敬畏。

我的想象力，我的文学启蒙，我对事理的认知，最先都来自星星。

老来久居城市，两三年只偶尔看一次星星。星星已稀疏、灰暗、琐屑。彼此已陌生，我不认识它们，它们也不认识我了。

久违的，并不只是星星。

二

院里一棵老枣树，老得弯了腰，弯成了牛轭形，树皮皲裂，如岁月刻画的皱纹，深藏着历史的沧桑。奶奶说，她嫁来时，枣树就这么粗、这么老。奶奶老了，老枣树仍然这么粗、这么老，似乎没什么变化。青春不会长久，壮年不会长久，而老却好像可以长久延续。

七月十五枣红圈，八月十五枣落竿。中秋节一过，枣就熟了，挂一树红灯笼，在秋风里颤巍巍地摇动，闪耀着甜美的亮光，招引我呢。我总是爬树摘枣。弯腰的树干好爬，只是刀刃似的树皮割得肚皮有点儿疼。杜甫有诗写他年少时爬树摘枣："庭前八月梨枣熟，一日上树能千回。"我就是那种情状。每年收枣都有两大草篓。过年，母亲蒸白馍，总包进两个枣，还要把面团弄成一条条长条，裹上三颗枣，用筷子一夹，夹成八宝结状，那叫枣花馍。把五六个枣花馍连在一起成山形蒸熟，那叫"枣山"，要供在灶王爷面前敬神的。

腊八节的腊八粥，除了面条，还要再放进七样米啦豆啦什么的。有一次，我数数不够八样，母亲说："还有盐哩水哩。"腊八粥除了人吃，还要让牛吃、驴吃、猫狗吃，更忘不了让老枣树吃。母亲总是用菜刀在树上砍两刀，砍出口子，算是树张了嘴。我端碗用筷子把腊八粥抿进缝里，抿着还说着："你吃吧，多吃点儿。"老枣树和牲畜一样，也是家中一员。吃了腊八粥，它理当结更多的枣……

1958 年，"大跃进"中，老枣树被伐。锯倒时，紧贴树干的皮层流出红色的汁液，似血。

三

我家出大门往东，一片空地，长满节巴草。草浅而密，细而韧的叶柄，撑起窄而柔的羽状绿叶。草地中间一条小路，通向大路。父亲担水从那儿过，母亲到池塘边洗衣从那儿过，我去地里拾柴、去沟岸放牛、去土地庙前找小伙伴们玩，都从那儿过。想必路上原本也长草，人走次数多了，成了路；或者说，是草谦恭地为人让出了一条路。

最喜欢草叶上挑的露珠儿，染了彩霞和阳光的露珠儿，从早晨挑起，一直挑到近晌午才坠落，或者被日头晒干。露珠儿真像珍珠，带玛瑙色的珍珠。我只在幺婶插在鬓边的竹簪上见过一颗真的珠子，圆圆的闪闪发光的珠子，映衬得幺婶好漂亮。我想，如果草上的露珠儿是真珍珠，我一定穿一串儿送给幺婶，戴她脖子上，她一定会更漂亮。幺婶亲我，有好吃的总先拿给我吃。

我在小路上看露珠儿，露珠儿在路两旁看我。我对露珠儿笑，露珠儿也对我笑。我看见，每颗露珠儿里都有一个笑脸儿，不知道是露珠儿的笑脸儿，还是我的笑脸儿。

邻家小妞找我玩，不从路上走，竟赤脚踩着青草过来，踩碎了万千露珠儿，多可惜哟。我很生气，直想骂她。可看见她的脚红红的、湿湿的，就心疼了。她朝我一笑，两眼弯成初五六的月牙儿，左脸蛋儿上一个三角形的酒窝儿，比露珠儿的笑脸儿还美，就又喜欢她了。

那时，村中空地很多，空地上都长节巴草，都挑着露珠儿。如今啊，空地很少，即便有块空地，也寸草不生，只有肮脏的尘土，满眼白色的、杂色的塑料袋儿。

四

我家小院正中，迎堂屋门，一个丝瓜架，几棵丝瓜，还有几棵茶豆，从春梢，到秋末，爬一幅绿茵茵的帘，爬一个绿茵茵的棚。除了瓜豆可以当菜，那一架清凉滋润，使贫寒的日子平添许多舒帖。

从入夏，到伏尽，白天我在棚下玩，夜里我在棚下睡。白天，日头热烈的强光被瓜棚上的藤蔓枝叶滤成了绿的，晚上，只能透过绿色的缝隙偷看月亮、星星。即便下了雨，只听到沙沙雨声，却只有两三个雨点落下。王渔洋题《聊斋志异》，有“豆棚瓜架雨如丝”之句，说的就是这种意味。不过，在丝瓜架下，我没听到鬼狐故事，听的是牛郎织女的传说、七仙女下凡的传说。那些传说像一根又一根长长的绳子，把我的心拉向很远又很近的夜空，我想象着那里有一个奇妙的世界。

那时的夏天，不知道热。

如今，丝瓜架只能出现在梦中。

五

父亲养了一头牛，是母牛。每年下一个牛犊，养到半大，就卖掉，地里出产的草料只能供一头牛吃。

堂屋正房三间，中间算是客厅，东间、西间是卧室，人住东间，牛住西间。临窗是牛槽，槽头是盛料水的瓦缸。人吃三顿饭，牛吃两顿草，早晚各一次。父亲拌牛草，拌得很均匀。一槽草，两瓢料水。料是豌豆料，有时也有麸子。“有料没料，四角搅到。”一直搅得每根草梗都湿漉漉的，都粘了料。牛吃饱了草，腰间两个三角形的坑成了平的，开始在牛铃的叮咚声中倒沫。父亲总坐在槽前，边抽旱烟，边看牛。牛也边倒沫，边看父亲。久久地你看我，我看你，默默地有一种感情的交流。父亲说过：“哑巴牲口，心里啥都明白。”

漫长的冬天，槽头炟一堆草末子火，炟出一种亲切的暖融融的气味。牛舒服，人也舒服。

那是一幅风情画，那是一首乡土诗，那是一支绵绵的关乎庄户人家凡俗日子的温馨的歌谣。

那一切，上世纪50年代中期突然消失。父亲直到去世，再也没有养上自己的牛。

六

秋天，雁南飞。春天，雁北飞。秋天的雁阵最整齐。

我和小伙伴们常常在野地里看大雁飞。故乡在南阳盆地中心，大平原一直延展到天际，只西边的地平线上，有一脉远山的淡紫色印痕起伏。天高而蓝，高得可以看见，似乎站在最高的树梢蹿一蹿可以摸着，蓝得水汪汪的，似乎一竹竿上去可以戳下水来。天像一口刚买回的特大的铁锅，严丝合缝地倒扣在地上。有花样百出的白云在飘，在变幻，白得像在水里洗过漂过一样，变幻得一会儿像人，一会儿像狗，一会儿像刚刚收摘的棉花。雁群贴着蓝天、贴着白云飞过，有时排成“一”字，有时排成“人”字——那时不识字，管排成“一”字叫大雁抬扁担，排成“人”字叫大雁抬双扁担。它们飞着叫着，嘎嘎声断断续续，像鹅的叫声。有时也落村外的麦地过夜，第二天村人起床后，雁们已启程，只留下一坨坨雁屎，给小麦做肥料——饥荒年，雁屎可吃，救过庄稼人的命啊。

小伙伴们仰头看雁，曾发出一串疑问：

“大雁家在哪儿？”

“在南方？”

“在北方？”

“大雁没家吧？”

“它在哪儿生蛋孵小雁？”

没有答案。娃娃妞妞都想象不出南方、北方是什么样子，思绪只能停在大平原上。

2013 年 5 月 31 日

老 屋

深秋，带儿女还乡。扫墓毕，在远房侄儿家吃饭。饭后，儿女要回自己家看看。过一条新修的路，绕两座院落、一片疏林，就到了我们自己的家。家已空，算不上家，只能说是旧居。原有的盆盆罐罐、筐筐篓篓，父亲用过的农具，母亲用过的纺车儿、枣木的织布机，都没了。黑土和草根打成的院墙，早被二十年风雨侵蚀倾圮，只看见礓石砌就的墙基，上面积了蚯蚓拱出的土粒、蜗牛爬过留下的白印。老屋犹在，门落锁，锁已锈。十三格的木窗，木质已成铁灰色，蜘蛛密密结网，织成一层纱。门口的地上，无人的足迹，有干了的绿苔、枯了的野草。

儿女年轻，却也感伤。他们生在城里，满周岁，次第回来跟着爷爷奶奶，待上学，才返城。在这里，有他们早已消逝的童年。那时是娃娃妞妞，如今已长大成人。他们都没说话，只默默满院察看，似要寻觅当初的遗留。好像找不到，一切都被岁月消解遮掩。他们的爷爷奶奶，已先后魂归村外的黑土地；人去了，昔日的生活也去了。家只剩下外壳，凭回忆怎能把它填满？愈是回忆，家愈虚空，旧时的景象愈是遥远。一番回忆，只引出长长的叹惋。

我也无言，久久在老屋前后彳亍，步履蹒跚。儿女们或许不知道我心里更苍凉。我在这里落生，胞衣就埋在院里的石榴树下——石榴树早已不存。在这里，我度过虽贫寒却快乐的童年，步入虽苦涩却亢奋的青春。这旧屋，这小院，一直是我精神的归宿。多少次在文章里，描绘过儿时的生活，笔端流下亲切的情感，倾吐对家的思念，那思念剪不断理还乱。到如今真正到家一看，却原来，那些都是想象，都是虚幻；万千思念并没有最终的着落，像漂泊的船，缆绳已无桩可拴。失去的，永远失去了，失去的不仅仅是飘入高空的炊烟、放了豇豆的小米饭的香味、鸡和狗、母亲的纺车声、父亲饲养的牛驴，更是整个儿农家生活的温馨和艰辛，是一种文化，还是我得以安心立命做人作文的原初依据。

最早，我家只三间草屋，茅檐低而豁，土坯墙挡不住钻进的北风。打上世纪50年代起，父亲就准备盖瓦房，一次又一次省下钱买砖买瓦，一次又一次碰上“合作化”、“公社化”、“大跃进”、大饥荒，砖瓦被拉去充公。直到60年代后期，才终于建成三间苫了蓝瓦的新房（为了省钱，仍是土坯垒墙，只用青砖包了墙皮，乡下人管那叫“里生外熟”）。那过程，艰难而漫长，一如李顺大造屋。如今，瓦垄已凌乱，墙也裂了缝，檐下有明显的雨漏痕。老屋真的老了，在周围一座座钢筋水泥建成的楼房的对比中，越发显得寒碜。

我家的宅基地超过半亩，原有杂树大大小小百余棵，组成一片林子，枝叶扶疏，绿荫如翠盖。我小时候，曾在林中摘构桃，捋榆钱，扫树叶。儿女小时候，曾在林中捉知了，扑蝴蝶，藏猫猫。每棵树都和我们两辈人的童年有关。如今，那么多的树大都不知去向，我数数，还剩九棵，南一棵北一棵，孤零零的，不成林。树下拴着别人家的牛，跑着别人家的鸡鸭。可能是羊，啃掉了榆树的皮，可能是猪，拱出了楝树的根。没了主人，树也活得不自在。那棵构树，干更加弯曲，枝大半干枯，身上被虫子蛀出窟窿，浸出殷红的津液，酷似行将死去的驼背老翁。那棵桑树，已经中空，而且皲裂，木缝里长了野生的木耳，还有一坨坨蕈类植物。屋角那棵椿树，女儿在家时，只有茶杯粗，曾猴儿似的爬上爬下玩；而今，已长成水桶粗，结一树带翅膀的椿谷谷。猛看见另一棵椿树上有鸟巢，像是斑鸠的窝。忽想起我小时候树上就有斑鸠窝，不知道这斑鸠是那斑鸠的几代子孙。主人离去，鸟儿还守着故园，替我看家。忙去那树下看，见有蚂蚁排着长队沿主干蜿蜒行进。它们一定是我儿时的蚂蚁的后裔。这卑微的小生灵永远不离故土。

我家世代务农，自列祖列宗到我父亲母亲，辈辈都是庄稼人。从我这一代起，居然离土离乡了。虽然住进城市，我总自认为仍是乡下人，常以草民百姓的视角，看茫茫尘世间的万事万物。其实，在乡下，我没一寸可耕的田地，也无须拼尽力气从土里刨食，早已不是地道的乡下人。我和土地、庄稼、农事活动，已无任何联系。我和故乡的牵连，只剩下一座老屋、九棵老树，还有一颗老迈的心。进而想到，我的儿女对老家或许还会留些印象，那印象将渐渐淡去；我儿女的儿女就不可能再承认这里曾是家了。

有乡亲劝我重新修葺老屋，我说，不必了。有乡亲劝我索性卖掉，我说，更不成。就让它这样存在下去、衰败下去，起码可以作为家的象征，作为早已破碎的旧梦的见证，总能为我的余生留下一个想头。

临别，起一阵风，枝头残留的黄叶纷纷飘落，簌簌有声，像是叹息，像是叮咛，像是切切嘱咐我，这里毕竟是根，是人生旅程的起点站，即便走到天涯，也不要断了一丝记挂。

2004 年 2 月 4 日

龙王庙庙会

那地方，有一条河，弯弯曲曲从深山流出。那河，不成器。天旱时，田里稻菽渴得要死，河里只有被晒得烫人的石头和沙，没一滴水。雨涝时，庄稼淹得枯黄，河里却洪波涌起，往往冲上岸去，毁坏阡陌，拔掉禾苗，甚至挖地三尺，把好端端的良田变成一片沙砾。旱涝都与龙王有关。不知哪朝哪代，河岸上建了龙王庙，四季香火奉祀，年年三月十五龙王生日，还要在庙前唱三天神戏，总是两台大戏对着唱，生怕龙王不高兴。可旱灾和水灾仍连年不断。有一次，暴雨兼日，山洪泄下来，龙王庙也泡在汪洋之中，龙王的塑像坍成一堆烂泥。人们并不抱怨龙王，给它重新塑像，每到生日，照旧奉献两台大戏。久而久之，便成了庙会。每到会期，便引来成千上万的山民和平原的农民、做大生意和做小生意的商人，看戏，看景致，买买卖卖。

20世纪50年代，河的上游修了水库，拦住山洪；又修了渠道，引水灌溉。龙王庙没了，可一年一度的庙会却沿袭下来。近几年，规模越来越大，连几十里外的城里人也大车小车去赶会。

今年三月十六，几个务弄文学的朋友也忙中偷闲，去逛了一天。

老远就听到人声喧腾。走上一道岗，见河岸耸起两座野戏台，穿红挂绿的剧中人正可着嗓子吼，甩着水袖扭；台下，看戏的挤满河滩，密匝匝蚂蚁一般。公路桥两端的大道边，白色的、绿色的、蓝色的帐篷连成串，帐篷间，也是黑压压的人群。四面八方的大路小路上，赶会的裹成疙瘩拧成绳，正向那里汇集。

随着人流，我们挤进帐篷、货摊间的临时街市。篷下、摊前都站满了人，看不见货物，先看见人。乡间的姑娘、小伙都穿着颜色很俏的新衣，也许是相亲时才穿的礼服；那些晒黑了脸的村妇，裤褂式样不入时，却洗浆得板板正正；裤腿儿宽而短的中年女人、脚脖子上扎了蓝靛色带子的老婆婆，显然是从深山里来的；也有留长鬓角、穿超短裙、戴黑墨镜的，大半是城镇来的时髦青年；那些中老年庄稼人，服装仍是二十年前的旧模样，却不再是土布做成的，那个车轴汉穿着铁灰色涤纶上衣，那个老头儿的大裆裤子是黑灯心绒的。再从人缝里瞧那些货物，可是一应俱全，衣裳鞋袜、布匹毛线、犁耧锄耙、牛套木锨、油盐酱醋、红糖白碱、鸡鸭鱼肉、葱韭芥蒜……任看任摸，任挑任选。卖货的比赛嗓门似的一齐高叫，夸自己的东西质量如何高、价钱如何低，好像宁赔本也要卖给你。有的把商品编成顺口溜，一遍一遍说唱着，有板有眼，押韵合辙，亚赛曲艺艺人演出。那一长溜卖吃食的地方，锅灶成排，烟熏火燎，油条码成垛，锅盔箩筐大，鲜羊肉高高挂在肉钩子上，羊尾巴梢特意留下一撮毛让食客验明正身。炕烧饼的边擀面边啪啪摔着小擀杖儿，响声脆生生的。炒凉粉的平底锅里不断哧哧啦啦响，响声和香味儿同时扑向主顾。做扯面的双手拉长柔韧的面块儿，拉拉合合，又是甩，又是拽，霎时间扯成一把细长的银丝。卖水煎包、胡辣汤的胖掌柜上身微躬，一脸热情，用甜蜜蜜的语言呼唤面前走过的人，那神态，一如老舅见了外甥、岳丈见了女婿……此起彼伏的叫卖声，高腔低调的讨价还价声，充塞天地的闹闹嚷嚷、说说笑笑声，掺和着戏台上传来的锣鼓声、丝弦声，交织成一部雄浑壮阔的大合唱，那声浪，仿佛能推倒人。

费好长好长时间，我们才在人群里走了一遭。拐个辘轳把儿形的弯，来到河滩上人稀的地方。那里，一边卖农机具，一边是牲口市。农机具，明码标价，交钱给货。牲口是活物，买卖倒有讲究。地上扯两条长长的粗绳，绳上拴满了牛，也有几头驴。大牲畜的交易，不同于猪羊兔禽，买主、卖主可以面对面。买卖牛驴，要有人说合。说合者，俗称“牛经纪”，都是十分精能的人。牛经纪是一种职业，标志是拿一杆系红缨的大扎鞭，气派得很。古来规矩，买卖双方分别在牛经纪的衣襟下摸指头议价；摸几次指头，牛经纪最后向双方各说声“就这啦”，便从绳上解下牲口，猛抽三鞭，在众人面前疾步走一来回，看看腿脚架势，就成交了。这本身，颇神秘，别人只能看见牛经纪的狡黠脸色，内情不得而知。往年，在这无语的买卖中，牛经纪总从中使黑钱；如今，据说政府只准他拿百分之六的手续费。我们看见，一个老汉看上一头牤牛，走近正要看牙口，那牛呼一声蹿起把他抵个仰八叉，老汉不仅不生气，反倒说这牛性好，出活，当即去摸指头。一个女人，人高马大的，也去买牛，开始摸指头，牛经纪很不好意思，那女人伸手把他的手指拉进自己衣襟下，一脸满不在乎的笑。我们猜想，女人的丈夫一定窝囊，她信不过，才亲自来。女人办这事，可真是稀罕。

日头将落山，赶会的纷纷回家，大路小路上，黄尘飞扬。没有空手的：有的带着桑杈、扫帚、牛笼嘴；有的带着茶瓶、苇席、石蒜臼；有的担两个荆条编的筐，一头装猪娃，一头是粗瓷的盘子、碗、腌鸡蛋的坛；有的背着背篓、㧟着篮子，里面放铝锅、塑料薄膜、黄姜、毛茸茸的小鹅、木梳、捶布的棒槌、楦草的竹编枕头、菜刀、楔地上拴羊的铁橛子、镰刀把、门钌铞儿、泥捏上彩的小猴儿小狗儿、红辣椒、木瓢、五香调料粉、烟叶；老奶奶掂一嘟噜麻绳绑了的油条，小媳妇提一长串柳条穿着的水煎包……

那么多人离去，会场里的人却似乎不见减少。

一台河南梆子，一台越调，两台戏对着唱，让观众评优劣。这本来是为了给唱戏的和看戏的提精神，可今年，庙会的组织者除付给相等戏价外，又准备了奖金，要发给对戏的优胜者。这下子，看客情绪高涨，演员更要拿出绝招。白天，看戏的多是老人、孩子，别人忙于买买卖卖，顶多远远瞅两眼，并不细看。所以，日场不分胜负。晚上，周围十几里的青年壮年都来看戏，夜场才是关键。昨晚，据说豫剧演《西厢记》，是文戏，细拉慢唱；越调演《收姜维》，文武带打，好热闹。结果，越调唱到诸葛亮“三传令”，竟把崔莺莺、张君瑞、老夫人、小红娘的观众一下子吸引过来。豫剧输了。今夜，越调演《诸葛亮吊孝》，也是好戏；豫剧为挽回面子，从城里请来个唱穆桂英的名角儿，演《大破天门阵》。看来，将有一番较量。天擦黑，两台戏都开锣。台上都挂五百瓦大灯泡。台前的观众人数大体相等，都围作扇面形。扇面外边，有千百盏小油灯，亮闪闪的，每盏灯下，都是一个卖吃食的小摊儿。才开始，台下平静，看戏的都稳稳坐着。可豫剧的穆桂英一上场，头一个亮相，单那模样儿就立即抓住了观众，接下去，一段“二八板”，唱腔高亢圆润，满河滩都是她那脆嘣嘣、水灵灵的声音。看戏的像吃着嫩黄瓜、喝着蜜糖汁，心里美得不住“噫噫”“啧啧”赞叹，一阵又一阵拍巴掌。到“开打”，打得干净利索，一连翻三个筋斗，人眼都看花了，使劲儿拍手，掌声好似大暴雨落进高粱地。那边，看越调戏的分明也听到了穆桂英的唱腔，听到了震耳震心的掌声。少数人过来了，紧接着，大批人过来了，很快，人群如潮水涌向豫剧台下。来人都往前挤，顷刻间挤成一锅沸腾翻动的水。有人嚷扯破了衣服，有人骂挤掉了鞋子，卖小吃的高叫碰翻了摊子。台上的演员倒越唱越有劲儿，破了天门阵，杀了白天佐，又加演了折子戏《双射雁》。越调那边，只剩几个没能力来挤的看客，还有孤零零的卖花生、甘蔗、米花糖的；诸葛亮在周瑜灵前悲切切地哭，像在哭自己。显然，河南梆子胜了。据说，第二天早晨，打扫会场，在戏台前拾到几百只形形色色的新鞋旧鞋，都不成对儿，就统统摆会场外的田埂上，让认领。据说，戏台后有一个水坑，都去撒尿，把一坑水都尿成了黄色的。

我们几个没认真看戏，只顾看看戏的人；没买东西，只观察卖东西的人。煞了戏，我们去小镇找旅店，见路边卖油烙馍的摊主，正凑在电石灯下，用食指不时蘸着嘴唇上的唾沫，数成沓子的油浸浸的票子。柳树下，那个卖茶水的半老不老的老婆婆，在昏黄的烛光下，正抓瓦罐里的硬币摆桌上，一分的十个一摞，二分的五个一摞，五分的两个一摞，已经摆了将近半个桌面，瓦罐里还多着呢。

在鸡毛小店住一夜，我们回了。归途中想，我们没卖货，也没买货，但看得满足，心里充实，这一天，没白逛。

2000年6月25日重写

往 事

吊龙挂

七月的一天，傍晚，头顶黄云在飞，像泡满了泥沙的大河在天空奔涌。地上却无风，热极。空气似已热到爆炸点，一粒火星就能点着。人在家中坐，汗水顺着脖颈、脊梁往下流，洇湿短凳、草蒲团。人在路上走，汗珠连成串，咕噜噜滚落，一颗颗掉进尘土，砸起一溜烟。鸡奓着翅膀张着嘴软瘫在地上，狗伸长舌头肚子一凹一凸喘气，知了叫哑了嗓子似要喊出血来，蝴蝶、蜻蜓都敛了翅膀躲进密叶深处。这天热得邪乎。

忽见东南方不太远处，乌云从半空垂下一股，如一滴墨汁滴向地面，如一只手伸向地面，如一把大扫帚扫向地面。那股黑云初似碗口粗，继似水桶粗、牛腰粗、麦秸垛粗、打麦场粗，扭动着，旋转着，在大平原上缓缓向北移动着，发出呜呜的声音，伴随着闷闷的炸雷、刺目的紫色的闪电。

那景象，如今叫龙卷风，村人叫吊龙挂，实属多年一遇。

村庄笼罩在恐怖中。人不知做什么好，只惊骇地看着。鸡乱飞，狗大叫，牛呀驴呀也狂躁不安，知了倒吓得住了声儿，不再嘶叫。

村人相信，那是老天爷派龙来地上抓人了，抓那些坏了良心、积了恶行的歹人。好人只是看着，心里腾腾跳着，盘算着要抓谁了。恶人都会心虚，不禁觳觫不已，恨不得跪下磕头祈求赎罪。

村东五里，有座庙，庙里供奉玉帝、阎王，墙上画着地狱景象。廊庑间还有数十组泥塑，其中一组就是“龙抓熊氏女”，表现的是熊氏虐待公婆致死终被龙抓的故事。那庙，乡亲们都去烧过香，那些故事都熟悉，心中的敬畏感无时不在。

还好，吊龙挂绕过我们村朝北去了，只是搅起的狂风刮倒了七棵大树。

第二天听说，邻村一个三十岁的汉子被龙抓了，身上一半皮肤烧成了黑紫色，另一半烧成了炭。缘由是这人怕老婆，不让瞎眼老母吃饱饭，老人一头扎进水缸里死了。

记得一个夏夜，我和奶奶睡在大门外车棚里的大车上。近五更，被雨声、风声、雷声惊醒，看见雨像天上的河水往地上倒，闪电似烈火照白天地，马上又熄灭，复又照白。炸雷一个接一个，聒耳朵，仿佛就在身边炸响。我害怕，奶奶搂着我，边轻拍着我的脊背边说：“娃别怕，咱祖祖辈辈积德行善，没对不起谁。没事儿，睡吧。”一会儿，我又在风声、雨声、雷声中睡着。早晨起来时，是个大晴天，树上、草上挂满露珠儿，闪烁着彩霞。

老鹰叼小鸡

我多次见过老鹰叼小鸡。那一次，看得最真切。

我家大门外，有一个颇大的园子，族人呼为南园，长些野树，也有果树，春有花，夏有浓荫，秋有果，冬天则满园坚硬的枝杈挺立在寒风中。我常在那里玩，仿佛童年的周树人在百草园。南园的西面，有一个外姓人的坟园，坟都矮而小，如稀软的黑面蒸成的馍，据说几十年没人祭扫了。坟园长满节巴草，都二三指高，毛茸茸的擎起一根根细莛儿，撑开四五只穗儿，如破伞。那里，狗偶尔去，猪偶尔去，鸡常去。人，除了拾粪的，都不去。

暮春的午后，我在南园摘麦黄杏吃。杏还没熟透，有点儿酸，有点儿涩，吃着直咧嘴。忽见一只老鹰翅膀扇出呼呼风声，从高空斜斜地向坟园冲下。坟园里，邻居七奶奶的一只母鸡领十几只绒疙瘩样的小鸡正在散步、觅食。母鸡顿时仰头紧盯着鹰，立马张开双翅，发出“哽哽哽哽”的叫声，急切地呼唤四处散开的孩子。小鸡们闻声掉头奔向母鸡，像十几个小球咕噜噜滚进母鸡翅下、腹下。母鸡下蹲，把双翅抱紧。鹰已飞临头顶。母鸡高高伸头，尖嘴朝上，圆眼射出火光，攒足劲儿要叨鹰。鸡本来胆小，此时却勇敢。雨果说：“女人固是脆弱的，而母亲却是坚强的。”人如此，禽畜也如此。正在这时，七奶奶发现了，连呼“嚄啰啰啰啰……”，那是吓老鹰、赶老鹰的专用语。鹰并不听，斜刺里下来，“唰”一声又蹿上去。看老鹰已重回蓝天，母鸡松开翅，鸡雏怵怵地钻出，头一伸一缩继续跟母鸡漫步。七奶奶跑去数数，少了一只。一定是有一只或离妈妈较远，或动作较慢，还没有拱进妈妈身下，就被老鹰叼了。七奶奶脸朝天骂鹰：“你个老舅子……”又朝地骂母鸡：“你这没用货……”

村东三里，河边有几棵标直的大杨树，树顶上有个鹰巢。有一年，大风吹落鹰巢，有人去拉回大半牛车干柴。老鹰就是从那里飞来的。那里的老鹰令附近十几个村庄的小鸡时有损失……

如今，乡村已无老鹰。乡村的母鸡不再孵小鸡，也没了孵小鸡的本能。农家养的鸡，都是炕房里批量繁殖的“品种鸡”，即便土鸡或曰柴鸡，都不是母鸡孵卵带大的。

老鹰叼小鸡的景象已经绝版。

二　娘

二娘，娘家姓梅，年长人都叫她梅姑娘。二娘很漂亮，脸像花骨朵儿。二娘很巧，会描云绣花。二娘很贤惠，吃饭时总是给二伯盛头碗，双手端到面前，总是把二伯的衣裳洗浆得支支棱棱的。

二娘突然疯了。据说是夜里做个噩梦，大叫一声，醒来就疯了。

二娘是文疯子，从不招惹谁，只是不干活儿，常站大门前半说半唱。说的意思谁也听不懂，好似外国话，唱的调调儿好似地方戏，又好似坠子书。总是天将明说唱一板，近中午说唱一板，黄昏后说唱一板，比时钟还准。说唱罢就躺床上呼呼大睡。赶早集的村人，总是听着她的说唱起床。女人们坐一块儿边做针线边拉家常，一个说：“哦，该做午饭了。”另一个说：“还早，梅姑娘还没出来哩。”

二娘她虽是疯子，娃娃妞妞都不怕，常去她家找她儿子黑哥玩。有一次，在她家院里，听着她的说唱，玩“瞎子逮瘸子”。黑哥用平时擦脸擦手的土布手巾蒙上眼当瞎子，猛一跑，一下子磕在捶布石上，额头破个口子，直冒血。二娘听到黑哥的哭声，立马停了说唱，回灶屋揭下饭锅，抓下锅底的黑灰，抹在黑哥伤口上止血，而后，又去门前继续她的营生。黑哥直到老死，额头都留着一个青色的疤痕。

村西有个武疯子，二十几岁，膀大腰圆，正要成亲，发一次高烧，莫名其妙地就疯了，拿棍子打人，掂着切菜刀追人。家人怕他闯祸，把他用铁链子拴床帮上，急得他直骂爹妈是“狗日的”。

村人说，二娘即便疯了仍然贤惠，她的自说自唱越听越觉得不难听，好像如果有一日她不再说唱，大家都会不习惯，村里就会少点什么；甚至都不说她是疯了，只是有病了。

二伯决定给二娘治病。去请医生，医生说，是心里有热，需要泻火，就开了一剂药，仅巴豆就有八钱，芒硝足有二两。哄着她吃了，吃罢就泻了，泻得一塌糊涂，软瘫在床，连哼哼的声音也发不出了。二伯心疼她，喂汤喂水，伺候半个月，二娘又能走动了，会走动就去大门外说唱，一切如旧。

一天，一个走方郎中对二伯说，这病是因为肚里有热，需要吐，把肚里的火吐净，就好了。二伯让开药方，郎中说，有个偏方，不花钱就准能治好；不过，用这方子得下狠心。二伯问啥方子，郎中说，茅缸里的人粪尿，滤去渣滓，灌她一大碗，让她吐，把肚里稀稀稠稠的东西全吐出，再灌半碗蜂蜜，饿一天，可痊愈。二伯送一块银元酬谢郎中。待到要实行，二伯犹豫了，他不忍，但想到能根治疯病，就又横下心，端出那碗臊臭的水哄二娘喝。二娘坚决不喝。没办法，找几个年轻人摘下门板，把二娘绑门板上，用两头尖的小擀面杖撬开嘴，硬灌，撬掉一颗门牙，终于灌完。解开绳索，二伯哭了。二娘确实吐了，直把肚里的汤汤水水一点儿不留地吐出，最后吐的是满含胆汁的黄水儿……十来天后，二娘又恢复元气，又去门外说说唱唱……

拾 柴

“清早起来七件事，柴米油盐酱醋茶。”对庄稼人而言，酱醋茶可有可无，并非每日必备——偶尔用酱，是自家晒的酱；偶尔食醋，是自家做的醋；偶尔喝茶，是清明节采的柳叶茶。柴米油盐四项中，油可多可少，没有也能活下去；盐尽管往往不能放足，却不能长期断，不吃盐没力气干活儿。有几年，一斗小麦才换一斤盐。柴和粮食才是大事，是填饱肚子的关键。把柴放在米之前，可见柴更重要，没柴，生米生面不能吃啊。

那些年，粮食少，柴似乎更缺。

烧柴主要用庄稼的秸秆。牛、驴吃的也是秸秆，吃剩下才能当柴烧火。所以，一般人家柴火总是不够烧。

于是，就需要拾柴。拾柴是小孩儿的事。

春天，要放牛放驴。夏收、秋收，要帮助干农活儿。秋后，才拾柴。那时候，除了播下的小麦，地里已没庄稼了。没庄稼的地里只留有收获过的庄稼的根。最好的柴是芝麻的根，叫芝麻茬；棉花的根，叫花茬；高粱的根，叫高粱茬；最差的是谷子的根，叫谷疙瘩；豆子的根细小，不到确实没柴可拾，从不拾它。

小伙伴们结成群去拾柴，边拾柴，边玩耍。

为争柴，曾和邻村的娃娃妞妞打过一架。

村南有块地，十几亩，是我们村财主家的，全都种高粱，砍了高粱秆，茬子留好高，犁后种小麦，高粱茬撂一地。我们去拾柴，邻村的孩子也去了。我们说地是我们村的，他们说是你们村的不是你们家的。立马就打起来。我们的娃子头狗儿爷人瘦劲大，泼得很，三五下就把他们都推个仰八叉。他们败了，不敢再来。我们拾了七八天，每半天都拾一大筐。

为拾柴还出过人命。

妞妞小改，很小妈就死了，他爹给她娶了后妈。后妈恶，她脾气拗，常常挨打。她爹怕老婆，她挨了打只能给小伙伴们说。那天，拾柴回去，后妈说拾的太少，打了她。第二天她故意拾得更少，后妈又打了她，不让吃饭。第三天，她只玩不拾，干脆掂个空筐回去。后妈气极，骂一大堆臊话，打得更狠，鼻子打出了血，肩膀上打掉一块肉。小改绷着嘴，不说话，也不哭，趁后妈不防，飞快跑出大门，跑到井边，双脚一并跳进去，捞出来就死了，肚子像鼓。

小改嘴巧，曾念过一首童谣：

白菜白，去拾柴。

拾一筐，熬米汤。

拾一篓，烧黄酒。

拾一垛，烙油馍。

拾一车，蒸一锅白馍吃半月。

死了的小改没埋进祖茔，只在地角拢一个小坟，不久就消失了。小伙伴们也把她忘了，只偶尔念起她念的儿歌时想到她、她的笑脸、脸上三角形的酒坑儿。死了连吃不饱的饭也不能吃了，更不要说米汤、黄酒、油馍、白馍了……

到现在我仍不明白，那时候，每个村庄都是一座森林，房前屋后都是树，为什么宁肯拾柴也不砍树烧锅呢？

想不到一个甲子过后，乡村的秸秆竟成了祸害，成了污染源。

麦收后，秋收后，成大堆的秸秆没处放，影响夏种、冬播，农民只好烧掉。一时间，四野狼烟，昏天黑地，空气恶劣，呼呼吸吸都呛人。面对如此情景，我只有感慨万千，不知从何说起。如今，乡村少有大树，绝无古树，最多的是可以很快卖钱的速生杨……

2013 年 5 月 8 日毕于南阳豆斋

热天，想起了父亲

那个夏天，热到登峰造极，热得毫无道理。人人都说天太热，人人都骂老天爷。有电扇的，电扇昼夜转；有空调的，空调昼夜开。虽如此，仍然热得人难受。

在热的熬煎中，我想起了父亲。

父亲是农民。在我的印象中，父亲从没有抱怨过天热。岂止不抱怨，还特别喜欢热天，越热越高兴。六月里，早晨起来，先抬头看天，见天无纤云，树梢不动，狗已伸出舌头，鸡已奓开翅膀，父亲总满意地赞叹道："嗬，又是一个大热天！"遂顶着日头，下地锄草。庄稼地里似蒸笼，锄把晒得直烫手，地皮烙脚，像火烧着的鏊子，父亲倒越热干得越有劲。他有个说法，叫"趁热锄地"。正晌午，天上像下火，热气烤焦人，父亲更不忍歇息一会儿，总要干到日偏西。他的理由很简单："天热，草锄掉就晒死了；凉快时候，锄掉还会活。"一心想着草，反忘了自己，能晒死草的日头也在晒人啊！想想父亲，直觉得"锄禾日当午，汗滴禾下土"那些名句也显得太平淡、太肤浅了，那只是诗人站路边看一眼，"悯"一下农民而已。难道父亲就感受不到天热吗？正午时，鸟雀还要躲进林荫，烈日下，蚂蚁也不外出觅食，父亲是人啊，他更能时时感受到天热得厉害。看看他的脊背，日复一日，年复一年，骄阳下不知晒掉了几层皮，终于晒成一片黑紫，一如凝固了的血。他满头满身的汗，不是向下滴，而是向下流，肩膀上搭的那条又苦又咸的毛巾，擦擦脸，拧一把，汗水向下倾泻。田里二尺厚的黑土啊，是父亲的汗水、父亲的父亲的汗水、祖宗八代的汗水浸染黑的，随便抓一把，都能闻到汗味儿。

暑假，为逃避炎热，我的儿女返乡了。乡下同样热，甚至更热。一到家，儿女就受不了，一遍又一遍嚷叫天热。父亲没多少道理安慰他们，只能一遍又一遍引用那句俗话：“不冷不热，五谷不结。”只住一天，儿女便要回城。父亲无奈，感叹道：“你们啊，生就的享福的命啊！”儿女想不到冷热与收成有关，虽然他们天天吃饭。父亲则认定，为了不饿肚子，就应该受冷受热。

我不记得父亲扇过扇子。从田里回来，还得干家里的活儿、场里的活儿，一双手没闲过。他从没见过电扇，更没听说过空调。

父亲早已过世，长眠在汗水浸润过的黑土里。酷热中，不期想起了他。想到他，直想哭。

1995 年 4 月 19 日

剃头挑儿

我们那个偏僻的荒村，当然没有理发店。我只在去三十里外的古镇上瞧外婆时，见过一爿剃头铺儿。那铺子坐落在十字街口的犄角上，门前挂一绺儿长头发，算是招牌。屋里的一把大椅子，靠背能竖起，也能平放。我好生奇怪，便站门口偷偷地看。在我们村，只能见到剃头挑儿。剃头挑子的扁担都短（因此就派生出一个歇后语："剃头的扁担——不长"），一头儿是一尺多高的铜锅，下面烧木柴，锅里温着水；另一头儿是一把短凳，四条腿儿之间镶了木板，安了抽屉，像一个梯形的小柜子，抽屉里，放着剃头刀儿、磨刀石、鐾刀布之类。由此，故乡还有一条表示"一厢情愿"或"单相思"的歇后语，说是"剃头的挑子——一头热"。

担剃头挑儿的，姓刘，一脸深深的麻子，家住离我们村五里远的一条河边。据村里的白胡子老爷爷说，他家自清朝皇帝坐北京后，就以剃头为业，传到他，不知多少代了。因此，十里八村人人皆知"剃头刘家"，刘麻子和阮家庄有八十顷地的阮员外一样，也是我们那一带的名人。阮员外住在黑漆大门的深宅大院里，很少有人见到。而刘麻子，却每月来我们村一次，也去周围几个村子一次。那剃头挑儿，夏天放在村中央池塘边的皂角树下，冬天放在背风向阳处，雨雪天放在磨房里。按古来的规矩，剃头不要钱，只在每年秋后，每个大人收一升高粱；还是古来的规矩，所谓大人，以成亲为标志，大贵哥十六岁和十三岁的童养媳圆了房，必须交高粱，拴子叔近三十岁了，还没娶媳妇，仍然不算大人。一个大人，可以带上所有的儿子剃头。老成二伯家有“七郎八虎”，仍交一升高粱，囤子三伯一生只养一个闺女（女孩儿当然不剃头），也是一升高粱。刘麻子一来，便轮流到各家吃饭。按古来的规矩，剃头匠是“下九流”，吃饭时不能坐上席，如果确实没有别的尊贵的客人，就把方桌斜放，桌角儿对着剃头匠。可乡亲们从没这样卑视过刘麻子。一百年前，我们村的一个老姑奶奶嫁给了他的一个老祖爷爷，他到我们村，算是回到老舅爷爷家了，无论谁家都把他当作亲戚待，总要弄四样菜：咸酱豆儿，凉调萝卜丝儿，腌辣椒，往往，还炒一盘鸡蛋。如果得了儿子，给婴儿剃满月头，要把他请到家里，杀鸡打酒款待，临走，还要送红纸包着的封子。唯有阮员外家不管饭，让佃户代他管。只有一次，阮员外得了孙子，剃满月头的时候，把刘麻子叫到他家后堂。中午吃饭，怕剃头匠冲了财气，让刘麻子坐到马厩里，吃了两个长工吃的窝头。为这，刘麻子把阮员外骂了十个村子。

我最爱看剃头。只要剃头挑儿一放下，总有大人小孩儿围上，如一台小戏似的。我常钻进人群看。刘麻子总讲不完周围几个村子的趣人趣事，有个是专刺刮阮员外的，说：“那老财主现在大模大样地人儿似的，五十年前我给他剃满月头的时候，嘻，几乎憋不住笑出来，他那个小脑袋，又尖又紫，像个霜打的茄子，几根黄毛，像玉米胡胡儿。哈哈！”还说：“他爹更难看。年轻的时候，去上海混了几年，回来长了一种疮，头上有十八个疤，头发剩了几根。叫我去给他剃头，威胁我不准外传。我说，你这头，最容易毁刀子，得多给我几个钱，要不……他狠狠心，给我一块银元。拿到钱，我灌酒、买肴，穷哥儿们美美醉了一场。酒后，我给大伙儿讲了钱的来历。哈哈！”他的一席话说得大家不是笑出了泪，就是笑弯了腰。他自己也笑，脸上的每个坑坑儿里都盛满喜气。他笑着，身子却不动，剃头刀照旧工作着，总一再告诫正剃头的人：“别动，小心刮破皮！”

听白胡子老爷爷说，古时候，人们都是满留头，在头顶绾个纂儿；到清朝，剃掉前半部分头发，剩下的在脑后梳个辫子；民国后，则剃光头，都像庙里的和尚。据说，刘麻子的爷爷当年给阮员外的爷爷梳辫子，因为梳掉了三根头发，吝啬鬼老员外三年里一个高粱籽儿也不出。刘麻子接班后，已不再梳辫子，只凭一把刀子干活儿。娃娃们倒还是有几种发式的。多数在额前留下一片月牙形的长发，叫“木梳背儿”；娇点儿的，剃去头顶和脑后，留一圈儿短发，向日葵似的，叫“罗圈头”；更娇的，怕不成人，故意在左边的耳朵上边留一撮长发，叫“鳖尾儿”。阮员外的小孙子就有一绺“鳖尾儿”，每逢他来我们村走亲戚（箍桶匠猴儿的女人是他干娘，据说认穷人做干娘泼实，命大），娃娃们总去拉那几根毛毛儿：我们这里有个规矩，留“鳖尾儿”就是叫人拉的，为的是拉掉三灾八难，因此，那小家伙虽然难受，也不会回去给大人说。

我最怕剃头。每次，总是怯怯地走到刘麻子面前，心想，说不定哪一刀就要把耳朵割掉。可刘麻子总是笑眯眯的，十分认真地告诉我：“你知道吧？俺村边，有条河；河边，有石头；石头缝里，有螃蟹，八条腿哟，横着爬，可好玩啦。下次来，我给你捉几只。你知道怎么捉吗？……”往往，还没有说到如何捉螃蟹，头已剃完，他在我背后响响地拍一下，说声“滚吧”，又给另一个孩子剃头，还是说捉螃蟹那一套。虽然他似乎一次也没有拿来螃蟹，可我们每听他讲，总坚信下个月他会拿来那八条腿的好玩的稀奇物儿，而忘掉了锋利的刀子正在头皮上嚓嚓响。

庄稼人一茬茬长大，刘麻子一年年变老，乡亲们的头他剃过无数次，多少人青丝变白发。

刘麻子没儿子，只有个闺女。乡亲们都担心刘家的剃头手艺会失传，更担心刘麻子病倒甚至死去后，十里八村的人们都要当“长毛”。看着他越来越佝偻的脊背、越来越蹒跚的脚步，谁不焦心呢？

楝花开放的暮春时节，一日早饭后，刘麻子领一个十七八岁的姑娘，姑娘担着剃头挑儿，忽忽闪闪进村了。挑子在村中央池塘边的皂角树下一放，乡亲们围上去了。那姑娘，长得花枝儿一般俊俏，一根粗粗的大辫子总有三尺长，十个指头尖尖的，嫩葱叶儿似的。刘麻子说：“我老了，站不住了。往后，叫我闺女梅子给大伙儿剃头。孩子小，不懂事，乡亲们多包涵。现在，新社会，政府号召男女平等。女孩儿家，没出过门，乡亲们多关照……”说罢，给大家作揖，眼里闪烁着泪花。那时候，确实没听说过还有女剃头匠，老人一定是万般无奈才让女儿学剃头的。她应是我们那一带第一个女剃头匠。

梅子一开刀，手艺就不错。大人们说，刀子放在头上，像一阵凉风吹过，小孩儿们也不再怕理发，都争着叫她剃。据说，她出来剃头前，在家整整刮了两个月葫芦，刀子刮坏了两把，又在一个月里，把她爹的头剃了三十次。

刘麻子领闺女到各村转了一遭儿后，梅子便独个儿担着剃头挑儿游乡了。乡亲们都喜欢她。她一来，连那些老奶奶、小媳妇也拿着针线活儿去看剃头，和她有说不完的家常话。吃饭时，婶子大娘都往家里拉，还给她包饺子、烙油馍哩。也有几个青皮后生，剃了头非要刮脸不可。那时候，村里当然没有理发椅，刮脸时仍坐在短凳上，必须仰起脸。大人们仰起脸就闭了眼，可他们偏大睁着两眼，亲昵地看那不到半尺远的俏姑娘的白脸蛋儿，有时，还笑呢。梅子生气了，咕嘟着嘴。碰巧，白胡子老爷爷来剃头，看见后，骂道："半大的娃子半大的驴，你们那几根绒毛儿远远不到刮的时候。记住，没娶媳妇不能刮脸，这是老规矩！梅子，再叫刮脸，把他们眉毛刮了！"自那以后，那几个小伙儿不敢再充大人刮脸了……

后来，我出外上学，在外工作，不常回家，就忘了在乡下剃头的事。

……

如今，剃头挑儿已经绝迹。村中央池塘边皂角树下的古老风景永远消失了。

1983 年 9 月

天籁

那几天，情绪无端地不好。居处又临闹市，每日车马喧喧，人声嚷嚷，更加烦躁不安；想坐下写点东西，拿起笔，没文思，心中空荡荡的。罢了，干脆下乡去吧。去哪儿？去芦花湾，住老万家。那地方，“文革”中我待过一年，后来又去过两次。老万两口子，待我很热情。

坐半天汽车，步行二十里，到了芦花湾。一入山野，眼界顿然开阔，心境也变平静。自己对自己说，还是出来好。进老万家，他女人猛一惊喜，边给我烧茶，边说：“哪股风把你吹来了？俺想着，你早把俺忘啦。上个月，娃他爹还说，得进城看看你，说说话；要不，再等二年就走不动了，见不着了。”我问老万，她说：“在北山看林子呢，迷上种树啦，半个月也不回来一次。”喝罢茶，我径直去北山。山林里更好。

沿着夹在草莽中的小路，我向北山迤逦走去。山并不高，石倒很奇，我敢担保，它们中的任何一块只要搬到城市，都是令人欣赏不够的艺术品。树种类很杂，参差错落，大半是松、栗、山榆、栎、槲、青冈、五角枫；树下长满灌木、野草，有豆儿大的红果、扣儿大的黄花。

向阳坡前，小溪岸边，两间茅屋。朽木断枝联结成栅栏，上面长了蕈类植物，缠绕了柔柔的青藤。栅栏围一个不方不正的小院，院里一丛竹子，枝叶苍翠。我推开柴扉，见老万正坐屋里拣选树种，身旁放一把开山镢。十几年不见，他可真是老了，脸上的皱纹如榆树的皮。

我问他，入老境，不在家过安闲日子，一个人住山上，不孤寂吗？他说，当几十年干部，做过好事，也做过坏事，整过人，也挨过整，两下一抵，等于零，几十年没干出啥名堂。死前，务弄好一山林木，也算留下点儿东西。语气虽有些凄然，可那颗心却是热的。他还说，山上不孤寂，树木都是伴。在这儿，心里净，耳里静，一年四季都不烦。

我一个人走进林中，脚步轻盈，心中轻松。我发现，此地无蝇无蚊，却有那么多蝴蝶、野蜂，无论走到哪里，它们都在身边飞、耳畔叫，扇动翅膀舞姿优美，落上花朵恋得深入。空气里，有松香味儿，有草木的青气，闻起来，好舒服。巉岩上，一挂飞泉，下面，滴成一个不大的潭，潭边，流出一股水，扯成一条小溪。潭水，黛青色；溪水，豆绿色。水中有鱼，都二寸三寸长，从潭里出来，游进小溪，玩够了，又顺小溪游回潭里。我跳进溪中，濯足，洗脸，水凉而润，顿觉神清气爽。又上岸，在浓荫里盘桓、流连，抚摸每一棵树，摩挲每一块石。最后，索性面对小溪，背靠老松，在一块青石上坐下，看山石林木、云雾烟岚。有顷，索性闭了眼，专一享受山野的宁谧。静定中，但闻泠泠的水声、细细的风声和间或一声两声山雀儿轻悠悠的啼啭。还有一些声音，琐琐的，纤纤的，是蝴蝶飞过的翅翼拍打声？是小甲虫沿树枝爬行的足音？是枯叶落花掉地时的颤动？是巨石孔窍呼呼吸吸的鼻息？……这些声音，似不是耳听到的，而是心感知的。诸多声音融合在一起，时断时续，若有若无，简单而又复杂，细微而又恢宏。哦，兴许这就是天籁。恐怕自远古的洪荒时代，自人类的童年以来，都是这样吧？这些声音，像一面细眼儿筛子，筛掉了尘嚣嘈杂，剩下的只有幽静，幽静得丰富而又隽永。我自己似乎一下子单纯了，心中十分清净，忘掉了人世的纷争、个人的烦恼，似乎也忘掉了自己的存在，忘掉了时间和空间，好像我也物化为一棵树、一块石，和这山林成了一体……

我久久坐着，似清醒，似迷糊，似有意念，似无意念。不知什么时候太阳落山了，晚霞消失了，暮霭降临了，分分秒秒都在恍惚中过去。老万来喊我回屋吃饭，我猛一惊觉，从树木的枝丫间看见一镜圆月，正悬在山顶的碧空上，不多的星星眨着机灵的小眼睛，正调皮地看着我呢。我发现，月光下，这里的一切更美。林木、山岩、流水，还有老万那间简陋的茅屋，都像在古画里见过，都像在唐诗宋词的意境里出现过。

老万领我走在林中。听不到我们的脚步声，耳边仍然是喏喏的水声、飒飒的风声，还有或急或缓的种种虫声。这些声响交织一起，更渲染了山林的寂静、秋夜的清幽。我知道，这不是大自然专为我演奏的音乐，不论我在与否，它总要响，就像山泉总要从山的心脏流出一样。这是天籁。

一顿朴素的晚餐，吃得我满心滋润。

躺在葛条编的床上，在风声、水声、虫声和山野隐隐的絮语中，听老万说了半夜话，没说过去，只说山和树。我睡着了，睡得十分舒帖，连梦境也是绿茵茵的。五更醒来，我又听到了那微妙的天籁，像一只亲切的手，轻轻拂过我的面颊；像一股温馨的风，依依吹过我的心头。坐起看窗外，山影是暗绿色的，一眼望不透。山溪流得安详，水中有个月亮。此刻，我忽觉心中特别澄澈清明，所思所虑都不同往昔，一时间想到很多意思，盼望天快亮，我有一肚子文章要写呢。

2000 年 6 月 16 日重写

我的《好的故事》

那是一幅风情画。

那是一首田园诗。

更像一坛酒，窖藏了六十年，而今打开，愈加醇香醉人。

……

五月端阳过后的一天，将近黄昏。柿色的彩霞一下子塞满苍穹，村庄罩在金光里，林木草地、茅舍木栅、草垛粪堆，一时都显得辉煌。我正放牛归来。牛犊知道路，吃饱了草自己就往家走。我跟在它屁股后，一溜小跑。猛然发现村庄的壮丽，好似第一次看到这般景象，不禁激动，嗷嗷大叫，伸开两臂，一蹿一蹿，想蹿天上去。如果我是童年的骆宾王，一定会唱出一首诗来。

牛犊尥蹶子跑到大门外，径去白桑树下，和拴在那里的老牛亲近。我家的院墙是泥垡子打的，二尺多高，只能挡猪羊，也只需要挡猪羊。用构树皮把细木棍绑成正方形的笆做大门，夜里才关上，也为了挡邻家的猪羊来偷吃东西。我没进院就看见娘在绣花，她坐石榴树下低头绣花，穿针引线，深情专注。石榴花正开得热闹炽烈，一朵朵都像噘着的小嘴巴吐出火苗似的红瓣儿，恰好有一枝伸向娘的头顶，在风中摇曳，摩挲娘乌黑的鬓发。石榴树旁是棵弯腰老枣树。奶奶说，她嫁来时树就水桶粗。如今还是那么粗。树上有一蓬干树枝搭成的简陋的斑鸠窝，一对鸟夫妻正“咕咕”“咕咕”对唱（我常担心枝上的尖刺扎了鸟，好疼的，可看样子从没有扎过，鸟总是很高兴）。娘身边的青色捶布石上，有个柳条儿编的笸箩儿。笸箩儿里，放着五色丝线，一绺一绺，码得齐整。捶布石边的破瓦缸里，种两棵指甲花，一开红花，一开白花，萼葖儿挤成疙瘩。此刻，霞光在院里浓浓弥漫，像化了的金子灿烂明艳。空地上，鸡笼上，三块石头支起当桌的石磨上，都洒满金色。喂鸡的瓦盆里，喂猪的石槽里，窗台上的蒜臼里，都盛满金色。寒碜的农家院落，一时间变得超凡脱俗。石榴花、指甲花开在彩霞里，枣树长在彩霞里，斑鸠唱在彩霞里，娘也正坐在彩霞里。娘的头顶、两肩、胳臂，都闪着金光，若一尊观世音菩萨。花很美，树很美，斑鸠的叫声很美，娘更美。

我走近看，见娘怀里一件翠蓝的长衣，上有两朵菜盘子大的花，一朵猩红，一朵鹅黄，三四个柔柔的弧形组成的花瓣错错落落向外舒展，花瓣的轮廓以一个个深色的结连成的线勾勒。花瓣围着花芯，花芯伸出花蕊，一姜黄，一米黄，皆有突起感。衬托花朵的是披拂的葱绿、豆绿、果绿的叶，条条叶脉均以苍绿刺就。绿叶掩映里的花像笑吟吟的圆脸儿。花朵上面，有两只蝴蝶，一只鸡冠色，栩栩然正飞呢；另一只还是白粉画的样儿，娘正用黛青的线绣它的眼圈儿。

我问：这是啥花？娘说：牡丹。娘见过桃花、杏花、迎春花，见过开遍村庄、田间的形形色色的野花，想必没见过牡丹花。

牡丹是富贵花，庄稼人从不种，也养不起。只听说东村财主孙家的后花园里有一株，外人不能看的。

霞光里，两朵牡丹分外绚丽，绣花的娘分外俊俏娴雅。

我问：这衣裳谁穿？娘说：是戏衣，戏里唱花旦的穿。

果然，麦收前的庙会上，村里的戏班子演出时，相府小姐崔莺莺穿了，带发修行的陈妙常穿了，《打金枝》里娇贵的升平公主穿了。十里八村的乡亲们拥台下看戏，都说，牡丹花比男扮女装的戏子（那时候还没有“演员”的说法）涂脂抹粉的脸漂亮。娘也坐在女人群里看戏，婶婶、姑姑们都夸牡丹花绣得好，比崔莺莺、陈妙常还漂亮。娘一脸笑意，心里一定很甜。

娘是村里最巧的女人。全村闺女、媳妇都找娘在鞋帮儿、兜肚儿、女孩儿的布衫儿上描花样儿，浅色布用蘸墨的笔描，深色布用蘸粉的笔描，描后拿回去绣。娘总一再交代，某处用什么彩线，某处用什么针法。娘画的都是兰花、喇叭花、四瓣的菜花、五瓣的梅花、多瓣的莲花、更多瓣的菊花，从没有画过牡丹花。牡丹长在娘心里，牡丹开在娘心里。家境虽然贫穷，娘的内心高贵。

娘不识字，但娘懂艺术。如果能上学念书，娘会成为艺术家。

……

娘已去世多年。老家的旧屋还在，破旧而低矮。院墙坍塌，满院荒草，落叶堆积，朽成了泥。石榴树、老枣树早没了。斑鸠的后代或许还有，只能在别人家树上筑巢了。满院凄凉，我想起就感伤。

那一切，当初鲜活在眼前，而今已如梦如幻，仿佛一篇鲁迅先生的《好的故事》，藏在岁月深处，偶尔闪现，转瞬即无，留下的只有怅惘，只有叹惋……

这些年，乡下的女人不再绣花。带花的衣物都是工业制品，总让人觉得少了许多美。

2010 年 12 月 17 日

归 田 赋

老友 M 君，长我二十岁，算是忘年交。我们是上世纪 70 年代结识的。那时，参加工作队，去农村“割资本主义尾巴”，他是我的组长。所谓“割尾巴”，就是不准农民养能够换钱的禽畜（后来准许养鸡，但不能超过五只），更不准做买卖，外出拉架子车给供销社运货也犯律条。违反者，必被“割”——批判、斗争、没收钱物，严重的还要游乡示众。M 心善手软，不忍欺负已经穷极的农民，就常常糊弄“上头”，并不认真“割”。农民感激他，他却被撤职，还挨了批判。

忘不了村头那间低矮的茅屋，原是场房的茅屋，做了工作队的住处，开会归来，我俩常联床夜谈，至深宵仍不倦。在那个没有文学的年代，也谈文学。他只念过几年私塾，识字却多，读过大量文学书，会背诵骆宾王的《为徐敬业讨武瞾檄》，能讲述《聊斋志异》里的鬼狐故事。他不赞成郭沫若的诗，说那不是诗，举的例句是“从南京到北京，乘飞机一小时可达，真方便”。闲谈中，我得知，他 1950 年就参加了工作，经历了新中国成立以来的历次政治运动，几乎每次运动都挨整。以他的出身和资历，满可以当上一个像样的官，可几十年都是副科级，直到上世纪 80 年代初，退休还乡，去种老伴那二亩一分责任田。

更忘不了他唱的大调曲子。唱大调曲子时多用鼻音，所以也叫哼曲子。多少个有星星和没星星的夜晚，茅屋枯坐，总是无聊，他便以手击节，闭目哼唱。虽没乐器伴奏，听众只我一个，他也唱得认真，有板有眼，忘我忘情，常呈现出陶醉状。大调曲子是中原的古老曲艺，唱词文雅，曲调婉转，内容多取材自历史故事和文学名著。它的源头似应追溯到元代的散曲。M 是跟他父亲学的。他说，他父亲会的段子他只学得将近一半。他父亲还善弹古筝，演奏的《霓裳羽衣曲》能使人想到一队盛装丽人正踏着节拍翩翩起舞。记得那个阴冷的秋夜，风声雨声，如泣如诉。我俩共对一支惨白的蜡烛，心里都惆怅莫名。他长叹一声，说道："哼个曲儿吧。"就清清嗓子，唱了《黛玉悲秋》。我至今还记得那段"鼓子头"：

孟冬万物敛光华，
冷淡斜阳映落霞。
疏林萧索鸦声哑，
下元节令鬼思家。
哪里寻桃开似火三春景，
只剩了霜叶红于二月花。
潇湘馆重翻千古苍梧案，
吊湘妃哭竹成斑泪点杂。

那苍凉的鼻音、舒缓的拖腔，唱得我心里热热的又酸酸的，被曲中的艺术深深打动。在那大批大斗的年头，唱这东西真是不合时宜。若被外人听到，是要招祸的。

M 退休后，很少进城。十多年前，我们见过一面，谈到乡居生活，他显然十分得意，说，还常常哼大调曲子，只是老词唱过多遍，有点儿不耐烦，想让我写篇新词，唱唱他的晚年。他知道我会写曲词，从“文革”后期一直写到20世纪80年代初期。大调曲子是曲牌体，作词仿佛按格律填写长短句。费了好大工夫，才写成，名之为《归田赋》，送邮局寄给他。嗣后，再未见面，不知道新词唱着顺口否。我真想亲自听他哼一遍，却没机会。

我们已相忘于江湖。

近日，无端地想起他，就写了上边这些话。又翻箱倒柜找出当年的旧稿，稍加修整，照录如下：

【鼓子头】人生匆促，岁月倏忽。长河流水去不复，逝者如斯夫。

【坡儿下】几十年风雨坎坷路，几十年多少沉与浮。批来批去人人怵，斗来斗去田园荒芜。批批斗斗，老百姓受了苦，多少回独对夜空长歌当哭；终迎来大地回春新桃换旧符。

【打枣杆】逢太平，人迟暮，鬓已斑，发已疏，所幸身心病皆无。桑榆晚，云飞渡，夕阳红，似丹朱，彩霞满天描画图。

【落江】归去来兮，又回故土。昔日少年，变了面目，只乡心乡情一如当初。生不离土，死不离土，始也农夫，终也农夫，中间那几十年——权当戏一出。一方小院，三间老屋，黎明即起，洒扫庭除，好一似陶彭泽人境结庐。

【阳调】宅畔有藕莲池青碧半亩，荷塘边大柳树枝条飘拂。门前有老槐树斑鸠搭窝孵卵育雏，当院里弯腰枣四月开花八月熟。养鸡养鸭又养兔，养狗养猫养鹦鹉。种南瓜种丝瓜又种葫芦，葡萄藤爬上架结得成嘟噜。

【银扭丝】有时候趁农时田间劳碌，种小麦种玉米种豆种谷。除草日当午，汗滴禾下土，收获的一米一粟都当成了珍珠。田野里空气好熨帖肺腑，田野里景象阔心也宽舒。爱看庄稼地，百看看不足，踏暝色迟归来戴月荷锄。

【呀呀油】常去村头散散步，常在河边任踯躅。看蝶飞，看鸟舞，看野花绽放黄菁葖。树林中清清凉凉消酷暑，池塘边幽幽静静读闲书。听蝉噪，听蛙鼓，听老牛哞哞唤牛犊。

【太平年】旧伙伴，情如故，不善言，人质朴，脸刻皱纹都老迈，想当初下河摸鱼都是光屁股。豆架下，风簌簌，肴四碟，酒一壶，请来老友倾积愫，频举杯勤添酒醉他个一塌糊涂。

【鼓子尾】田园生活情趣无数，寻常日子自然自如。忆往事如梦如幻如烟如雾，几十年无所作为枉食国家俸禄。当官不为民服务，真不如回家种红薯。俱往矣，且把余生从容度，归来好，终于得享老来福。国家的事情仍关注，世界的形势也清楚。身在草野忧社稷，还要为百姓鼓与呼。闲暇时常邀聚曲友三五，抚古筝，拨三弦，击檀板，拉二胡，奏一阕《渔舟唱晚》《夕阳箫鼓》《十面埋伏》，歌一曲自说自道自赏自娱的《归田赋》，不亦乐乎。

2004 年 1 月 17 日

我的乡下学生

三十多年前，我在乡村教书，他是我的学生。人聪明，却调皮，算不上好学生。他爱文学，作文写得出色，曾得到我的表扬。“文革”中，我沦为“黑帮”，多少好学生都斗我，只他为我不平，曾背着恶人，递给我一张字条，上写“老师，努力加餐”。后来，我离开那所学校，他也回乡种田，音讯两杳然。十多年前，为采写《皇天后土》，特去访问他。他穷，一身寒碜相，只那双机灵的眼睛仿佛当年。老母卧病，孩子尚小，地里的出产不够开销；日子艰难，心情郁悒，早冷落了文学。在他的四壁洇满屋漏痕的旧瓦房里，吃了顿捞面条，我就回了，文章没做成，留下几多牵挂。

去年夏天，他给我捎信说，上次招待不周，慢待了老师，让我再去，好好叙叙。我就前往了。

那个濒河小村，罩在桐树的浓荫里。树树蝉声，唱出了乡野的清寂。他的小楼，屋顶苫蓝瓦，落几只灰鹁鸽。我叩门，先惊动狗，汪汪叫，后惊动他，斥责狗一声，狗就向我摇尾巴了。院子好大，青砖铺地，留了几方，露出黄土，长弯腰的枣树、叶大如席的芭蕉，擀面杖粗的葡萄藤爬成满架葱茏。枣树根，一只母鸡的羽翼下钻一群鸡雏，一片啾啾声。鸡窝里，至少两只鸡下了蛋，叫声震耳朵。我就想，凡农家，都该有鸡狗，最好是土鸡土狗；鸡鸣狗吠，是乡村应有的音响。他迎我进屋。室内虽不整洁，却显出充实，陈设虽不高档，却并不破旧。吃罢农村人传统待客的荷包蛋，他吩咐妻子准备饭食，引我进了另一间屋。一窗绿荫下，安放着写字桌，桌上竟有一本当月的《收获》。靠墙两个书架，文学书远多于农业科技书。这是他的书房。他说，在村中，论收入，他是中等，但只他有书房；忙过一天，灯下读书，很是享受。我想，农家有间书房，生活便有了新意。别人富在物质，他更富在精神。往前走，精神富有似乎越来越重要。他说，不打算发财，有饭吃，有书读，就满足。我说不对，能发财，就发财；腰里有钱，读书时心里才踏实，也更能读出滋味，岂不闻书香还需铜臭换吗？问起农村情况，他一再感叹人心变坏，为了钱，什么事儿都能做出。说着，不禁大骂，两眼灼灼有光。

午餐丰盛，当然是农村特色的丰盛，比如那盘咸腊肉，每一块都肥大，夹起来颤嗖嗖、沉甸甸的。一壶烧酒，我俩对酌，频频举杯，兴致都高。顷刻间，我醉了。醉眼蒙眬看他，似又看见了当年那个不随大流的毛头小子。我动了感情，含泪述说危难中的事。他说，那时并不懂啥，只觉着老师亏。继续饮，他也动了感情，说，老师的学生，有的做官，有的经商，有的教书，有的弄文，都混出了名堂，唯独自己没出息，愧对老师教导。我说，干啥都是职业，谁也不比谁高贵；无论干啥，只要能活成一个真正的人，就不枉来到世上走一遭。有个做了官的，见我时头仰得葱笔一般，生怕别人看出他乳臭未干时曾是我的弟子；有个发了财的，见我时一个劲儿装穷，生怕我一时手头紧巴去找他打秋风。他们啊，人模人样的，却算不上真人。

晚饭后，月色甚白，满院绿荫尽贴地上，好似剪纸。他要领我去看他的藕池。他正是种藕脱贫的。

田野里，风景柔媚。禾苗、阡陌、远村、近树，都有朦胧美。绵软的小南风，带着庄稼的青气，轻轻吻遍人全身，舒爽极了。一路漫步，感觉特美好。心想，城市人绝无这福分，那么多电器，创造不出一片自然。走到河滩，见荷塘连成串。最远处，有他两方，每方都有半亩。看荷塘，像欣赏巨幅彩墨画。莲叶高擎如翠盖，反射绿色的月光。荷花出水，粉瓣儿妩媚，宛若女郎的笑靥。蛙声和各种虫声，更把画中的意境唱浓。这地方，生长着美，酝酿着艺术的氛围。他说，侍弄藕池，虽然苦累，却有诗意。这话说得好。我想，他在这儿干活时，不只想到淤泥中的藕、藕能卖多少钱，还可能想到汉乐府“江南可采莲，莲叶何田田”，想到周敦颐的《爱莲说》、朱自清的《荷塘月色》，便多一分收获，多一分慰藉，这就有别于其他农夫了。他说，他还想搞创作。我劝他不可太执着，时下文坛，想挤进，殊不易。我见过多位农村青年，苦恋文学半辈子，作家梦未圆，家中已赤贫，落得城乡两耽误。倒不如只当爱好，劳作之余，读读写写，不奢求成名成家，只为了心灵安妥。这样，就少了烦恼，多了快乐……

月儿西斜，我们才归去，真舍不了无边风月。他说，今天最高兴，和老师在一起，像又回到少年。我说，我也高兴，见到旧日的学生，忘掉了老之将至。

2000年5月1日于南阳

我 童 年 的 伙 伴

昆 娃

那时候，男孩儿不穿裤子，从三月到九月，都是光屁股。不长到十四五岁，就不穿裤子。一直全裸，皮肤就晒得黝黑，一个个都像铁铸的。也不穿鞋子，脚掌磨出厚茧，踩上蒺藜、苍耳，也不扎。就连女孩儿，十来岁前也大多不穿裤子。不穿裤子的娃娃妞妞在一块儿玩，都很自然，都不奇怪，从未意识到不穿裤子是个问题。

穿衣服只为御寒，想不到衣服还有审美功能、遮羞功能。只在过年时，小伙伴们都穿上新做的或重新拆洗的棉袄棉裤，才感到一阵高兴。平时，只要不冷，就想不到衣服。

在大人，不给孩子穿裤子，主要是为了节省。如果穿了裤子，娃娃妞妞们在地上野玩疯玩，摸爬滚打，不消几日，一准屁股上膝盖上磨破磨透，而身上的肉却是不怕磨的。做一条裤子得几尺布，纺车抽线，机杼织布，可是十分艰难的。

只财主家的孩子穿裤子。不是需要穿，是为了表示富有。

由于不穿裤子，昆娃一下子陷入窘境，自惭形秽，无脸见人，原因是他的鸡鸡儿太大。小伙伴们是在一次游戏中注意到他的鸡鸡儿与众不同的，平常并没注意，就像没注意谁的鼻子、眼睛和别人不同一样。

那日傍晚，在河边玩，忽看见日头像腌得浸了油的鸭蛋黄，惹人嘴馋流口水。彩霞又稠又黏，西边半拉天像糊了一层玉米糁熬的饭，映照得大片的庄稼地也闪着金光。小伙伴们兴奋至极，没有词儿赞美那少有的景致，只好诗人似的“啊——啊——”，大叫不止，边叫边手舞足蹈，用力向上蹿。还不尽意，狗儿爷提议向着日头比赛撒尿。让女娃们去一边站，男娃们一齐跑上河岸的陡崖，排成一列，腹部尽量突出，腰凹成弓，鼓足全力尿向远处，像迎着夕阳落照射出一支支金色的箭。娃娃们都得意，好似只能以这种方式回应大自然造出的壮丽辉煌。结果，昆娃尿得最远，直尿过陡崖下的那片莎草，尿到河里去了，且惊动一只青蛙，后脚一蹬，钻进深水。昆娃特别自豪，啪啪拍着两胯，又蹦又跳。正是这时，狗儿爷发现了蹊跷，指着昆娃的鸡鸡儿说：“哈，你这个长，要是长到木锨把长，还能尿到河那边哩。”大家看去，果然，不像别人的都短小如蚕蛹，他的鸡鸡儿竟长似打锣槌，身子一动，它也摆动。都笑，笑世上还有这样的稀奇。都说他是驴托生的，断定他如果长大，那东西能长二尺长。说到这里又笑，都笑出了眼泪。当大家都注视那异乎寻常的“打锣槌”时，昆娃也勾头向下看，大概直到此刻，他也才第一次知道自己的鸡鸡儿确实异乎寻常，立即就害羞了，不禁弯下腰，两手捂胯间，好似自己真的见不得人。

一群娃娃妞妞踏着残阳回村，昆娃故意落在最后，一脸羞惭，好似犯了罪。

第二天，昆娃没出来玩。小伙伴们去找他，他正在家里哭，哭着要穿裤子。他妈正在纺棉线，摇着纺车说道："小娃娃都是光屁股猴儿，穿啥裤子哟。想穿，等我纺够一匹布的线，织成布，给你做个裤衩。"昆娃说，现在就要穿。他妈倒说："急啥，等你娶媳妇的时候再穿吧。"时间就更长了，昆娃哭得更痛。他妈立时生气了，站起来照他屁股上狠拍两巴掌，当即拍出鲜红的手印。昆娃扑通倒地，又滚又蹬，哭声分外凄惨。他妈照旧纺线，纺车的嗡嗡声和少年的哭声搅和在一起，更加渲染出农家的贫寒。小伙伴们只好离去，走了老远，已听不到慢悠悠的纺车声，仍能听到昆娃的呻唤："妈，我要穿裤子。妈呀，我要穿裤子啊……"

打那以后，昆娃再也不敢出来玩。想出来玩，又怕见人，一个人窝家里，前晌后晌，长长一天，一天又一天，能不憋得慌？他一定难受。他一定恨他的鸡鸡儿。他只需要一条裤子。穿上裤子，就能出来玩，却没裤子，连裤衩也没有。

大人不理解他的难堪，不知道作为男娃的标志物，那东西竟和别的男娃迥异，从而伤及了他的羞耻心和自尊心。

小伙伴们倒越来越同情昆娃。昆娃好哎，那次，他顺着犁沟捡十几个摇头虫（豆虫变的蛹），胖胖的，满是油，在灶膛里烧熟，给娃娃妞妞们都分一个，吃着可香，比肉还香。小伙伴们都劝他："出去玩吧，不笑你了。怕啥，全当俺们没看见。"他还是不敢出来玩，在小伙伴们面前，始终两手挡在肚子下，好似那物件儿切切不能让人看见。

那日，来了耍猴的。耍猴的地方正在昆娃家东边不远的土地庙后，绿草地上，黄楝树下。小伙伴们去叫他出来看，他正坐门槛上哭，还是哭着要裤子穿。他妈像没听见，照旧在慢悠悠地纺线，纺车的嗡嗡声干涩而又迟缓，听着有吃套子的感觉。耍猴的小锣敲得人心里急，娃娃们拉昆娃去看，昆娃怎么也不站起，一再哭叫：“妈，我要穿裤子。妈呀，我要穿裤子啊……”他妈说：“等着吧，等咱置十顷地再给你做裤子。”这就更没想头了，昆娃绝望了，哭得死去活来。他妈站起就要打他，娃娃们只好去了，走着不禁埋怨他妈：“你生的娃，腿长些胳膊长些脖子长些都行，为啥偏偏那东西恁长？已经长了，为啥不给他做条裤子穿上盖住？”在急促的小锣声中，小伙伴们看猴爬竿、狗钻圈、猴赶车狗拉套，美得心里好似开了海棠花。小伙伴们都替昆娃惋惜，又不禁埋怨昆娃：“你出来看呗，都看耍猴哩，谁看你那大鸡鸡儿。”狗儿爷偶一回头，说：“瞅，昆娃在墙那边站着哩。”真的，他家院墙被雨水淋塌个豁口，正好遮了肚子以下。看玩猴的人挤成了墙，他顶多能看见爬上竹竿的猴，看不见在地上表演的更好看的一切。他还在哭，眼里泪光闪闪。狗儿爷叹口气，说：“昆娃好可怜。”……

那打锣槌般的东西，似也坠在昆娃心里，他一直心事沉重。自从引起大家注意，他的童年便黯然失色。

留　娃

留娃脸儿是瓜子形的，肉皮细白，眼大，小眼角向上挑。他那模样，叫人想起戏台上的小生。他妈漂亮，村人说，他妈像洋画上的美人儿。他妈好看戏，戏班子到哪儿，就跟到哪儿看，路再远也去，常常一去多天。都说，他妈和那个扮演生角的戏子好，给那个戏子送纳了八宝结的袜底儿、绣了鸳鸯戏水的汗巾儿。都说，留娃就是那个戏子的娃。

留娃的爹，身矬脸黑，络腮胡子支叉，好似年画上的张飞。不侍弄庄稼，却好赌博，好喝酒。赢钱买酒喝，输钱赊酒喝，家里的铜茶壶都换了酒。酒醉归来，见女人打女人，骂她是破鞋。女人不在，打留娃，骂他是野种。留娃想他妈，他妈老是不在家。留娃怕他爹，他爹一见他就打。

只和小伙伴们一块儿玩时，留娃才快乐，大家也喜欢和他玩。他会捉知了。捉知了的方法有两种。一种是在长竹竿的梢头抹上椿树流出的胶粘知了，只粘它背上的翅膀，它越想飞粘得越牢；一种是从牛尾巴上拔根长毛，绑在竹竿顶端，绾了活扣儿，套知了，专套知了头上向两边突起的眼，它越动套得越紧。只捉公知了，不捉母知了。一来母知了不会叫，二来留下它生小知了。留娃一眼就能看出公母，他说，母的肚子大。捉到知了，每人给一只，他自己也拿一只玩。知了一齐叫，吱啦啦啦，歌声响亮，唱得娃娃妞妞们心里都热热的。留娃格外开心，笑声嘎嘎的，大眼睛里喜悦的光芒跳跃。玩够晌，要散伙各回各家，留娃当即就哭丧了脸，刚才脸上像开了花，这时像结了霜。宁肯饿着，他也不愿回家。他家要么没人，要么只有他爹。特别在傍晚，鸡上窝，羊进圈，连老鸹野雀也归巢，留娃还不想回家。他说，回家害怕，怕他爹，他爹不在家更害怕。那天，娃娃妞妞们送他回去，只有狗在家。狗见了留娃一直摇尾巴。三间草屋，空洞洞的，没床，床已被他爹卖掉买酒了。地上铺一堆麦秸，上面放一条露着套子的破被。锅灶是凉的，荆条筐里有两个硬邦邦的高粱面窝头。伙伴们要回家，留娃不叫走，让在他家玩。没啥好玩的，就和狗玩，直到天黑。

不得不散了，留娃说，他害怕。问他怕啥，他说怕鬼，天一黑就有鬼。孩子们都怕鬼，都没有见过鬼，都知道鬼可怕；天黑的时候，正是有鬼的时候。狗儿爷说，点着灯鬼就不来了。可灯里没油，也没火，孩子们不会打火，也找不到打火的火镰、火石、纸媒儿。大家走散，走不多远就听见留娃喊叫："妈呀——，妈呀——"一来是呼唤，二来是壮胆，叫声很惨。

突然听说，他妈再也不回来了，跟那个戏子跑了，跑天边去了。再在一起玩，玩到最后该吃饭的时候，大家照例要说："各回各的家呀，各找各的妈呀。"留娃就哭了，哭着回家，他家里没妈。夜里，常听到留娃哭喊"妈呀——，妈呀——"，叫声凄凉，甚至瘆人。他的叫声传很远，他妈却听不见。

那天，下雪了。雪把村庄盖上厚厚一层白，茅屋高了，草垛胖了，粪堆长了，房檐下挂一排尺把长的冰棍棍儿。很冷，东北风顺着衣领、袖口直往身上钻，像钻进了刀子。冷也挡不住小伙伴们去雪地上玩，在雪地上玩和在干地上玩、泥地上玩真的不一样。推推搡搡，打打闹闹，摔倒也不疼，像倒在棉被上。忽然就想起了留娃，忙去找他。他家院墙已全倒塌，满院一片白，只屋门是个黑洞。进门，见留娃蜷腿侧身睡在地上，盖着破被，枕一块土坯，眼巴巴瞅着门外。狗紧贴着留娃卧着，冻得一阵阵发抖。留娃瘦，狗也瘦。看见小伙伴，留娃眼一亮，狗只轻轻摇摇尾巴。留娃说，想出去玩，就是冷。可不，他没棉袄棉裤，没棉靴袜子。说话间腿一伸，露出脚丫，已冻得鲜红。他屋里没一丝热气，好像比外边还冷。十三格的窗户没糊，风把破纸吹出哨音。窗户边土坯墙漏出一个斗大的窟窿，从中可以看见村外的坟园，十几个落了雪的坟头鼓鼓的，像一笼大大的白面馒头；风从窟窿灌进来，同时裹进絮絮缕缕的雪。水缸结了冰，凝固了舀水的瓢。饭锅没刷，残留的高粱面稀糊糊已冻成冰碴子，闪着暗红的光。问他：“你爹呢？”他却说：“梦见我妈了，她快回来了。”同时，大眼一扑闪，好似已经看见了他妈。夜里，满村都是风雪声，还时时传来留娃的叫声：“妈呀——，妈呀——”风雪声把叫声撕搅得断断续续，仿佛呜呜咽咽。

夜夜都听到留娃的叫声。

他妈始终没回家，他爹却死了，死在从邻村归来的路上，是在酒醉中死的。

留娃不会做饭，家里也没了米面。饿极了就在屋里哭。小伙伴们给他送去窝头，婶子大娘给他端去稀饭。吃饱了还出来玩，玩到高兴时，他的一脸笑和过去一样，特别好看。到了夜里，他就在屋里哭，哭着喊着：“有鬼呀——，害怕呀——”声音都是直的。听到叫声，小伙伴们都害怕，即便有月亮，也不敢出来玩，更不敢走近他的草屋，好像他家真的有鬼。他家的狗叫声也是呜呜的，像哭。

后来，大白天他也说有鬼，常指着不远处尖叫：“啊呀，鬼来啦！”自己先吓得哆嗦，小伙伴们也都惊恐，好像处处都有鬼，好像留娃去哪儿鬼也去哪儿，就都不愿和他一块儿玩了。

留娃说要找他妈，去野地里找，去河湾里找，在他家房前屋后找，走着叫着，说些话谁也听不懂。夜里，一直号叫到天明，嗓子哑了，声音干涩，听起来就更怕人。狗也彻夜呜呜，那声音更像人将死时的呻吟。

村人都说，留娃疯了。

那是晚秋的一天黄昏，小伙伴们在村头的空地上玩。空地上长满野草，毛茸茸、密实实的，四指深，经几场霜，已不绿，变白了。草地上很干净，躺下打个滚也不沾尘土，只沾些草叶草梗。玩“猫捉老鼠”，狗儿爷当猫，臭妞当老鼠，别人手拉手围一圈算是老鼠洞。老鼠必须频频出洞，猫不能进洞。就在狗儿爷正要捉住臭妞的时候，留娃从村外小路上走过来，脚步一摇三晃。我们都穿了棉袄，他还穿着单衣，又破又脏，没穿鞋，脚上腿上有干了的泥。走近些，见他头发老长，乱成老鸹窝，原本白净的小脸瘦成刀条，满脸黑灰，眼格外大，眼珠一骨碌，闪着白光。他对大家笑，那笑也叫人怵。他一步步走近，像是要参加进来玩。小伙伴们都拔腿跑散，好似他就是鬼。最后，只剩下留娃怔怔地站在寒风中，站在空荡荡的草地上。他当即就哭了，哭声硬硬的，如杀鸡时鸡的惨叫，就越发叫人毛骨悚然。小伙伴们都跑得更快，不敢回头看，生怕他追上。

夜里，留娃的叫声把风声都搅乱了。

米　娃

那是夏日的一个后晌，天热似火烤。小伙伴们去河边的柳林里玩。那里有草地，有风，还有蛤蟆叫、知了叫。河里蛤蟆多，都浮水面上，鼓着腮，可着嗓子吼。公蛤蟆叫的是咯咯咯，母蛤蟆叫的是哇哇哇，直叫得满河都是咯哇声。树上知了多，几乎每根柳枝上都趴一只。仰面看知了，往往就被浇了一脸知了尿，撒尿的是母知了。公知了一叫，母知了就撒尿。蛤蟆叫的像打击乐，知了叫的像吹奏乐。两种叫声一搅和，就把河边的柳林热闹成了个大戏台。

因为天热，野虫们才叫得凶，叫声都是烫人的。小伙伴们似乎受了感染，就玩“过家家”。米娃想当新郎，都不让他当。他那模样，鼻塌，眼圆，两腮下凹，像猴儿，不像新郎。米娃生气了，眼一翻，冒出一句话：“俺妈说，收罢谷子给俺娶媳妇。”大家都不信，还是光屁股娃娃，怎能娶媳妇？米娃跺跺脚，表示确有其事：“真的，俺妈说了，娶个媳妇来干活儿。”这话可信。他爹死了，他还有两个弟弟，他妈个儿矮，脚又小，真是没人干活儿，他家有二十亩地呢。

又在一块儿玩，小伙伴们就想象米娃娶媳妇后会有什么改变。先想到米娃要穿上裤子，又想到他再也不能和他妈一起睡了，还想到他每年得交一升高粱的剃头份子，因为古来规矩，一成亲，就算大人，大人必须交剃头份子，娃娃一律免交。想到这些，大家都不禁对米娃高看许多，再玩“过家家”，就觉得他最有资格当新郎。

米娃果然成亲了。据说，定亲时给女方拉去五石粮食。

成亲前一夜，他妈叫六个娃娃去压喜床。不叫妞妞，妞妞压喜床光生妮子。问米娃：“你见过那女的吗？”米娃说：“没见过。我舅见过。我舅说，她会纺线织布，会使牛赶车，还说，她妈生五个妮子，没娃，生够七个妮子后才会生娃。”

成亲那天，小伙伴们都去看。见米娃穿了蓝布长衫（因为太长，下摆蹭着地），戴了黑缎子瓜皮帽（因为太大，老是戴不稳当），高兴得一脸天真无邪的笑。他一笑，嘴角上翘，就更像猴儿。小伙伴们都围着他笑。米娃美得摇头晃脑，因为他第一次成了娃娃妞妞的中心。大门外猛地鞭炮炸响，小伙伴们忙跑去拾炮。米娃也要去，被他舅拦住了；没爹，他妈把他舅请来主持婚事。他舅生过秃疮，头上有两片地方没毛，一片圆圆的，一片扁而弯，像日头月亮。鞭炮把门前炸出一团灰白的烟，人像站在雾里。烟散了，才看见大路上拉过来一辆牛车，用红麻披扎了席篷，里面坐着新媳妇。车停下卸了牛，新媳妇却不下车，勾着头一直坐着。米娃由他舅领着，来车前向新娘三鞠躬，腰一弯，帽子掉了，露出刚剃得白亮的头。大家笑，米娃也笑。新媳妇还不下车，就上去两个女人，连搀带拉，硬把她拽下来。小伙伴们都挤上前看，先看见她满脸是泪，泪水湿了枣红布衫；又看见她个子真高，米娃举起胳膊也不一定能摸着她的头顶；还看见这女子大手大脚、粗胳膊粗腿，显然有劲。

接下来就拜天地。当院摆张桌子，放个贴了红双喜字的斗，斗里装一半谷子一半小麦（谷子碾米，小麦磨面，米面夫妻嘛），上面插擀面杖、量布的尺子（表示吃饭穿衣是过日子的两件大事），还挂一把开着的黄铜大锁（这是啥意思，当时不理解）。米娃和那女子面朝斗磕头，米娃时时听他舅指挥，那女子则被两个女人拉着摁着才跪下。拜罢天地拜高堂，夫妻对拜。这时候，只听“喀嚓”一声，米娃他舅把那黄铜大锁锁上了，却原来这意味着米娃和他媳妇再也不能分开了。最后是入洞房，米娃拉着那女子走进那间土坯砌窗的草屋，坐上娃娃们压过的床沿。

整个过程，米娃始终笑嘻嘻的，好像还是在玩“过家家”。那女子则一直泪流不止，小伙伴们都不理解，“过家家”怎能哭呢？

夜里，米娃他妈叫娃娃们去闹房。据说，不闹房会有鬼进屋，过不好日子的。娃娃们都去了，还去些大娃子。小娃们不会闹，大娃子会闹。床头的墙洞里，放一盏油灯，满满一灯油，点三根灯草，灯焰蚕蛾翅膀那么大，很亮（平时只点一根灯草，灯焰比苍蝇翅膀还小）。那女的坐床边，头勾着，还在哭，眼泪像豆儿，骨碌碌掉。米娃他妈进来，朝她儿媳妇瞪眼噘嘴，骂道："大喜一场，哭啥哩！贱！"声音硬硬的，好厉害。大娃子们说些臊话，米娃听着光笑，他媳妇光哭。叫米娃亲她一下，米娃站起够不着她的嘴。叫米娃爬她身上亲，还没挨到嘴，她两手一推，把米娃推个仰八叉。几个娃子硬把她按倒在床上，让米娃趴她身上，好像一只蝈蝈儿趴在倭瓜上，终于亲成了，大家笑，米娃笑，那媳妇"哇"一声大哭起来。米娃他妈又进来，又恶狠狠骂一通。找来七粒黄豆，从那女的衣领里丢进去，让米娃手伸进她衣襟下摸出，那女的不配合，几个小子强拉着她胳膊、抱着她腿。米娃摸遍她全身，甚至摸到裤裆里，只摸出五粒。米娃嬉皮笑脸好似做游戏。一直闹了半夜，米娃笑了半夜，他媳妇哭了半夜。

闹罢房，米娃他妈叫大家听墙根，据说，没人听墙根，生的娃娃傻。蹲窗下听，听见灯一吹米娃就睡着了，睡着就咬牙、说梦话。听见他媳妇哭得哏儿哏儿的，好似断了气儿。别的，什么也没听到。

成亲后，米娃还出来玩。问他："你媳妇叫你亲她吗？"米娃说："碰她一下她就恼了，拧我屁股，可疼。不叫我上床睡，一脚把我蹬个嘴啃泥。"说着哭丧着脸，再没了成亲那天的笑。大家都替米娃抱屈："给你妈说，打她。"米娃说："我妈打她，她夜里打我。”给他出主意：“夜里你别睡那屋。”米娃说：“我妈不依，说娶了媳妇就得跟媳妇睡一张床。”大家都埋怨米娃他舅，那个秃子老头儿真不该给米娃说来这个女人，要是来个小妞，不是能和米娃一块儿玩吗？又一想，小妞不会干活儿，米娃家缺的是干活儿的人。

那天，米娃又出来玩，玩“过家家”，他坚决不玩，就玩“踢老鸹窝”——把大家的鞋全堆一起，轮着去踢，看谁能踢得四散，没有任何两只鞋相互挨着。正玩得起劲，米娃笑得嘴快咧到耳根上，他妈来了，指着米娃鼻子呵斥：“娶了媳妇，是大人了，还出来和他们玩，不怕人家笑话。快回去，下地刨红薯。”米娃只好穿上鞋回家，走老远还回头看小伙伴们，一脸委屈。大家这才明白，一成亲，即便娃娃也是大人，大人就不能和娃娃们一块儿玩了。又想到，那刨红薯的铁耙子十来斤重，米娃能举得起？他还是娃娃呀。

后来，米娃再也不和小伙伴们玩了，常见他和他媳妇一块儿下地、点种、锄地、割庄稼，风里雨里，起早贪黑。

从此，村里少了一个娃娃，多了一个还是娃娃的大人。

米娃过早地结束了童年，过早地开始了庄稼汉土里刨食的惨淡人生。

米娃十五岁就当了爹，三十多岁就当了爷爷。不到四十岁，背已弯，发已白，牙脱落大半，真像一位爷爷。

2003 年春—夏于南阳

喜宴

我走在乡村大道上，正悠闲地看田野的景致，忽见十几个姑娘都骑着自行车，排作一队，从我身后向前去了。那自行车，一律明光耀眼，车把上系了红绫。姑娘们都穿着咖啡色套服，只排在中间那个穿一身红衣；都高仰着头，车子骑得并不快，似乎有意要让人们注意到她们那气派的车队。

这是干什么的？我爱打听，来农村串就是为了多知道些事情，便问路边一个放羊的老翁，他答道："送亲的。今儿是黄道吉日，俺村老榔头的三儿子结婚。"

哦，我从没有见过这样送亲的。那个红衣女子想必就是新娘了。我忙朝前看，碰巧她回头给女伴说什么，见她脸不白，眼却大，在农村，算得上漂亮。我边走边看着她们的背影，一会儿，看见村里出来十几个姑娘，一律蓝色套服，迎着送亲的，接过她们的车子，一路进村了。随即听到一阵接一阵的鞭炮声。

我走到村头，鞭炮才停息，又听到了嘀嘀嗒嗒的唢呐声。往前走，唢呐声越来越响，还有高音喇叭在唱。急走几步，来到村中央，先看到一户人家院里的老枣树上，架一个头号瓦盆大的大喇叭，正唱《朝阳沟》："亲家母，你坐下，咱们说说知心话……"大路上，落了几寸厚红红绿绿的碎纸，硝烟还没散去，看样子，像是放了十挂一千响的鞭炮。路边的皂角树下，停放着近百辆自行车，想必是老亲旧眷、三朋四友都赶来贺喜、帮忙。

我索性走近。看看听听，都是写作素材。

见门楼前，东西各搭一个帆布大棚，棚下各摆几十张有新有旧的方桌，桌边各放八把形形色色的椅子、凳子。一个小伙子掂着鼓囊囊的编织袋，在每张桌上都倒一堆花生、瓜子、糖果。宾客正入席，男女各在一个棚下。女客的座前，都有一包口香糖，这在农村，可是稀罕物儿。男客面前则各有一包香烟，香烟的档次显然比庄稼人平常吸的高了许多。安排座次，是极有讲究的，谁首席，谁陪座，谁主陪，谁末座，马虎不得，须按亲戚远近、辈分高低、年龄大小、关系亲疏，以及是村干部或是普通人，周密考虑，精心组合；稍一不慎，必出偏差，说不定喝几盅后，酒盖了脸，恼上来会把桌子掀翻。管这事的，俗称“大照客”，是村里既能说会道又谙熟各种礼数的特殊人才。此刻，见那个一身谦恭满脸堆笑的“大照客”正伸着胳膊，频频点头，把来宾让上座位。坐首席的，总虚意谦让一番，而后被硬拉到位置上，方扬扬自得地吸烟喝茶。客人坐定，却没见新郎新娘，大概要等到开宴后，小两口才出来给各位敬酒。

婚礼引来了大小孩子成群，乱挤乱窜，叽叽喳喳。一个女人提一篮子水果糖，给他们每人抓一把。抓剩下的，干脆撒了一地，让孩子们去抢。

大门外的空地上，露天修了三个锅灶，土坯砌的烟囱总有一丈高。三个老婆子正大把烧火，烟囱顶，黑烟直直上冒，同时蹿出火星子。一个锅灶上，正方形的蒸笼叠了十几层，水蒸气四溢。长长的两个案板上，放着门扇似的猪肉，一尺长的鱼，去了毛的鸡，洗净了的萝卜、白菜、大葱；大大小小的盘子、碗，一摞一摞，摞得老高，摆了一片。竹筷子盛了一大箩筐。酒杯酒壶放满两个柳条笸箩。三个厨子，两个很胖，一个稍瘦，肩膀上都搭着白毛巾，时不时取下擦汗。一个正切莲菜，菜刀急急起落，嚓嚓嚓嚓，响声清脆；两个正掂着勺子，煎煎炒炒，锅里爆出刺刺啦啦的响声，同时飘出一阵阵呛人鼻子的香味儿。我还看见，紧靠大门的院外，六瓶一箱的什么大曲酒码成了一堵墙。

另一边，两班唢呐正吹得欢。吹鼓手的头，时而一仰一仰，时而左右摇摆，腮帮子鼓得如小瓢一般，指头活泼泼地在音孔上跳。吹的是《双叠翠》《步步高》《过街俏》《百鸟朝凤》。喜庆的乐曲，把人人都撩拨得笑嘻嘻的、乐滋滋的，仿佛没端酒杯心就醉了。

这喜宴如此排场，主人到底是什么人家？我向站在远处看热闹的一个老婆婆打听，才知道老榔头有四个儿子，往年穷，谁家姑娘也不愿嫁到弟兄多的人家。老大、老二早过了找对象的年龄，如今仍是光棍儿。这几年，爷儿五个办榨油厂，硬是发了。有麝自来香。这不，东庄这姑娘是托人说媒找上门的。光定亲就花五千块，结婚被褥一下子做了二十床。老榔头还要再娶三个儿媳妇，今儿这场面，夸富呢。

正说着，忽听“大照客”一声高叫：“温酒，上菜喽！”

又看一眼棚下那满座宾客，我离开了。走着，心想，如果驴尾巴上吊棒槌，绕十八个弯儿，我也能和老槨头连上一点关系，一定也送一份薄礼，去帆布棚下坐一晌午，不是为吃酒菜，而是为感受那气氛，听老少爷儿们说话。坐一晌午，准能写一篇好文章。

2000 年 6 月 17 日重写

再读齐白石

1994年9月，写过一组《读齐白石》。其实，我常常读齐白石。累了，烦了，就翻开老人家的画册。一进入画，就回到土地，回到自然，回到儿时的农村，几十年堆积的庸俗、卑劣，统统留在画外，我依然是一个稚气未脱的娃娃，牧牛、拾柴、割草之余，只知道玩耍。看画是精神还乡，是重拾早已消失的旧梦，是回到我生命的出发地作一次短暂逗留；一番盘桓，身心都舒服。

读齐白石，曾想起我爷爷。白石老人和我爷爷都是农民，都当过木匠。所不同者，齐白石终成大画家，我爷爷则种一辈子庄稼，从未摸过纸笔，而且是一个手艺很差的木匠，只会做粗笨的小板凳和七根横牚的木床。还有，齐白石长寿，我读中学时，他仍健在；我爷爷早死，我出生时，他坟头的荒草已经青青黄黄了二十次。读齐白石，还想起我父亲。父亲农活做得好，能用犁耧锄耙在黑土地上画出美丽的画，却连自己的名字也不认识。父亲和齐白石倒有一点儿关联——1954年（那时还没有农业合作化），突地来个“统购统销”，要农民把余粮卖给国家。卖粮只给一部分钱，另给一些杂货，其中有一个搪瓷盆（那时管搪瓷叫洋瓷），它的价值相当于一斗小麦。父亲认为实在不划算，不要又不行，这个洋瓷盆比几十个瓦盆还贵。有史以来，家里和面、洗脸、淘菜、晒酱、做豆豉，都用瓦盆。洋瓷盆是我家唯一的奢侈品，平时不用，只有来了贵客，才取出盛水让客人洗手洗脸。盆底画有五只虾，写有“白石老人”四个字，还有一方红印，印文“齐大”（那个篆书的“齐”字，当时我不认识，只记住了模样，后来才知道）。盆里有了水，那虾格外生动，父亲看见了，说：“画得跟活的一样。”那似乎是父亲一生中仅有的一句艺术评论。赞美了画，他并不知道齐白石是谁。有一次，鸡飞上神台（那里已不敬神，换上了毛主席像），蹬翻搪瓷盆，摔在铡刀上，碰掉一片瓷，全家人都心疼……1958年，为支援“钢铁元帅升帐”，搪瓷盆被扔进了炼钢炉。从此，我家和齐白石的唯一联系没了。

那五只虾一直活在我心里。那是我读齐白石的开始。

我始终认为，齐白石是农民画家。

《蚕叶昆虫》

老桑树斜斜垂下一枝，枝又分杈。枝枝杈杈都遒劲，瘦硬中透出绵柔。多数枝头空了，仅三处共留七片叶，上面两簇，两片，三片，下面两片一正一偏，不相挨却相顾相呼。这是蚕事已毕剩余的叶子。蚕已老，或许早结茧成蛹，正静静等待生命轮回。这七片叶没缘分变成丝，被织进绸缎，只好长老，长出丝一样的脉络，在西风里呈现斑斓，把逐渐浓重的秋色装扮、点染。

立即就想起我家的老桑树。它长在大门外的粪坑边，干粗皮裂，虫蛀出许多洞洞，流红水儿，似血，枝叶却繁茂，一树浓荫，日头晒不透。上搭三个乌鸦窝，一高两低像品字。还有别的鸟窝，都小，遮掩在阔叶间。是棵白桑，桑葚嫩白，熟时稍稍发黄，忒甜，不像别的紫桑葚，太酸，吃后还会把嘴唇染乌。恰恰有一枝，特特伸向大门口，弯弯的，几乎蹭了地。那枝上的桑葚总是最先被我摘光。疑心画家描绘的正是那枝。每年，母亲养蚕一席，为了缫丝绣花。仅接近地面的桑叶就能让蚕吃到大眠。母亲采桑叶，从不掐光，总留一些守住枝头。那一枝上，或许有一年就正好留了七片。我采蚕叶往往腰束一条绳，绳上系竹篮，一蹿一蹿爬树，爬得越高越得意。一上树就惊动鸟，乌鸦齐声呜哇，聒得耳朵直麻，连黄鹂的叫声也没了平时的婉转，而变得尖利粗暴。不管鸟们一同骂我，我只顾看黄鹂巢里青白色的有褐色斑点的蛋，从老鸟下蛋一直看到小鸟出窝。我是一半儿好奇，一半儿关心，鸟儿却不理解。

“大炼钢铁”运动中，老桑树被伐，锯成一段一段，扔进了“土高炉”。树没了，鸟没了，桑葚没了，叶没了，蚕没了，五彩丝线绣成的花花草草，也从娃娃妞妞的兜肚儿和大姑娘小媳妇的鞋帮儿上黯然消失。老桑树真老，奶奶说，她做小媳妇时就是那么粗。还说，李闯王造反时从村里过，在树上拴过马，马啃掉一块树皮，留的疤她还见过。活了几百年的树，顷刻间就化灰化烟化为无，一丝半点儿影响也没留……如今才发现，那一枝还在，活在齐白石的画里，幸存的七片叶犹是旧时颜色。陪伴这一枝的，还有一只蝉，伏于丫杈，一只蚱蜢，趴于地面，一只蝴蝶和一只蜻蜓，在空中面向桑枝翩跹，皆为我故乡常见之虫儿，我童年常想亲近又不易亲近的玩伴。乍重逢，心里一热一热，阔别半个世纪，它们依然如故。我虽两鬓皤然，却一下子找回了光屁股时代的感觉。蓦地又想起父亲。父亲当然也常见这些虫儿，总是熟视无睹，从不会把它们当作审美对象。父亲太忙、太累、太苦，缺乏艺术素养，更没有闲情逸致。土里刨食的农民不只是物质贫困。

四只虫儿飞进画、爬进画，恰恰停在那么合适的位置，整幅画就活跃着一汪丰盈的宁静、隽永的生动、天造地设的无边和谐。眼看画，心入画，无意间，城市的龌龊落于身上的积尘、刻于心上的伤痕，仿佛渐渐消散、浅淡。我一向尊崇的画家吴冠中先生，写过很多好文章，却说了一句错话：“一百个齐白石也抵不上一个鲁迅。”我们需要鲁迅，也需要齐白石（当然还需要将国画和西画杂交出新气象的吴冠中）。普通百姓似乎更需要齐白石，需要到他老人家那里去休息、去愉悦，舒缓被生活折腾得疲惫的身心。声言并坚持“我是要战斗，到死才完了”的鲁迅，只有一位可矣。作家王蒙有言：“文坛上有一个鲁迅是非常伟大的事。如果有五十个鲁迅，我的天！”我理解王蒙何以惊悚。如果有五十个齐白石呢？我相信王蒙不会怕得呼天叫地。

《柴筢》

竖幅的画面上，立一柄竹筢子，应是斜倚星塘老屋门外的泥巴墙上。只是暂时休息，使用的人不一定休息，或许牧牛去了。柴筢已老旧，老出了历史感，旧出了沧桑感。七根筢齿虽仍呈钩状，却早没了竹的光鲜，岁月把它销蚀得灰暗。长长的筢把梢头微翘，搂起柴来，既适合孩子的身高，又和地面造成恰当的夹角，设计者也算匠心独运；微翘处被儿童的手一日日磨得滑溜，仿佛闪光。“柴米油盐”柴居首，可见烧火做饭的柴草殊为重要。谷物的秸秆要喂牛驴，灶下的燃料就必须去拾去搂。搂柴就要用筢子。少年齐白石（当然那时没有齐白石，只有农家子阿芝），常干这活儿。题画诗道：

似爪不似龙与鹰，
枝枯篼烂七钱轻。
入山不取丝毫碧，
过草如梳鬓发青。
遍地松针衡岳路，
半林枫叶麓山亭。
儿童相聚常嬉戏，
并欲争骑竹马行。

搂柴入诗，这应是中国诗歌史上的第一次（竹篼入画似也是美术史的上第一次）。搂柴竟也搂出了诗意。草木葱茏，诗也葱茏。童心亦即诗心，对山间一切都付出拳拳真情。诗中有注：“余小时买篼于东邻，七齿者需钱七文。”诗里画里的竹篼，正是那七文钱买的。买时尚在髫龄，画时已成老翁。当初用它搂松针，而今只能用它梳理绵绵长长的纷纷乡思，越梳越乱，越梳越牵绊，撩拨得一颗心早飞回八千里外的杏子坞、星斗塘、借山吟馆。枫叶又红，松针又落，纵然有篼，再也搂不得……

少时我也搂柴，柴篼也是七齿，乃祖母拿一升高粱换的（那时早不用铜钱，纸币如同废纸，乡村的交易皆以物易物），篼把也微翘，却是枣木的；湖南不出枣，不知道齐家柴篼的长把是何种木头所制，光溜溜的感觉应和我的柴篼一样。我老家只有中原的杂树楝、杨、榆、槐等，搂的是阔叶，没有松针。北方地寒，搂柴时草木已枯，青碧不再，搂出的只有萧索。往往，一夜北风，黄叶飘零，林中地上遍铺厚厚一层，还时不时地有三片五片迟迟辞别枝头，翻飞旋转，悠悠地翩然而下。孩子们都去搂树叶，边搂边玩，最常玩的游戏是将筢把夹两腿间踅圈子跑，一手掌柴筢，一手作打马状，嘴里一遍遍叫着：“嘚儿，嘚儿，驾。”柴筢是工具也是玩具。还常念一首儿歌：

南山坡，
树叶落，
妞们娃们搂柴火。
一搂搂了一筐箩，
点火烧锅熬汤喝。
喝了三碗还嫌饿，
骑上马，找外婆，
外婆给我烙油馍。

湘潭和南阳，相隔千里遥，乡下孩子都把搂柴的竹筢当马骑，地域有别，童心则一。只不过我们在嬉戏时却想到了饿和吃食，可见北方农村更穷。

白石老人长我八十岁，他搂柴应是百余年前的事，可他的柴筢而今犹在，仍絮絮地述说着往昔，时间把一切困窘和欢乐都酿成了农家的米酒，当初的苦，现在也变成了甜。我的柴筢呢？老家房舍还在，器物已经星散，那把柴筢也许在某个旮旯里早就朽烂寂灭。我就只能借齐白石的柴筢来搂岁月深处的落叶，收拢家园的系念和粘连着故土的千丝万缕依恋。

《溪桥归家图》

猪乃尘世俗物，古来就不曾跑上素洁的宣纸。传统的文人画从不画猪，怕猪玷污了他们的清高和逸雅。这正显出了画家的酸腐和虚伪，也暴露了他们的无能，压根儿就没本事画猪，吃过猪肉，没见过猪走，老祖宗的传统中没有画猪的技法，怎能发现猪之美？怎能画出猪的肥壮和雍容？

只庄稼人出身的齐白石画猪，一画再画。一幅《游猪图》的题跋道："曾牧星塘屋后。"所画之猪亦即所牧之猪，猪和人之间，关系亲亲的，画猪就是为孩提时代的伙伴传神留照，于是，心头生爱意，笔端带情感，猪们就活泼泼跃然纸上了。作为畜生的猪顷刻间成了意蕴丰厚的审美对象。

看这帧《溪桥归豕图》。

一头老猪，带领四头小猪——不是四头，应还有三头五头眼下尚未走进画里——正从野外回家。前头一条小河，弯成括弧状，水流平缓，波纹漾漾似鱼鳞。一道木板上铺了泥土的长桥横卧水面，像一条带子将河拦腰一束，站立水中支桥的木桩如英文字母中大写的 H。母猪已上桥，步履稳健，尾巴有节奏地左右摆动，小猪不成队形，有的蹿，有的跳，有的撒欢，调皮若顽童。红日西沉，暮色渐重，难道还没有玩耍尽兴？此刻，我仿佛听到水声淙淙，风声簌簌，老猪叫声浑厚且带颤音，猪崽的奶腔嫩嫩的，如牙牙学语的娃娃。还听到远方传来的女主人的呼唤，"啰——啰啰啰"，悠长温婉，甚是亲昵。小溪那畔，杨柳岸竹篱茅舍，依稀可见一缕炊烟在树梢袅娜。那是人的家，也是猪的家。庄稼人养的禽畜，都是家庭成员。人和动物一起，搅和凡俗生活，把清寒的日子搅和得暖暖的，搅和出的滋味长长的。

这是村头一景，既寻常而又美丽，是写实也是写史。

我放过牛、驴，没放过猪。我家养猪，只养一头，从小到大都是在家吃了食儿自己出门游走，饿了或跑累了就哼哼唧唧回来，唱一路小曲儿。猪的歌唱和牛哞、驴叫、鸡鸣、狗吠、鸟啼、虫吟，一起结构成乡村的交响乐，千百年延续不息。

我写农村的文章连篇累牍，回首检点，竟没一篇写猪。下意识里，我也鄙视猪，起码忽视猪。我和那些画家害同一样的毛病。我忘记了读中学时交学费，换菜票，第一次买钢笔（那钢笔粗而大，如小棒槌，“人民牌”的，价三角），用的都是卖猪的钱。有一年，猪才半大，正长膘，就卖了，屠夫赶走时，母亲暗自拭泪。那猪好啊，刷锅水拌秕糠也吃得香，即便跑再远，母亲一呼叫，就兴高采烈颠儿颠儿跑回，一路叫声清脆。见主人先摇头摆尾，作撒娇状，而后才走近盛食儿的瓦盆，边呼噜噜鼻子吹出气泡儿，边咕咚咕咚大口吞。家人院里吃饭，碗都放地上（乡巴佬没有阖家围桌就餐的习惯，只有来了客人，才在堂屋置桌椅、摆菜肴），猪从不走近，人放下碗去灶屋拿馍，它碰巧从大门外回来也总要绕道，避开饭菜。人吐下红薯皮，说声“你吃吧”，它才趋前捡起。这猪优点有一百个，为急用钱不能不将其狠心卖掉。

为给这篇作品添点儿文采，想引用一首古人咏猪的诗，搜肠刮肚，苦思不得，翻遍家藏典籍，竟也难觅一句。大小诗人都不写猪，生怕这下贱的畜生践踏了诗的平仄，败坏了诗的韵致。说猪肉的倒有几首，苏东坡还喜滋滋作了《猪肉颂》，歌唱黄州的猪肉。猪肉不是猪。肉是食品，猪是生灵。只听说写了四万多首诗却不算诗人的乾隆爷有一句“夕阳芳草见游猪”，绝非佳句，可也难得。就凭这七个字，我对这位皇帝也不禁产生一丝敬意。

2006 年 2 月 26 日于南阳豆斋

后 记

书稿收拢一毕，想起一些话。

我的故乡，在南阳盆地中心，大平原一望无际。村名大周庄，村人大都姓周。祖坟上百余年前立的石碑碑文写道："明季兵燹之苦，豫省首当其冲，而宛南尤甚。当时土著十室九墟。清初定鼎，他省人民陆续来此开垦。我周氏一族，祖居宛东周村。虽历二百余年，其初固于康熙二十年，始自山西洪洞来居于此。"可见，那是个古老的村落，古老得祖上传下的一切器物，都堪称文物。岁月流逝，世代演进，到而今，不仅繁衍出两千口人，一辈辈春耕、夏耘、秋收、冬藏，也留下了历史，留下了传统，留下了文化，留下了三百多年以来的记忆。

我于上世纪40年代出生。故乡养我身体，养我精神。我继承了庄稼人的长处和短处、优点和缺点。农民思想观念、价值判断、风俗习惯、艺术趣味等，深深地影响了我。虽然进了城市，自认为骨子里依然是一个农民。

自打学会写文章，就写那片黑土地和黑土地上的乡亲，写黑土地四季变换的景物和乡亲们凡庸而五味杂陈的生活，倾吐一个农民的儿子对故土故人的切切依恋和复杂情感。即便写别的地方，故乡仍是文章的背景和映衬，是灵感的发源地。

20世纪80年代，因为把幼小的儿女送回老家，让爷爷奶奶照看，我常还乡。那时的乡野生活和我的童年还能接上榫。90年代以来，偶尔回去，渐渐发现，我曾熟悉的乡村逐步变得陌生。不只环境有变、生活有变，由于年轻人出外打工，村里也少了人气。不禁叹惋不已。我盼望，家乡也能办起企业，乡亲们就地工作，阖家团圆，老人得赡养，孩子得照抚，过热乎乎的小日子。

眼下，新农村建设正在次第展开。这是个大好事。

把原有的村庄夷为平地，把农民赶上高楼（我参观过的一处正是这样），这做法万万不可取。农村就是农村，农村不是城镇。我心目中的新农村应当是：农民能享受现代化的便捷舒适，享受清新的空气、清净的饮水、清洁的环境，村庄则应尽力保持旧时模样，屋舍院落呈聚散疏密之美，如中国画的布局。村中广植椿、楸、槐、榆、楝、桑之类的杂树（而不是可以尽快成材的速生杨），有小路蜿蜒林中，路旁绿草如茵。有鸡鸣犬吠、鸟啼虫吟、儿童的嬉戏声和老奶奶家长里短的闲聊声。田园牧歌，诗情画意，村庄宁静而又生动。不仅此也，更重要的是，先辈留下的文化传承、历史记忆、浓厚的人文氛围不能中断或消亡。农村不仅应有醉人的风景美，还应有隽永蕴藉的风韵美、风俗美、风情美。

我常常回想我童年的故乡，回想我熟悉的村庄，一再寻觅失落在往昔的久违的星星。那思念深深长长。梦境中，总是浮现当年的种种画面。越到老境，思念越切。或许，那就叫乡愁。如今，解我乡愁，只能回想。还有，就是重读我写的文章。

2016年12月8日于南阳豆斋